中国专业作家
散文典藏文库

中国专业作家
散文典藏文库

何处是归宿

陶纯 著

中国文史出版社

写作的意义（代序）

关于写作的意义，以前我并没有过多考虑，就像我没有过多考虑人生的意义一样。人们活着为了什么？若要刨根问底寻找答案，可能有很多——有人为了贪图享乐，追求欲望的充分满足；有人为了事业的成功，一生孜孜不倦；有人为了一己私利，一辈子只知索取，不知奉献；有人稀里糊涂过一辈子，也不知道为了啥……

同样，写作为了什么？

用世俗的看法，不外乎下列几种：一是为了初心和梦想；二是为了名利；三是把写文章当作梯子往上爬，谋取官位；四是为了养家糊口。

关于写作的意义，古今中外的伟大作家有很多高论。《左传》上说，人生有三不朽：立德、立功、立言。立言即指具有真知灼见的言论文章，它能流芳百世。曹操的儿子曹丕似乎站得最高，他在《典论·论文》中说："盖文章，经国之大业，不朽之盛事。年寿有时而尽，荣乐止乎其身，二者必至之常期，未若文章之无穷。"意思是文章它能关乎国家兴亡，是治理国家必不可少的重器，是万代不朽的大事业，人的寿命、荣乐随时会中止，而好文章会代代相传，所以写文章要用心。杜甫在《偶题》一诗中说："文章千古事，得失寸心知。"意思是文章是传之千古的事业，而其中甘苦得失只有作者自己心里知道。龚自珍在《咏史》诗中说："避席畏闻文字狱，著书都为稻粱谋。"意思是，文人骚客一听到文字狱的事就胆战心惊，离席而去，他们著书立说的目的只是为了生活糊口，不敢揭露社会的阴暗面。法国作家大仲马说："历史是一颗钉子，在上面挂我的小说。"大仲马很自信，他把自己的作品当成了历史的一面镜子，事实上他也做到了。阿根廷作家博尔赫斯说过："我写作不是为了名声，不是为了特定的读者，我写作是为了光阴流逝使我心安。"可见他是一个淡定的写作者。巴金说："我写作不是我有才华，而是我有感情。"巴金先生非常平易近人，不故弄玄虚。鲁迅说："文章怎么写，我说不出来。"鲁迅先生此话并非谦虚，他可能想说，作家是课堂上教不出来的，作家需要天赋，文无定法，没有现成的路数教你们成功……

若问我写作为了什么？

为了名利吗？肯定有这个因素，否则就缺乏某种动力，而现实又很严酷——只有成功，才能获取名利。为了往上爬？真没想过，我比较散漫，心直口快，不适合当领导，事实上我一辈子只是一名专业创作员，从没担任过任何官职，连个班长、小组长都没干过。为了初心和梦想？这个没问题，绝对是，我主要是为初心和梦想而创作。为了养家糊口吗？我开始写作的时候，已经是一名军官，生活说得过去，吃饭不成问题，也没想着靠写作发大财，所以这条不成立。归根结底，对于我来说，写作是我生命的一部分，是生命和灵魂的需要，写作于我就像空气和阳光，不能离开。写作照亮了我的生活，使我有勇气面对艰难困苦和悲观孤独……

我们的生活中，几乎干什么都要花钱，大概只有三样东西不要钱：一是阳光，二是空气，三是文字。这三样东西，是可以随便取用的，不用掏腰包。我觉得自己这辈子很幸运很幸福，把三样东西都占了。

我女儿劝我，你光会写不行，还得学会吆喝。我说，先写出好东西再说吧。文坛就像官场，并不是坐在高位上的都是好官，文坛上有些名气大的，也没见他写出什么让人服气的大作。文坛犹如一池水，水上面难免有泡沫，泡沫浮在最上面，阳光一照，花花绿绿，可能很好看晃眼，人们首先看到的就是泡沫，但它是虚的。自己既然做不了泡沫，那就做一颗水中的石子吧，石子不显山不露水，沉甸甸地在下面趴着，多少年之后，泡沫没了，但石子还在。

我还想说，有时候，写作与创作不是一个概念，写作与创作的区别在于写作是物理反应，而创作是化学反应。真正的创作是创新——塑造新的人物，描写新的生活，发掘新的细节，抒发新的情感。

特别感谢中国文史出版社，使我的主要作品以这种形式与读者见面。这不是我写作的终点，而是又一个起点。

此为序。

陶　纯

2018 年 5 月 13 日

目　　录

第　一　辑

第 一 辑

忧思、血性与担当

孔子说："五十而知天命。"什么叫"知天命"，我的理解是，人到了这个年纪，应该知道自己几斤几两，到底能干点儿什么，命中注定该干点儿什么。

一晃，自己已经越过五十岁了。而先前，曾经觉得离五十岁那么遥远。时光最易催人老，这个世界上，最无法征服的、最无情的，就是时光，就是岁月。

五十年，主要干了三件事：上学、当兵、写作。故乡在鲁西平原上，离黄河很近，离贫穷更近，父母都是农民，没文化，处于社会最底层，靠出力流汗拉扯几个孩子，日子艰难得很，上学可是一件顶顶奢侈的事。祖父认为读书无用，白糟蹋钱，上学的孩子"坑爹"，反对上学，希望我早点儿退学，下地挣工分。母亲坚决不干，说不让儿子上学，不但"坑儿"，到头来更是"坑爹"。正是在母亲顽强坚持下，我读完初中读高中，然后于1980年参加高考，竟然考上了军校，成为改革开放之后，也许是中华人民共和国成立之后，村里头一个考上大学的人——命运就这样被改变。

从我十六岁上军校算起，至今已当兵三十五载，算是个不折不扣的老兵了。当兵，没做出军人该做的成绩，没吃过多少苦，没有建功立业，只在基层部队晃荡几年，就到机关写公文材料，不久又开始写小说，1993 年，二十九岁成为军队专业作家。当兵的岁月，其实有一大半与写作为伴。

现在回头总结，自己爱上文学创作，与二十世纪八十年代初迈入青春门槛之后，无聊之际，读了王蒙、刘心武、张贤亮、李国文、从维熙、蒋子龙、鲁彦周、张一弓以及军队作家徐怀中、李存葆等人的小说，有极大关系。这些作家当时最大的一个特点是（那时候几乎所有的中国好作家都是如此），他们站在时代的潮头上写作，勇于揭示民族的苦难，反映人民和社会的疾苦，点燃被压抑的人性的光辉，直面人生，直面社会现实，他们让文学走在了时代前列，引领了风骚，开创了新时期文学的空前繁荣。换言之，那个时候我读到的中国小说，强烈的政治色彩与充沛的文学激情相融会，作家敢说真话，尖锐大胆，禁区一个个被突破，读来令人痛快淋漓，看了解气，大呼过瘾。

于是，你就很难舍弃它。

就这样爱上了文学。

好景不常在。十几年之后，大约二十世纪九十年代中期前后，文学之树已呈现出凋敝之态，以至后来，愈发不堪。文学的衰落，一个最重要的原因，是多元文化的爆发和大众娱乐的狂飙突起，挤占了文学空间，读书人越来越少，文学后备力量流失严重。

作家本身有没有责任？

我认为，责任不小。正是从那个时候起，不少作家写作越来越小众化，不关心现实，远离时代，缺乏担当，热衷于描写杯水车薪、鸡毛蒜皮、家长里短，笔下不痛不痒，自说自话，顾影自怜。本来社会上有两种人最需要为民族担当，一种是有良心的政治家，一种是有良知的知识分子，文学家是其中重要的组成部分。结果，文学家部分缺席，不去关心国家命运、民族未来，很少出现振聋发聩的作品。其结果就是，你不关心时代，时代就会抛弃你；你不关心大众，大众就会抛弃你；你不关心生活，生活就会抛弃你。就这么简单。

当了十年专业作家之后，我感觉文学创作已像鸡肋，弃之可惜，食之无肉。作为军旅作家，不能去抒写基层官兵的精神苦闷，反而要重复以前的作品，不停地去写他们所谓的奉献精神、虚假的革命英雄主义和浪漫主义，我看不到创作希望。2003年前后，我暂时放弃了小说创作，开始写剧本。有人认为，写剧本是为了钱，我不否认当然有这个原因在里面，而且很重要，毕竟当今是个金钱时代，没有钱是没有活路的。还有一个原因，就是希望自己的作品知道的人多一些，辛辛苦苦写一部小说，卖一万册都困难，压根儿没有几个人读，你还有心情写吗？写一部电视剧，哪怕再差，只要能在卫视播出，就会有成千万人观看，骂也好，夸也好，作为编剧，总能满足一点小小的虚荣心，对吧？这也是一些作家转行写剧本的原因之一。

在影视圈里折腾了十年有余，个中滋味，酸辣自知。原以为写剧本比写小说容易，一头扎进去，才发现，哪条道都不好走。影视圈本身就是个名利场，唯利是图、利欲熏心者多如牛毛，一个单纯的、脸皮薄的作家，在那里面混，终归是要吃亏的。终于，在参与写作了八个剧本之后，我开始怀念文学创作。文学这块，基本是没有什么禁区的，只要是遵守法律，只要是为了国家好，你想怎么写、写什么都行，也没有那么多的审查。文学创作，多自由啊！当一个作家，多幸福啊！我这才发现，写小说为了灵魂，写剧本为了肉体；写小说是享受，写剧本是煎熬；写小说是形而上，写剧本是形而下；写小说是挤牛奶，写剧本是老牛下地拉犁——当然这些都是我的瞎感受，肯定不那么准确。

回头写小说，不能再写过去那种不痛不痒、不咸不淡的东西了。虚假和苍白无力，或许一直是军事文学的通病，这也算是军事文学更加不景气的一个重要原因吧。促使我下决心写《一座营盘》，有一个重要的契机——十八大以后，风向变了，一个最重要的标志就是反腐，在我党历史上，像这么大规模的、坚决的反腐，从未有过。作为一名老兵，我亲眼看到了改革开放后中国军队的巨大变化，说实话，现在我们的战力，已经足以令老对头们发怵，我们的武器装备发展之快，连内部人都感到吃惊，我们和美军的差距逐渐缩小，个别领域已经齐头并进。但是，我们最大的心病也越来越包藏不住，那就是腐败，正像党报上所说，腐败是我们最大的敌人，在当今这个世界上，能够战胜我们的，只有腐败。写三十多年军队的变革，如果不涉及军中腐败，如果有意忽略这个重大问题，那就是一个军队作家的失职。因此，我不想粉饰现实，不想回避矛盾，我想改变过去军事文学高大上的传统，把军人拉回到地平线，甚至地平线以下。而且现在这么写，正是时候。既然赶上了好时候，再不写，自己真就老了，那就咬牙干吧。于是，我写出了部队建设中的一系列问题和矛盾——形式主义、用人不察、面子工程、缺乏科学的决策、讲排场、惊人的浪费、买官卖官等种种腐败现象。这些大都是我听说过的、遇到过的、身边发生过的，甚至不需要去体验生活，信手拈来就是。这些早已存在、愈演愈烈的问题，正是新一届中央领导集体、新一届军委班子着力解决的，所以也算是有点儿现实意义吧。

作品完成之后，一些最早看过稿子的朋友反映说，以前从来没人这样写过当下的军队。也有的说，它堪称第一部批判现实主义军旅小说。其实呢，我只是写了很小一点的矛盾和冲突。一是自己阅历所限，二是笔力不逮，三是胆量还不够，远未反映出火热而严酷的生活，我写的，只是冰山一角罢了，生活远比作品丰富多彩，触目惊心。尽管如此，已经感觉够尖锐了。有人认为，作品中的孟广俊就是生活中的谷俊山。到底是不是，其实我也说不清，因为谷俊山这样的人到处都有，大小而已，贪多贪少而已，他有广泛的代表性。这很可怕。还有人认为，书中的主人公布小朋，不过是一个虚幻的人物，生活中很少有这样的人，不具备代表性，像这样的人，根本不可能当上将军。也许是这样。但我必须塑造一个具有浩然正气的主要人物，生活中越是罕有布小朋这样的人，这样的人就愈显珍贵，他是我的理想，是我理想中的中国军人，他有点儿像《射雕英雄传》里的郭靖，有点儿傻乎乎，但又极为善良、真诚、正直，品行超一流，历经磨难之后，最终武功最高，修成正果。像这样的人多起来，我们才有希望。

我想，腐败分子一定不会喜欢这本小说，甚至会痛恨作者。为了防止有人对号入座，我得进行各种各样的文字处理。当然我也不怕——我有最硬的后台——党中央、习主席便是作者最大的后台。新一届中央领导集体对腐败零容忍，反腐全覆盖，反腐不留死角，反腐无禁区，不封顶设限，正着力营造不敢腐、不能腐、不想腐的政治氛围。军队决不能成为腐败分子的藏身之地。这些话，很提气。还怕什么呢？

我和书中主人公布小朋有类似的早期经历，如果不是改革开放，像我们这种处于社会最底层的农家子弟，是难有机会成为职业军人的。十六岁那年我来到军队，为了混一碗饭吃，打的是自己的小九九。三十多年来，国家人民用军费养育了我，给了我尊严和小小的地位，我总想着为军队做一点事情，我是个文人，不能到训练场上摸爬滚打，掌握不了高科技武器，无法到边境线上站岗放哨，那么，只能利用手中这支秃笔，写几部作品，回报国家和军队。军队是镇国利器，军队强，国家才强。让军队强大，就是让民族强大，世界上所有强大的民族都是因为军队强大才强大。历史上的中国，凡是军队强大，名将辈出的时候，如秦，如汉，如唐，也是国家强大的时候。军队好，国家就好，它不好，国家怎么可能好呢？亡国都是有可能的。就像作品中的康文定生气后所说：都不来保护，国家完了，日本鬼子还会进来奸我们的女人，烧我们的房子，你再好的房子，再多的钱也没用，你就是跑到海外，成了什么狗屁澳大利亚人，你的祖国完了，你也只能是澳大利亚下等公民。只有你的祖国强大，你才能牛起来，你家的苍蝇蚊子都跟着牛。别以为你跑出去就没事了，你的祖坟跑不出去，日本人照挖你的祖坟……

说到底，中华民族的伟大复兴，首先应该是军事上的复兴，没有军事上的强大，中华民族的强大与复兴，就是一句空话。作为一个不拿枪的军人，也许站着说话不腰疼，但这份心情，这份心思，却是实实在在的。

还想回过头来说创作。自己搞了小半辈子创作，一直在文坛边缘行走，文坛上认识的人不少，认识我的人也不少，但自己并没拿出真正有分量的作品，没有开过作品研讨会，没有得过国家级的文学奖，深感惭愧。五十岁的人了，得学会总结，回头看，发现自己走过不少弯路。年轻时迷恋意识流，迷恋魔幻现实主义，迷恋现代派，迷恋法国新小说，不好好讲故事，喜欢玩点儿文字游戏，现在看来，很是可笑。当作家，首先得学会讲自己的故事，迷恋别人的收割机，不如打磨好自家的镰刀。每个民族都有自己的文学传统，中国土地上最好的文学风景，可能不是什么魔幻，而是中国式的现实主义；现实主义，才是中国文学的根。拥抱生活，反映现实，是拉近和读者距离、挽救文学的最好办法。真正的力作，应该是反映社会深刻矛盾的，《红楼梦》是，《水浒传》是，《三国演义》是，鲁迅的全部作品都是。托尔斯泰、陀思妥耶夫斯基、肖洛霍夫、帕斯捷尔纳克等人的作品也是。

2002 年上鲁院首届高研班，著名评论家雷达课堂上讲过一段话，一直没忘。他说：当今文学回避宏大叙事，钻入小型叙述和个人化的迷宫成风，鲜有表现时代民族命运的大主题，鲜有对民生疾苦的深切关注，鲜有对父老乡亲的大悲悯、大关怀，总之，反思精神、启蒙精神、悲剧精神趋于弱化，这是当下最忧虑的。这段话拿到现在来听，问题依然存在，而且尤甚。

真正的作家应该勇于立于潮头。我认为中国作家创作水平其实并不差，文字也好，结构也好，不输别人，中国作家缺少的不是才华，而是勇气和担当，畏首畏尾，缩手缩脚，怕三怕四，是我们作家，包括出版人的通病。由于我们所站的高度不高，价值观有问题，缺少普世价值观，太关心身边琐事，而不怎么关心国家民族命运，缺乏大格局、大思维；再就是喜欢急功近利，不能沉下心来从容做事。这就不免影响到我们作品的高度和质量，大作品也许就这么溜掉了。

我不认为《一座营盘》是一部反腐小说。我只想让读者通过它，关心一下中国军队的现实，进而思索一下国家、民族的命运。稿子快写完时，我遇到军队评论家汪守德，告诉他我写了这样一部小说，我说，如果你们认可它，那么以后我就继续写小说，如果你们不认可，那我回头再去写剧本。我衷心希望读者和评论界认可它，好促使我继续在小说创作的道路上行进。

感谢为了本书的写作、发表、转载、出版，给予热情帮助的领导、老师、战友、朋友们。深深地感谢你们！

（2015 年 本文为长篇小说《一座营盘》单行本后记）

作家应该勇于立在潮头

我从事文学创作有三十年了，头一回开个人作品研讨会。今天可以说是我创作之路上最重要的一天，也是我最快乐的一天。非常感谢各位师长冒着严寒，不辞辛劳，来给我的创作把脉、指导。

其实我已经有十年之久没有写小说了，当初之所以离开，是因为不想再写令自己失望的作品，不想重复自己；之所以再次回来，是因为我发现，自己终究无法放下对文学的追求，对文学的这份感情，这辈子是放不下的。

2014年下半年，我用五个月左右的时间，写出了《一座营盘》。虽然写作时间不长，但它是我三十多年军旅生涯的一次全面概括和总结。因为涉及军队重大问题，题材敏感，矛盾尖锐，写作的时候，我做了作品无法面世的心理准备。幸运的是，我赶上了好时候。

2015年元旦放假上班，1月4日那天，我把小说稿发给了《中国作家》杂志，令我意想不到的是，不到一个月，《中国作家》第2期就刊载了小说的上半部，3期又刊载了下半部。又过了一个月，4月份，单行本由人民文学出版社出版发行。随后，《当代长篇小说选刊》和《长篇小说选刊》都进行了选载。后来又有不少报刊进行连载，电台进行连播。在此，我真诚地感谢为这部具有冒险性的作品付出心血和勇气的王山、佟鑫、脚印、管士光、杨新岚、顾建平等各位师长和朋友。

小说发表之前，第一个读者是汪守德先生。我写出来后，第一个发给他，为防止出事，我请他把关，因为他当过总政艺术局的局长，政治上他有数。看后他说了一句话——他说："习主席在古田会议上讲的军队存在的十个问题，比你小说涉及的矛盾，还要严重得多。"这增强了我的信心。同时，汪局给予了高度评价，认为这部作品让他感到震惊，以前从来没人这样写过军队。朱向前老师从《中国作家》上读到它，很快写出评论，不吝赞美之词。书出版没几天，我收到了贺绍俊老师的微信，他称赞说："这真是一部有血性、有忧思的大作。"在座还有不少师长都给过美誉，我就不一一列举了。

作品出版之后，有大量读者，尤其是军队的读者与我做过各种形式的交流，他们认为作品写出了他们想看的东西。由此我想到，拥抱生活、直面现实、接地气的作品才是读者最喜欢的。多年来，文学的阵地为何一直在收缩？一定程度上是作家缺乏锐气，没有了忧思，没有了血性，没有了担当，在小圈子里自娱自乐，顾影自怜，所以逐渐被大众抛弃。全国上百家文学杂志的总码洋，赶不上一部下三烂电影的票房，当令文坛中人汗颜。

我上鲁院高研班时，雷达老师讲过一段话，一直没忘。他说："当今文学回避宏大叙事，钻入小型叙述和个人化的迷宫成风，鲜有表现时代民族命运的大主题，鲜有对民生疾苦的深切关注，鲜有对父老乡亲的大悲悯、大关怀，总之，反思精神、启蒙精神、悲剧精神趋于弱化，这是当下最忧虑的。"这话拿到现在来看，问题似乎更严重。在当下这个娱乐至上的浮华时代，应该有一些有血性有担当的作家站出来，勇敢地立于潮头，坚守住一块民族精神和灵魂的阵地。

我不太认同《一座营盘》是一部反腐小说。我只想让读者通过它，关心一下中国军队的现实，进而思索一下国家、民族的命运。我只是写了很小一点的矛盾和冲突，远未反映出火热而严酷的生活，我写的，只是冰山一角罢了，生活远比作品丰富多彩，触目惊心。

在文学创作这个战场上，我是一名老兵，又是一个新兵，老兵是因为搞了三十年，写了两三百万字的小说；新兵，是因为感觉自己刚摸着道。最后再次感谢各位领导、老师、朋友的光临与指导，我愿意以这个研讨会为起点，写出更多更好的作品。我有这个信心和决心。

（2015 年 在长篇小说《一座营盘》研讨会上的发言）

我为什么写《浪漫沧桑》

二十世纪七十年代，我在山东西部黄河岸边的一个村庄艰难地求学度日之时，有几本革命战争题材的小说在我心里播下了文学和军旅的种子，它们是《林海雪原》《铁道游击队》《红日》《苦菜花》《红旗谱》《敌后武工队》等，在这些作品的熏陶之下，1980 年，高考中榜之后，我果断地选择进入军校学习，从此成为一名职业军人，一直到现在；正是由于那颗文学的种子发了芽，我后来成长为一名军旅作家，一直在文学的森林里栉风沐雨，缓缓生长。

每一个作家都有自己擅长或感兴趣的创作领地，有的写乡土，有的写城镇，有的写官场，有的写现实，有的写历史。作为军旅作家，我最喜欢的自然是军事。

军事题材包含两大块——战争与和平时期的军营生活。说句实在话，这两个领域是两块硬骨头，都不好啃。

这里不谈后者，只说前者。

我小时候读过的那些革命战争题材的名篇巨著，影响了一两代人。中国当代作家中有不少人也是受它们的影响走上创作道路的，因之，很多人都怀有英雄情结。然而在进入新时期之后，革命战争题材的文学创作却江河日下，与其他题材的创作相比，它所孕育的重要作家和作品不断衰减。个人认为，这是整个中国文学的一件憾事。

人们总爱说，死亡和爱情是文学永恒的主题。而我们的前辈所经历的如此庞杂丰沛的战乱岁月，可以说是一座很大的文学富矿，它多层面、多角度地涵盖了这一永恒主题，按说是很值得作家们去开掘的。如果说前辈作家受当时政治风云的影响，摆脱不了政情世风的桎梏，拿出的作品有意无意贴上了所谓"左"的标签，其作品被岁月淘洗之后，已经不再吸引后来的读者，那么，社会发展到今天，当代作家再回头去深入历史，重新反思历史、战争和人性，用新的创作手法拿出适合当代人阅读的作品，写出它的当代性、丰富感，进而映照现实，我认为，早该是时候了。

为什么这类题材的优秀作品在当下犹如凤毛麟角？或者说当代作家为什么总是回避这个题材？很值得玩味。

我认为，原因不外有三：一是这类题材的创作难度大，若要正面强攻，前面有不少名篇，就仿佛一个个山峰，挡住了去路，想超越人家，很难，搞不好有"炒剩饭"之嫌；二是当下仍有不少束缚；三是写革命战争，塑造英雄人物，对于一些成名作家来说，担心被个别用心不良的人给贴上"主旋律"的标签，因为一个所谓的主旋律作家，在当今偏右的大众社会形态下，容易遭人讥讽，被认为是投机取巧，是应景式写作，是才气不足的表现，所以得躲。凡此种种，原因不一而足，造成了战争文学创作的沉寂与落伍，革命历史题材遂成为小说创作的冷门。

相比于小说创作，战争题材的电视剧这些年倒是热度不减。从表现手法上来说，电视剧比文学作品更适宜展现火爆刺激的战争和战斗场面，娱乐性强，这是事实，问题是近几年那些大量出现的抗日雷剧，那些重复制作的所谓重大革命历史题材剧，那些花样百出的谍战剧，故事都编不圆，其胡编乱造、牵强附会的现象令人不齿。同时也反映出，缺乏厚实的文学作品所支撑的影视剧创作，恐怕难有精品佳构。

文学有个特点，作家不太愿意写过于遥远的事（如果写历史小说，也要写宫廷斗争，写历史上大名鼎鼎的才子佳人或者名将名相，没人专门去写古代的小人物，因为现代人不会关心他们）。但是中华人民共和国成立才六十多年，现在活着的人，或者死去不太久的人，九百六十万平方公里的国土上，我们所有的人，其命运都与那段历史息息相关。我们的身边，不难见到战争的亲历者。我们的烈士陵园，埋葬的都是那段岁月的牺牲者，我们的战役纪念馆，也基本上陈列那一阶段发生的战事。我们每年都要在七一、八一、十一举办节日纪念。我们几乎每天都能嗅到那个时代的气息……六十多年，说短不短，说长不长，正好可以拉开距离，审视那一段烽火岁月。因此，个人总感觉，这个领域的创作不仅不应被忘却，而且值得深入开掘，尽管很难很难，需要去冒失败的危险，尽管有些担忧畏惧，需要冒着阻力去攻隘闯关，但是有责任感有担当的作家不应躲避，应该迎难而上，勇于投入，写出真正配得上那个英雄时代的精品力作。实际上，军事文学如果用心经营，更容易出现黄钟大吕般的作品。

三十多年前，我在乡下求学的少年时代，因为读了开头所述的那几部作品，可以说改变了我的人生，三十多年来，我时常想，何时我也写一部那样的作品？这些年我写了二十多篇革命战争题材的中短篇小说，还写过一部长篇《芳香弥漫》，却总是不满意，不过瘾，总感觉自己的劲并没有真正使出来，权当是练笔吧。

创作的冲动不可遏制地再度光临。2016 年春节刚过，我打开电脑，写下了开头："1936 年——民国二十五年，夏天，龙城的余家'双喜临门'。其实是'三喜临门'——只是这第三喜，不便与人说。"

正月里写出一万多字以后，由于诸事缠身，一停就是半年多，直到 11 月份，重新打起精神突击，到今年 4 月中旬，用五个月的时间，一举完成了这部约三十万字的《浪漫沧桑》。我女儿提醒我说，千万不要说写得这么快。她的理由是，她经常看到某些作家说，自己某部作品写了五年甚至十年，十年磨一剑嘛，时间说长点儿，显得认真，不毛糙，显得厚实。我不想说假话，我前前后后写作时间加起来，也就是半年，真让我五年、十年写一本书，不如去干别的。往往是我写得越快，越说明写得顺畅，如果像挤牙膏那样，某一天只写几百字的话，说明这一天是磕磕绊绊的，越慢，质量越是值得怀疑。

实际上，这部作品的构思，早在十年前就开始了，它影影绰绰地在我脑子里，《浪漫沧桑》这个题目，也是那时候就有了。只是动笔之前，我仅仅粗略想好了开头部分，三个主要人物出场：余立贞、汪默涵和申之剑，其他人物都是模糊的。另外我还打算故事从1936年开始，到解放初结束，主人公经历第一次国内革命战争、抗日战争和解放战争。至于现在书中所呈现的故事走向、人物交集、事件冲突，以及大量的细节，动笔之前是不曾考虑好的。随着写作的进行，一些主、次要人物和场景渐渐地清晰起来，与我的写作同步生长，最后就成了现在这个样子。

谁都知道，写小说主要是塑造人物，越是写出新鲜的、令人难忘的人物形象，越是成功的标志。中国的作家里面，曹雪芹、罗贯中、吴承恩、施耐庵、蒲松龄、鲁迅、金庸之所以伟大，就是因为他们写出了许许多多令人难以忘怀的人物。人贵有自知之明，即使我深知自己成不了大作家，但我总也得有一个目标——使出全部的劲，力求塑造几个稍微新颖一点的人物。我想让每一个人物都有不同的性格，每一个人物争取都新奇夺目，不是苦情，不要矫情，而是真性情，并且区别于前辈作家笔下的人物。所以，作品中的余立贞（参加革命后改名为李兰贞）、汪默涵、申之剑、余乃谦、江山、罗金堂、龚黑柱、冷长水、韩素君等人，在你读过之后，如果能感觉到一点点新意，那么我就算没有白忙活。

前辈作家的同类题材作品，它们的伟大之处在于塑造了一批栩栩如生的革命英雄人物，他们勇敢坚定，带着战火硝烟，屹立于读者面前。但是话又说回来，那些作品今天之所以不再那么流行，主要是时过境迁，人们的审美观、价值观，甚至世界观都有了改变。那些英雄人物由于过于高大全，似乎不食人间烟火，今天看来显得有些不真实，更像是一个政治符号，早已与当今现实社会拉开了距离，成为过去时。当下文艺界时兴"消解英雄"，或者说是"解构英雄"，削弱崇高之美，更认可"有缺点的英雄形象才更真实更可信""小人物拯救世界"。这是一种创作潮流，也符合百花齐放的创作规律，美国好莱坞最擅长这么干，我们当然不能完全否定。从本质上说，小说家所写的，通常是特异的、不正常的人物与事件。太常规、太高大的人物，还是让报告文学作家来写更好。

社会在变，创作思路必须也得变。革命的文学大师们在他们的作品中突出了革命性、阶级性、民族性，我想在这个基础上增加一点人性，另外还有当代性。好像是黑格尔说过，历史题材有属于未来的东西，找到了，作家就永恒。他所说的未来的东西，就包括当代性。

其实，革命历史是个多棱镜，它具有无限的丰富性。我想，在正统的党史和军史之外，正是文学起飞的地方。掀起被遮蔽的历史一角，降低视点（避免再写高大全的形象），变换一下视角（获得艺术新意），秉笔直书，就可以收获一篇与众不同的战争小说。

《浪漫沧桑》主要通过女主人公李兰贞与汪默涵、申之剑、罗金堂、龚黑柱这四个男人的关系展开，这是错综复杂的一条主线，另一条线是把她一家在战乱年代的兴衰沉浮、巨大变迁紧密地交织在一起。正面写战争，往往吃力不讨好，所以在本书中，我有意虚写战争，实写爱情，力求通过李兰贞复杂的情爱与命运展示波澜壮阔的历史进程，写出她的希望、忧伤、追求、痛楚和悲怆。

在李兰贞这个人物身上，可以说倾注了我全部的心血。小说一开始，她为了追求浪漫的爱情，放弃了去美国，从而一头扎进革命阵营，阴差阳错走上一条充满荆棘的人生道路。十几年的革命生涯，她得到的是无尽的沧桑，心头伤痕累累，一直受命运摆布。你可以说这是她为革命做出的牺牲和奉献，也可以说这是大时代里她坎坷命运和人生际遇的必然结果。她美丽柔弱、天真烂漫、缺乏心计，日常革命工作有时她不愿做，更不像其他人那样勇敢坚定，她似乎是革命队伍里的一个另类。她一生追求爱，却没有得到真正的爱情。似乎她什么都得不到，当年一同入伍的女伴都嫁给了高级干部，她最后只嫁给一个级别很低的残废军人，解放时连党籍都被拿掉，革命半生，最后竟然连个党员都不是。如此看来，她似乎是一个不折不扣的人生的失败者。

但是，她又是真善美的化身，是爱的化身。看似她没有信仰，实则她的爱，她对世界的爱，就是她的信仰，她对身边的所有人都实现了超越。小说结尾有几段话最能够代表我的心声——

> 人生的磨难与毁灭，往往不是由于恨，而是由于爱，就仿佛汪默涵之于岚岚，申之剑之于贞贞，余立文之于李雅岚，她之于汪先生。爱情就像一场火，可以给人温暖，给人光明，也可以把人烧焦。爱是危险的，尽管如此，还是有那么多的人不顾生死，飞蛾投火一般，把自己置于绝境。爱与恨，有时只在一念间，天堂与地狱，就像左手与右手，每天都不离你左右……

> 爱也罢，恨也罢，只要爱过，就知足了。世界需要爱，不需要恨。

> 爱情、革命，都是浪漫的事，也蕴含着无尽的沧桑。但这一生，她不后悔。她出来革命，不是为了占有，不是为了争夺，而是为了寻找爱，为了化解恨。这一生，一切经历如梦似幻，得之我幸，失之我命，她不想有任何的抱怨。

> 过往的光荣，不会灰飞烟灭。

她头脑中没有"打天下，坐天下"的腐朽思想，中华人民共和国成立后放弃城市生活，回到她革命的出发地当一名小学老师，是为了不忘记"让老百姓过上好日子"。中华人民共和国成立六十多年了，老百姓的日子与过去相比，早已有天壤之别，但是我们所面临的诸多问题，与那时比，仍是一样地存在。她就像一面镜子，今天的每个干部，都应该从中照见自己的影子。

我写这篇小说，既是为了讴歌，更是为了反思。

黑格尔说："历史给我们的教训，就是我们根本没有从历史中领受到教训。"我们不能忘了来时的路，我们更不能不清楚我们要去往何方。

写作过程中，我一直试图给它找一个"模板"——既然主要是写女兵的，可不可以成为中国版的《这里的黎明静悄悄》？事实上完全不搭界。小说快完成时，我突然想到了美国作家玛格丽特·米切尔的《飘》，李兰贞和斯佳丽倒是有一些相似，两部作品都是写美丽多情的女主人公，面临家国之变，所经历的残酷而又不乏浪漫的故事，不同的是，斯佳丽性格张扬，是个美国女性的形象，而李兰贞温柔内敛，是具有古典气韵的中国女性。但愿我这部作品能成为中国版的《飘》。

浪漫、沧桑这两个词，我感觉既能够代表战争年代人们的生命状态，也是人生的一种普遍状态。我们总是幻想浪漫，我们又总是遍体鳞伤；沧桑岁月，留给我们的，是无尽的感慨和忧伤。文学本质上是一曲挽歌，是对过往岁月感时伤怀的记忆。小时候因为读过那些革命战争题材的作品，数十年来总是萦绕于我心头，这一部作品，就算是还一个愿吧。

这部作品对于我有特别的意义，尽了我全部所能来描绘它。至于是否成功，请读者评说。

（2017 年）

小说集《子弹穿过头颅》自序

　　二十世纪八十年代后期，我学写小说的时候，正赶上中国当代文学最繁荣时期的一个尾巴。经历了从 1957 年"反右"到"文化大革命"结束的极左年代，中国作家压抑既久的写作欲望喷薄而出，像一支尖兵横空出世，成为全社会的明星。在那种情况下，我热切地迷恋上了小说创作。但我当时并不知道，我走上这条道路时，中国的文学创作其实已经在走下坡路了。不仅是作品走下坡路，主要的是文学创作的社会氛围和关注度，越来越走低，文学创作渐渐成为一种"孤独的行走"。

　　就全世界而言，文学（主要指小说）最鼎盛的时代，是十八、十九世纪，二十世纪初赶上了一个尾巴。世界公认的伟大作家及其作品，很多出于那个历史阶段。人类在经过了几千年的文化积累之后，终于把小说这个艺术门类推向了巅峰。试想，如果那时候就有电影、电视、互联网等大众娱乐工具，可能文学的那个巅峰，也没有现在那么高，毕竟那时候的人除了读书，几乎没有别的娱乐。是读者造就了作家，造就了作品，如果没人读书，你还有兴趣写吗?

　　时代发展得太快了，科技的进步、社会的稳定、生活的富足，带来了多元化的娱乐享受。这对文学不是好事。

　　战争、苦难、剧烈的社会动荡是孕育伟大作家和伟大作品的肥沃土壤，而当今歌舞升平的时代，则是影视等多媒体的盛宴，生活安逸，吃

20

饱喝足之后，大人们可能会有点儿怀旧，小孩子则去追星，这些都可以在电视剧、电影和演唱会上寻找到，谁还会静下心来费心累脑读一篇小说？所以你看到了，中国很一般的电视连续剧都有那么好的收视率，好莱坞的电影，以及中国某几位大牌导演的电影，票房成绩总是那么的好，不论作品艺术质量如何，只要排出明星阵容，舍得花钱做广告，不愁票房。艺术越来越资本化了。资本总是为逐利，文学没有利，谁还去逐？

没有了读者，作家就会感到受冷遇，而同时，安逸优越的生活，也使一些作家没有了切肤之痛，失去了写作动力；远离底层的生活，缺少了深刻的批判意识，更使作家们的作品变得苍白无力。不仅中国，全世界的文坛都是如此。这些年的诺贝尔文学奖得主，水平也是掉得厉害，照这样下去，这个奖也该取消了，不如变成诺贝尔电影奖。

说到底，这个时代，已经不是文学的时代，经济学里有朝阳行业和夕阳行业，文学应该属于夕阳行业。小说，尤其是不为获得影视改编权的中短篇小说创作，已经像京剧票友那样，成为一种小群体的自恋行为。为了卖版权拍成电视剧而创作的长篇小说，那又另当别论。

我说这些，是不是想说自己走错了路？女怕嫁错郎，男怕进错行。是不是后悔了？

非也！如今当一个作家，虽难以飞黄腾达，却也不至于被人瞧不起，当然，前提是自己得瞧得起自己。走上这条路，本人非但没后悔，反而感到庆幸，人贵有自知之明，像我这样的人，父母都是农民，祖辈没一个做官的，没一个经商的，这样的家庭背景、成长氛围，我掂量过，自己不是走仕途的材料，也没有经商的本领，能够当一名作家，似乎是最好的选择了，已经很幸运了。感谢党，感谢军队，给了我一个专业作家的头衔；感谢小说，它使我走上了一条不同于大多数人的人生之路；感谢古今中外那些我喜欢的作家，他们给我提供了丰厚的营养；感谢阅读过我的作品的读者，他们的阅读使我的劳作有了意义。写作伴我度过了风华正茂的年代，还会伴我度过青春凋零的未来岁月。

收入这个集子里的十一个短篇小说和四部中篇小说，是从我1990年至2003期间发表的二十个中篇小说和六十多个短篇小说中挑选出来的，这些作品虽然发表时没什么大的反响，我也不会那种"功夫在诗外"的炒作，但我可以向你保证，只要你认真读了，你不会后悔的。就像父母最爱自己的孩子一样，我把作品当成自己的孩子，所以我最爱自己的作品，尽管它有这样那样的毛病。这几年，迫于生活压力，写了一点影视作品，没怎么写小说。也许我会很快"浪子回头"的。虽然小说像鸡肋，但有肉总比没肉强。做一个小说票友，自娱自乐，不为获奖，不为发财，以文会友，也是一种境界呢！

其实，人活着的最好状态，就是活在一种境界里。你仔细看看，你周围的人，面对名和利，是不是有不少人缺乏某种境界？

最高的境界是忘我和无私。

（2011 年）

竹中一滴曹溪水

1985 年秋天，我所在的部队在山东南部的大山里轮训。闲暇时候，我常常一个人登上营房附近的山峰，遥望远方的世界。我看到群峦叠嶂，烟岚蒸腾，太阳不断地变换方位，看得久了，眼睛发涩，脑子发晕，而远处的世界依旧无法望穿。于是便收回目光，打量近处的景物。这片山上没有树木，只有小花小草随风摇曳；山下有一条几近干涸的小河，河中央闪耀着一缕细细的水流……忽然我有点儿明白了，小花小草虽不起眼儿，但却照样能把山岗点缀得万紫千红；溪流虽不汹涌，但只要不停地向前，总有汇入大河的那一刻……

在这之前，我已经偷偷摸摸（主要是怕别人笑话）写了十多万字的中短篇小说，最短的也在万字以上，但令我恼火而又汗颜的是，没变成一个铅字，工工整整抄好的稿子几乎塞满了一抽屉。我几乎认定自己不是搞文学的材料，差不多要决意"金盆洗手，改邪归正"了，但在那天下午，我有所感悟之后，心劲儿又上来了。回去的路上，我顺手摘了一朵淡蓝色的小花，放在鼻端嗅着，经过营门口时，好像还挨了几句卫兵的嘲弄。尽管已过去好多年，但这个细节我一直无法忘怀。

那天晚上，熄灯号响过，同宿舍的兵们就寝后，我溜出去找到指导员，央求他准许我晚一点儿休息，并且把俱乐部的钥匙也要了来。然后，我悄悄地钻进去，趴在乒乓球案子上，借着昏黄的灯光，"痛快淋

"地撰写了三篇微型小说。这是我有生以来头一回写小小说，但那时我并不曾想到，这三篇小小说是我正式走上文学之路的"开山之作"——1986年第1期的《青年作家》刊登了其中的两篇，而且还有一篇被《报刊文摘》转载。从此以后，我的"运气"来了，文学创作因之成了我今生今世无法挣脱的一张大网。

现在看来，正是那两篇率先变成铅字的小小说给了我自信和勇气，所以我会永远感激它们。在我后来的创作中，小小说作品占的比例并不大，总共不到三十篇。并非我对它瞧不上眼，而是制造它颇有难度，写作时经常产生敬畏的心理。让我感到欣慰的是，写作它们时，我是极为认真的，丝毫不敢瞎凑合，因为短短千把字的稿子，哪怕只有一句废话，也会十分扎眼。这些"小制作"其中有不少被《小小说选刊》转载过，还有两篇荣获了该刊物的优秀作品奖；有的被收入多种选集，读者众多。尤其是通过创作小小说，使我感受到了"精致"对于文学创作的极端重要性。聪明的读书人不难发现，当今有不少洋洋数十万言的长篇小说，其价值甚至赶不上一篇精致的小小说。因此我想说，小说的优劣从来都不是以字数论短长的。好的小小说，就像是一枚货真价实、熠熠闪光的珍珠，也许会令你更加爱不释手。

古诗云："竹中一滴曹溪水，涨起西江十八滩。"优秀的小小说，就是这样一滴水。它能够折射广袤的世界，它能够包容丰富的人生。写此小文，愿与天下有志于小小说创作的朋友们共勉。

（1998年）

跑步、做饭及其他

搞创作的人免不了写创作谈，有些创作谈貌似深奥，实则七拐八绕，似是而非，不知所云，令人如坠云雾。这次不谈所谓深的，往浅了说。

2010 年之前，除了读书写作，我几乎没有任何爱好，不下棋不打牌不运动不吸烟，偶尔被迫喝顿酒，就跟个书呆子差不多。2010 年，我从北京北五环外的清河小营搬到德胜门外的五路通街，隔壁有一座公园，叫人定湖公园，不大，很幽静，还有一片湖面，一天早晨，我心血来潮沿着湖边跑了几圈，感觉很好。从此以后，就喜欢上了跑步——总算有了一个爱好。

七年来，只要不遇上极端天气，每天早晨六点多起床，必到公园里慢跑四五公里，一天不跑，就感觉少了点儿什么，浑身不自在。由此我想到写作——写作其实就像跑步，对于大多数作家来说，凭借的不是爆发力，而是耐力，毕竟一鸣惊人的作家是少数。当年巴金二十六岁写出《家》，肖洛霍夫二十三岁出版《静静的顿河》（第一、二部），这种现象现在很难出现，因为现代人生活安定，尤其年轻人缺乏大起大落的人生阅历，当作家不像诗人和音乐家，后两者主要抒写自己的感情，不一定需要丰富的经历与深刻的观察，所以容易出"神童"，作家不同，如今作家通常都需要具有丰富的阅历与长时间思考之后，才有可能拿出惊人之作。所以，写作是一场长跑，唯有坚持、坚持、再坚持，或许才能成长、成长、再成长。就像我上面说的跑步，跑到人生终点，写到人生终点，沿途一定会有一些风景，让你刮目相看，或者让读者对你刮目相看。王蒙先生八十多岁了，还能写出质量上乘的中短篇小说，便是很好的榜样。

再说做饭。除了跑步之外，如果再说一个爱好，那就是我清闲时喜欢下厨，虽说厨艺谈不上精，但也马马虎虎说得过去。做饭，好吃是硬道理。由此我想到，写出的作品，好读耐读是硬道理。不好读的小说，很难说是好小说，正像饭菜，不好吃的，能叫好饭吗？好吃是第一步，是基本，不但好吃而且还有丰富的营养，还是健康食品，那就更棒了。作品应如是——那些提炼出真善美的、引人无限遐思的作品，一定是好作品；那些难以卒读的小说，就像是难以下咽的饭菜，有人嘴上说喜欢，那是糊弄你，我不相信他真的喜欢。

作品要想好读，得学会讲故事，得想办法讲出新鲜的故事，一部长篇，头两页就得把读者的胃口吊起来，否则现代人那么忙，他就没有耐心往下看。我年轻的时候，一度迷恋所谓的先锋文学，被西方的现代派、南美洲的魔幻现实主义弄得五迷三道，后来才发现，走了弯路。中国人吃惯了馒头稀饭包子油条，吃西餐总是感到不对胃口，消化起来也有问题。

因此，我更倾向于认为，当作家，首先得学会讲自己的故事，迷恋别人的收割机，不如打磨好自家的镰刀。每个民族都有自己的文学传统，中国土地上最好的文学风景，可能不是什么魔幻，而是中国式的现实主义；现实主义，才是中国文学的根。拥抱生活，反映现实，是拉近和读者距离、挽救文学的最好办法。真正的力作，应该是反映社会深刻矛盾的。那些碎片化、私人化的写作，小情小调，鸡毛蒜皮，玩点儿文字游戏，很容易千人一面，同质化严重，不是正途；而那些抒写家国情怀、感时忧国、接续传统的作品，才更能体现文学的力量。

（2017 年）

夕阳下的挣扎

在这个物欲横流的商品时代，人们习惯用商业术语来形容一个行业的优劣短长，常见的术语有"朝阳行业"和"夕阳行业"，比如高科技、电讯网络、生物技术就属于朝阳行业，因为这类领域正方兴未艾，潜力巨大；而钢铁、纺织、石化等行业就属于夕阳行业，因为这类行业的高速成长期已过，如今效益都不怎么样，和它们若干年前的兴盛时期相比，它们在人们心目中的地位早已是江河日下了。

按照这种划分方式，当今市民的多元化娱乐就属于"朝阳行业"，文学创作和阅读无疑就属于"夕阳行业"。

大江东去，浪淘尽，千古风流人物。故纸堆里，人道是，古今中外名著。乱石崩云，惊涛裂岸，卷起千堆雪。名家如云，一时多少文豪！遥想作家当年，小说出版了，雄姿英发。羽扇纶巾，谈笑间，名利滚滚而来。如今再写，多情应笑我（你），早生华发。人间如梦，一尊还酹江月。

说真的，如今的时代早已不是文学的时代了，而在五十、一百或几百年前，那些古老的民风民俗、自然景物和千疮百孔的社会意识形态本身就是小说，就是诗歌，你顺手拈来，稍加整理，或许就能成为名著流芳千古，所以我们不难发现，那个时代的大师格外多。大师就像大树，大树多了，势必遮挡阳光，阳光一稀薄，大树下的小树小花和小草生长起来就困难。所以后世的作家不免抱怨，好故事都让人写尽了，好手法都让人用过了，再想出个新招真是不易。尤其商业时代又是个通俗文化占主导地位的时代，你想文雅就没有市场，你想通俗你能通俗过电视剧吗？靠写通俗小说发财扬名的人毕竟没几个。和小说相比，电影的日子似乎好过一些，因为电影可以使用高科技和大制作来乱花渐欲迷人眼。小说家除了弃笔用上电脑外，其他高新技术的光根本沾不上，又拉不到赞助，所以当今大多数的中外纯文学作家都处于两难境地，骑虎难下，就像鸡肋，食之无味，弃之不忍。

真道是噩梦醒来是早晨，美梦醒来是黄昏。早就有人忧心忡忡地探讨过文学是否会灭种的问题，有的说会，有的说不会。我觉得探讨这个意思不大，因为照现在的样子看，我辈之人消亡之前它不大可能灭种，所以就先别操这个闲心了。咱就抓住最后的机会再走一程吧。虽说已是黄昏夕阳下，但冷静下来瞅瞅，夕阳下的景致也还是不赖的。在这个时辰钓钓"鱼"，能钓着当然好，钓不着也没啥，就当在夕阳下散散心吧。黄昏过后，就是黑夜。在黑夜来临之前，我觉得应该重温一下鲍里斯·帕斯捷尔纳克的话。他说："艺术从来只有两项任务，一是坚持不懈地探讨死的问题，二是通过探讨死的问题以求生。"

（1998 年）

品尝历史的真滋味

十年前，纪念红军长征胜利七十周年时，我曾参与编写一部电视连续剧《雄关漫道》，说的是红二方面军（前身为红二、六军团）最初转战湘黔边境，长征开始之后，辗转经湘、黔、滇、川、陕、甘等省区，最后到达陕北，三军大会师的故事。

更早以前，作为军旅作家，我对党史军史有着浓厚的兴趣，曾经阅读过大量包括长征在内的党史军史资料。参与《雄关漫道》剧本创作的近一年时间里，我在当地同学朋友的陪同之下，主要在贵州境内进行了采访和体验，民间的种种说法大大丰富了长征的内容。

比如长征，后来的人们都知道，长征是战略转移；长征是为了北上抗日；长征是一场伟大的胜利。这没有错。不管怎么说，谁也不能否认，长征是人类历史上绝无仅有的伟大壮举，它是空前的，也是绝后的，走过长征的人，都是顶天立地的真汉子，这样的队伍取得天下，一点儿都不奇怪。

那一次实地采访的经历，我发现革命历史有无限的丰富性。这种丰富性最适合用文学或影视来表达。掀起被遮蔽的历史一角，降低视点（避免再写高大全的形象），变换一下视角（获得艺术新意），重写革命历史，可以品尝到一点历史的真滋味，可以收获一篇略微与众不同的小说。

本来十年前就应该有这篇小说，它在我脑子里盘踞了很久。因为后来不停地写剧本，十年多没有开笔写小说。终于有一天我感到，自己到底还是身在剧本，心在小说，是个写小说的命，于是就借纪念红军长征胜利八十周年这个机会，把《天佑》写了出来。明年是建军九十周年，2019年是中华人民共和国成立七十周年，这都是些重要年头儿。在当前军事文学创作不景气的情况下，期待有志之士站出来，写出大作品。实际上，军事文学如果用心经营，更容易出现黄钟大吕之作。

最后谢谢《人民文学》，谢谢《中篇小说选刊》。

（2016 年）

命运就这样被你改变

　　1990 年 3 月份，在济南空军政治部当文化干事的我，接到来自北京的电话，让我参加空军与《解放军文艺》联合举办的长城笔会。在那之前，我在山东的刊物上发表过四五个短篇小说。我坐了七个多小时的火车，来到北京，又在北京站转火车，到达怀柔。我记得很清楚，是成空的郑赤鹰老师到怀柔火车站接的我，与会人员住在空军某导弹部队的招待所里。就是在那个笔会上，我结识了《解放军文艺》的丁临一编辑，受到他的启迪，写出了令他很满意的一个短篇《灵物》，成为那个笔会上的"新星"。这篇小说后来获得了《解放军文艺》年度优秀作品奖，并且那也是我头一回登上长城。我的文学之路，就是从这里正式起航的。

　　如果没有参加这个笔会，如果没有得到丁编辑的赏识，我可能会和大多数职业军人一样，走所谓的仕途了。在他的鼓励下，不久之后，我又写出了《美丽家园》等三个短篇，发在了杂志头条，而且经他推荐，《新华文摘》和《人民文学》"新人佳作"栏目，都转载了其中的两篇。就是凭着这些，我上了第四届军艺文学系，并且成了那一届的"明星"。毕业后，我当上了所在部队的专业作家。从此我的命运被改变，我走上了专业创作之路。

　　丁编辑离开《解放军文艺》后，我又和王瑛编辑建立了联系，经她之手，发表了大量中、短篇小说。我的两件获"中国人民解放军文艺奖"的作品——短篇小说《小推车》和中篇小说《营地之光》，都是王瑛编发的，我最喜欢的一部中篇《雨中玫瑰》，也是她亲手编发的。如果不是她的鼓励、启发，可能我写不出令自己那么满意的作品。记得参加过两次她组织的笔会——东北走边防和大连笔会，都给我留下了永远难忘的印象。

粗略算了算，我一共在《解放军文艺》发表过五个中篇小说和二十一个短篇小说。我自己认为最好的小说，大都发表在这里。这些作品占了我全部作品（不含长篇）的三分之一。像我这样在《解放军文艺》上发表如此之多作品的军旅作家，可能不太多吧？

我天性安静，不擅算计，不会拍马，害怕与人打交道，因此搞文学创作，与文字打交道，是我一生最好的选择与归宿。我走上自己喜欢的道路，虽然无甚成就，但就像农民，能够有自己的一亩三分田园可以耕种，或者像渔民，有一片水域供自己打鱼，这一生，也就没什么可遗憾的了。

《解放军文艺》是一棵大树，我只是这棵树上的一个小枝丫。如果说她改变了我的命运，那么，丁临一和王瑛，就是我人生的伯乐，是我永远不能忘怀的两位老师。十余年来，由于心态浮躁，金钱唯上，我没再写小说，转而写了点剧本，但我仍然认为，写小说的日子，是最快乐的，就像人生的初恋，就像一壶老酒，你永远没法忘却它的滋味。我一直认为，自己还能够找回当初的状态，请老师和朋友们拭目以待。

（2014 年）

我喜欢"纯粹"的小说

关于小说的良莠与否，每个人有每个人的标准，我心目中的好小说应该是那种"纯粹"的小说。

常常听到个别高明的论者私下谈及某些作品时说，那不是小说。而这些小说明明已经产生了轰动效应，有的甚至成了"名著"，但是，仍然有人认为它不是小说。问题究竟出在哪里？

问题也许就出在这些作品报告文学的成分重，而真正的小说成分轻的缘故。也就是说，这类作品作为小说，它显得粗糙，不那么纯粹。

何为纯粹的小说？我认为它应该以人物形象和思想内核，语言、意境和结构，故事和细节取胜，作家所有的努力都不能离开这几个方面。而那些报告文学式的小说最大的毛病就是图解政策，拼命跟社会形势，语言相当粗糙，缺乏意境。而且这类小说截取的，大都是所谓的现实题材。谁也不会否认，社会现实与文学作品有着极为密切的联系，就像阳光之于植物、水之于鱼那样。当一种社会现象出现时，敏锐的作家自然会加以关注。进一步说，世上所有的作家可能都会幻想，自己的作品最好能映照一个时代，那样的话，自己就不朽了。莎士比亚、曹雪芹、托尔斯泰、鲁迅、博尔赫斯、海明威、福克纳、马尔克斯诸位大师做到了这一点，他们果真不朽。

但是，大师毕竟是大师，大师从来不去浮光掠影地扫描一个时代，大师从来不像跑马圈地那般去占有某种题材，靠占有题材取胜；大师只是用他高远的眼光和深邃的见解，给人们提供一个认识世界的新角度，并用他的心智照亮读者的灵魂。在大师的眼里，审美永远是第一位的，至于作品的内蕴，你自己去理解、体会吧。比如鲁迅，他老人家所处的时代可谓风起云涌，但他无须去正面描述诸如辛亥革命之类的巨大社会变革，他仅仅用《阿Q正传》《药》等几篇精粹的小说便反映了那个时代。许多年后，读者也许不知道辛亥革命为何物，但仍会感动于他的小说，因为他的作品不仅映照了时代，更重要的是它超越了时代。大师与凡人的区别也许就在这里。

好的小说应该是纯粹的、宁静的、超凡脱俗的，需要剥掉附着在它身上的某些非小说的成分。你不论从哪个角度看，它首先应是一件精致的艺术品，然后再是其他的什么。浮躁和急功近利是小说的两个天敌。而眼下的时代却是一个浮躁的时代，因此出现大作品的可能性很小很小。这似乎是世界性的困惑。

近年来很多行当时兴"炒作"，股票是最现成的例子。在股市上，绩优股有人炒，垃圾股也有人炒。炒它的目的无非是为了获利，这是无可非议的。然而，文学作品却不适合炒作，因为它是精神产品，你很难给精神产品明码标价，你可以说它价值连城，也可以认为它一钱不值。当然，炒作它绝对对炒作者和被炒作者有利，也确实有人沾了大光，但这样做对文坛是绝对有害的。当某位作家或某篇作品被炒上天之后，你很容易听到读者的责怨之声，这便是很好的说明。三番五次糊弄人，那些聪明的读者还会买你的账吗？即便是股票，当它被人恶炒之后，当它的"牛市"到了头，就会步入"熊市"，实现它的价值回归。文学作品与影视作品的最大区别就在于，它不适宜搞"大会战""大呼隆"，它最好是默默地滋润读者的心田。哪怕它只打动了一个读者，不也是一件很美妙的事情吗？

在这个物欲极度膨胀的时代，文学正在实现它的价值回归。我们没必要狂妄自大，也没必要妄自菲薄。面对文字，只要你还有一点快乐，那就不妨做下去吧；只要你还想做下去，那就争取做得纯粹一点吧。在我的心目中，纯粹的小说就好比纯净的阳光，就好比夜晚的灯塔，它们永远是一种神圣的东西。也许我们没有能力建筑高楼大厦，那么，我们就潜下心来造一座小木屋吧，把它造得精致一点，结实一点，边边角角打磨得光滑一点，千万别漏雨，更不要被一阵风刮跑了。

时间将会证明，越是纯粹的小说越是好小说。否则，时间之水将会很快把那些披着小说外衣的文字荡涤得无影无踪。

（1999 年）

何处是归宿

现在看来，我走上文学创作这条道路，与故乡的地域文化和风土人情对我的熏陶，有着极大的关系。我的故乡在山东省西部的东阿县，黄河岸边，离京杭大运河也很近。我祖居的村子是个交道要道，南来北往的人很多，他们带来各种各样的信息，也带来各种各样的故事。我的家乡原本就是个盛产故事的地方，《隋唐演义》《水浒传》《金瓶梅》等小说对我的家乡一带都有描述，我家离"东阿王"曹植的墓园只有大约十公里远，离程咬金的故乡斑鸠店大约三十公里远，离武松打虎的景阳冈、武松杀西门庆的阳谷县狮子楼也不过三四十公里的距离。小时候，我最大的乐趣就是在夜晚听游街串乡的说书人谈古论今，识字渐多以后，到处搜罗小说看，《铁道游击队》《红岩》《苦菜花》《迎春花》《敌后武工队》等就是在村里奶奶、大娘、大婶做针线的箩筐里搜到的，书页都不完整，因为人家是用来剪鞋样子的，基本都没有封面，有的缺页严重，有的读过好久之后，才知道书名。

小时候对我影响最大的，就是这样一些不完整的文学作品，它改变了我未来的命运。

家里还是太穷了，一家七八口人，全靠做铁匠的父亲在大队铁匠铺拼死拼活挣钱糊口，常常是一年到头吃不上几顿细粮，从年初就开始盼望春节快点儿到来，好打打牙祭。有一回我走进镇上的书店，看上一本小人书，需要八分钱。但我没有那么多钱，兜里只有五分，买不起，就想在店里看完，结果被看店的女服务员给轰了出来。

上初中的时候，我已经挺有"名"了，因为我的作文写得好，在班里，我的作文经常被语文老师当作范文在课堂上宣读。作文写得好，无非是两点，一是语言感觉好，二是感情真挚细腻，尽量少说空话套话。屡受表扬，就更加想写好作文，因为不想让老师失望。要想写好作文，多读书多体验是最好的窍门。结果由于偏好写作文，其他科的成绩一直提不上来，后来高考也吃了这方面的亏。在乡中学读高中时，我继续保持了写作文的优长，很多年后有同学告诉我，他当初就经常被我的作文感动得要落泪。

1979 年，十五岁的我在读了九年书之后，参加高考。从家乡赶赴考场的途中，遇上大雨，耽搁了一点时间，心急火燎赶到考点时，已经开考半个小时了。结局只有一个：名落孙山。落榜并没有让我太失望，因为还是太小，少年不识愁滋味，况且我所在的村子，在我之前，没有一个人考上大学，我落榜也并不丢人。后面的路似乎只有两条：或者像我的父亲那样，先到铁匠铺当个学徒，一辈子当个铁匠；或者干脆就到大田里劳作，一辈子与土地做伴。在母亲的鼓励下，我走了第三条路——背起书包，去复读了。目标只有一个：考上大学。

1980 年，命运终于眷顾了我，我中榜了。但在填报志愿时，费起了踌躇。当时有两个选择：一是留在省内读地方学校，二是到长春的一所空军的军校。上地方学校，要交学费，上军校，不但学杂费全免，而且还发服装。因为对越自卫反击战刚刚打过不久，战争阴云尚在，此时参军，是要有一点儿"冒险"精神的。父亲是个文盲，害怕战争，不想让我从军，而且信奉"千好万好，不如儿子在身边好"，不支持我上军校。因为知道家里的难处，因为我实在是想为家里省点儿钱，所以，尽管心里有点儿打鼓，尽管也害怕上战场，但我还是硬着头皮填报了军校。我安慰父母亲说：我当的是空军，干的是地勤，一般打仗，都是陆军先上，我们在后方修飞机，没什么事，不用怕。

到了长春的军校不久，我就庆幸自己走对了路。不为别的，就因为学校图书馆阅览室里，有读不完的长篇小说和文学杂志，我在那里，读到了徐怀中的《西线轶事》等一批南线战争题材的中短篇小说，读罢这些作品，非但不害怕战争了，反倒渴望到战场上去一试身手。这不就是文学的力量吗？

读军校的那几年，一有空就钻阅览室，就因为这个，我没有养成任何体育方面的爱好，不会打各种球，不会各种棋牌，只会散步跑步，说起来就是个书呆子。军校毕业，我来到山东潍坊，那儿有一座机场。大约从 1984 年秋天起，我开始正式写作。七八个人住一大间宿舍，没有桌子，白天要上机场工作，即使不去机场，屋里人多也很乱，没法写，晚上九点半就要熄灯，我写作的时间就是熄灯之后，我靠在床头，把一个大本子放在腿上，在别人的呼噜声中，摸索着往上写，第二天一看，常常是几行写到了一块儿。有时还怕别人发现，说自己不务正业，就得偷偷摸摸地写。熄灯后闭眼写作的时间持续了一年左右，写了十几万字的东西，都工工整整抄在了方格稿纸上，投给了报纸杂志，皆被退回或无声无息。尽管没发表一个字，但我爱好写作的名声还是传出来了，1985 年，师宣传科急需新闻干事，有人推荐了我，政治部一位领导派人把我的部分手稿拿去读了几篇，没见过我的面就决定调我，理由是，这么长的文章都能写，写豆腐块大小的新闻稿还不是小菜一碟？就这样，年仅二十一岁的我直接从基层连队调到师机关工作。这是我第一次沾文学的光。

沾光的事，接二连三地来到。1988 年，因为我"能写，文笔好"，济南的上级机关给我发来了调令，我要到大机关工作了。而能够到省城济南工作，是我在那之前最大的心愿。有点儿顺了，就有点儿得意忘形，文人最容易犯的毛病，就是愤世嫉俗，口无遮拦，喜欢在人前对时局发表看法，结果惹得机关首长不高兴，认为我不够成熟，需要下连队锻炼。当时我刚结婚，正等着在机关分房子，如此一去，鸡飞蛋打，尤其是下到连队工作，睁眼忙到黑，我哪还有时间写作？而且一个从上级机关给贬下来的人，再回机关就难了，说不定过几年就转业了。因此我非常不愿意，非常难过，就此迎来了我一生的头一个低谷。

吃过亏，很快又沾了光。还是因为我"能写"，新单位领导决定，我的命令下到连队，人不下去，留在团政治处写材料。这就为我赢得了宝贵的喘息之机，似乎是为了赌口气，我发愤写作，很快写出了《美丽家园》《一缕清香》《老邓班长》三个短篇，发表在1991年第3期《解放军文艺》头条位置，又分别被《新华文摘》和《人民文学》刚开设的"佳作选载"栏目转载，不久还得了《人民文学》的一个奖。正是这几篇小说，使我获得了一种宝贵的自信，从此更加地拉近了我与文学的距离。

紧接着我又沾了一个最大的光：上军艺文学系。如果我不遭此挫折，1991年肯定得不到上军艺的机会，因为原单位领导绝对不会放我上学，人家指望我写材料呢。说起来这真是因祸得福，命运为我关上一扇窗，却又为我打开了一扇门。这都是文学带给我的造化吧？

两年军艺生活，是轻松的、快乐的。

后来反思自己，上军艺的两年最大的一个失误，就是在汲取有效营养的同时，有点儿偏爱所谓的先锋文学，光想着在叙述和语言上玩点儿花样，大段的心理描写，沉闷乏味，读起来费劲，而没有好好地学学怎样讲故事，对题材也不讲究，想写什么就写什么，如此一来，可读性大打折扣。有一次我和鲁迅文学院高研班的一位同学聊天儿，他说，当时所谓的先锋文学害了一大批年轻的初学写作者，只有余华、苏童、格非等几个人沾了光，出了名，《收获》杂志越是影响大，越是误人。我想，那时候是自己创作欲望最强、状态和身体也最好的时候，如果那时候不去追风，而是好好地讲故事，多读一点鲁迅、契诃夫、莫泊桑、托尔斯泰的书，以及中国古典文学，而不去模仿那些根本不适合中国国情的南美作家，在题材的挖掘上和人物形象的塑造上多下点儿功夫，或许可以写出更好的作品吧。

离开军艺之后，我回到济南的老单位当了专业创作员，原先的老首长休息了，新上任的首长喜欢写东西的人，军艺还没毕业就要给我下达创作员命令。本来有留京的想法，这时反而不好意思了，乖乖回到济南。我可能是同学中第一个成为所谓专业作家的，当时二十九岁，常年不用上班，懒觉随便睡，军装很少穿，自在得很。

2006年，一个偶然的机会，我调到北京解放军总装备部，还是搞专业创作，但心气儿已不比当年。

这些年里，我感觉中国的文学创作一直在走下坡路，文学创作的社会氛围和关注度，越来越走低，文学创作渐渐成为一种"孤独的行走"，加上不正之风对文坛的侵蚀，这个江湖泥沙俱下，愈发地让人失望。

我说这些，是不是想说自己后悔了？不是的。走上这条路，非但没后悔，反而感到庆幸，像我这样的家庭背景、成长氛围，走这条路似乎是最好的选择了，已经很幸运了。写作陪伴我度过了风华正茂的年代，还会伴我度过青春凋零的未来岁月。这中间大约有十年时间，很惭愧，我没有写过一篇小说，主要是参与了一些影视剧的写作，有的是上面派的任务，不得不干，有的是为了改善生计，不得已而为之。酸甜苦辣，个中滋味，难以言表。后来我发现，中国的电影、电视剧，基本都是"雷剧"，胡编乱造得太过分，很多连故事都编不圆，参与影视创作的兴趣便突然淡下来，从2014年起，重回小说创作，写了长篇小说《一座营盘》，以及收在这个集子里的《天佑》《秋莲》等作品。

如此，我视自己为"浪子回头""不忘初心"。做一个小说票友，自娱自乐，不为获奖，不为发财，以文会友，也是一种境界呢！

走上这条路，是命中注定。何处是归程，长亭更短亭；何处是归宿，文学复文学；何处是归期，老命呜呼时。只要一息尚存，就得努力啊，不然，还能干什么呢？

（2017 年 本文为小说集《天佑》代后记）

趋于平静

我学着写小说的时候，正是文学潮流在中国内地泛滥之时，各种流派争奇斗艳，各种旗号迎风招展，各种手法层出不穷；计有老现实主义、意识流、文化寻根派、现代派、新写实等，可谓百花齐放，百家争鸣，浪潮一个接一个，令人目不暇接、目瞪口呆、眼花头晕。

我相信很多当时正在缓慢成长的年轻作者，一定有过这样的想法：赶一个浪头，说不定就能够火一把。但是，还没等我们搭上某一班车，一辆新的班车又开过来了，在我们犹豫的工夫，这辆车却又开走了。于是，我们再等，再错过，再再等……

一晃，十几年过去了。

那些喧喧腾腾的潮流为我们的文坛带来过辉煌，我们这些年轻人应该永远感谢那些浪头，因为我们毕竟从它们那里寻到了一份营养，虽然从潮头的边缘走过，我们一直心有不甘。接着，我们很快发现，浪头越来越小了，一眨眼的工夫，变得风平浪静了。我们不知道这是好事情还是坏事情，于是，我们开始迷惘起来，不断听到有人大声疾呼：赶快下海吧！

确实有人下了海，确实有人就此发了财。但冷眼一看，大多数的人还是在那里老老实实写着小说嘛，虽然小说这几年实在不景气，但不写小说，又能干什么？

43

渐渐地，大家都平静下来了。

浪头平静之后，变成了缓缓的流水，这时，我们立刻从水中照见了自己的影子。就我个人来说，我终于明白，小说就是小说，它既不能安邦，也不能兴国；它既不能反腐败，也不能解决国有大中型企业的生存危机；它当然可以呐喊，但很容易被别的声音淹没；它当然也可以彷徨，但身影很容易变得模糊。总而言之，言而总之，小说绝不是某种能治病的"药方"或"偏方"，它仅仅是小说，一种抒情成分比较浓郁的文字而已。作家最需要做的，就是把你的文字打磨得更光滑受用一点，别那么粗糙就往外出手；就是要精耕细作，耐心挖掘，广种薄收，把小说写得更接近小说本身。哪怕是一篇千把字的小小说，也须认真对待，糊弄不得。对于小说而言，审美（包括所谓的审丑）是至高无上的，不容怀疑的。作家笔下那些文字的作用，无非是反映虚拟人物的一种生存状态，给读者带来一点点审美愉悦，这就够了。如果你的这些文字确实映衬了一个时代，那就更棒了——不过，这是可遇而不可求的。

现在，我觉得平静其实是一种幸事，它比喧嚣更迷人。平静下来，你可以从从容容写一点普通人的喜怒哀乐、悲欢离合，也不再指望自己的书中有"黄金屋"，有"颜如玉"。写作只是一种纯粹个人化的劳动，或者是作家谋生的手段，是走投无路状态下攀上的一条羊肠小道。所以你不必要清高，说什么"我的书是写给自己看的"（果真如此，那就没必要发表嘛，自己留着看便罢了）或者"我的作品是写给未来的读者看的"（果真如此，那就过一百年再发表嘛）之类。当然也不必要自卑，因为在每一种职业里，都有高下之分，真正的"大师"只是极少数极少数，大多数人仅仅是塔基上的一块砖头而已。

平静本身即是一种境界。甘于写小小说，是一位作家心态平静的标志之一。

几乎所有的作家都认为，现在的小说越来越难写了。小说难写的原因可能主要有两个：一是好题材难觅，二是没有好故事。我想，找不到好题材，我们干脆就不去打题材的主意，一个作家，如果老想着像打仗抢占山头那样靠题材取胜，那么，这个作家的作品很有可能是过眼烟云，古今中外真正伟大的作品没几部是靠题材取胜的，好作品都是靠作家的大智慧取胜的；至于没有新鲜故事讲，也没关系，我们就换一种讲故事的方法吧，那些别人已经讲过的老故事我们重新讲一遍，没准儿又能讲出新意来。小说，其实就像流水那样，流得越远，说明这水有后劲，流到大海里才好呢。

平静不是平淡，更不是死水微澜。平静的下面是涌动的潜流，这潜流，将带我远行，去观远处的风景。我想，那远处的风景应该是迷人的。

（1997 年）

45

珍珠和项链

　　我最初的文学活动自然是从阅读开始的，像那些酷爱文学的年轻人一样，找来一部部古今中外的名著死读硬啃，书读得多了，便有了不满足感，便想自己也写点儿东西，在作品中展现自己的情感世界。可是，写什么呢？

　　除了长篇没敢轻易去动以外，短篇、中篇还真写出不少，但自己总不满意。有一天，我到商店里买首饰，一串珍珠项链吸引了我，于是便把它买下来。回家的路上，我一遍遍抚弄着那些晶莹闪亮的珠子，突然产生了某种灵感——不是具体的创作灵感，而是创作形式的灵感——既然我暂时无法制造一条"项链"，那么我先凝练一粒"珍珠"如何？

　　应该说我是幸运的，我把创作路子转向小小说的时候，中国的小小说创作已经是遍地开花了，如此多的人喜欢阅读小小说，说明它适应了大多数读者的阅读兴趣，我在这时加入这个庞大的阵营中，无疑是个明智的选择。于是，我更加关注身边细微的变化，然后把点点滴滴有价值的事物融入小小说作品中，一篇又一篇小小说出炉了，尽管在我发表的作品里少有"精品"，但我并不自责，因为它们都是经我之腹孕育的"孩子"，更因为前面的路还很长。

　　珍珠和项链，给了我有力的启示。正像水珠之于大海，星辰之于宇宙那样，它们都是无法分割的整体。项链由一粒粒珍珠穿缀而成，大海由一滴滴水珠凝聚而成，宇宙由一颗颗星辰组合而成，因此，前者绝不会忽视后者。

古往今来，一代代的文学家们用他们的智慧创造了浩渺无际的文学海洋，它犹如一条璀璨瑰丽的巨大项链，戴在全人类的脖颈儿上，坚韧地、默默地、恒久地照耀着人们的心智和灵魂。相对于这条"项链"来说，哪怕你是一位公认的大师，也仅仅是一粒连缀其上的"珍珠"而已。同样，在小说家族内，不管长篇、中篇、短篇，还是小小说，都是一粒粒的"珠子"，"珠子"的成色不仅在于大小，更在于是否珍贵。如果你有能力多制造几颗"珍珠"，何愁得不到"项链"？

这便是问题的关键所在。

在我心中，有很多的珠子，我愿拿出平生之力，把它们锻造得珍贵一些，哪怕最终只分娩一粒"珍珠"，便足以自慰矣。

（1996 年）

关注现实与关注现"时"

纵观新时期以来的中国文学，不妨归纳为两大创作主流：一是现实主义的不断深化、发展；二是现代派潮流的汹涌、泛滥。这两大潮流构成了世纪末中国文学的壮丽景观。但进入九十年代之后，所谓的现代派创作渐渐走入穷途末路，到眼下已几近绝迹。究其原因，盖因为这种手法全部是舶来品，我们把外国人一个世纪以来的创新几乎在一夜之间移植过来，根本不具备使它成活的土壤，所以它暂时的消失是难以避免的。如今的中国文坛，基本只剩下现实主义一条创作路数。

众所周知，现实主义创作的最大特点就是关注现实，干预生活，贴近读者。这便是它长盛不衰、奔流不息的主要原因。这几年的中国文坛确实出现了一批关注当下社会现实的力作，有的论者称之为"现实主义冲击波"。但是，我们不难发现，很多现实主义作品的审美成分越来越淡，作家更感兴趣的似乎是占有某种现实题材，在题材上做文章，而不是在艺术品位上下功夫。比如政府号召反腐败，有人就抢着去写反腐败的作品；比如国有大中型企业生存困难，大量工人下岗，有人就急着去书写这类困境；现在企业搞股份制，有人又在琢磨怎样去反映这种现实，以便抢得先机。总之，"改革"的内容弥漫在作品中。我们不能否认，这类作品在现实性上确有其长处，但它的致命伤却是在文学性上底气不足，艺术上比较粗糙。于是，我们每天接触到的大量小说不像小说，而像报告文学。这也许是眼下我们的文学无所作为的症结所在。

关注现实，是一个永恒的话题，也是一个作家义不容辞的艺术良知。但是，关注现实并不等于关注现"时"。现实和现"时"虽有共通的地方，但不同点更是显而易见。在优秀的作家眼里，现实只是一个"外壳"，他所要表述的绝不仅仅止于此，而是试图超越现实，到达未来，乃至永恒；在平庸的作家眼里，现实就是他的全部，于是，就变成了现"时"。以托尔斯泰和鲁迅两位大师为例，他们的作品无一不与当时的社会现实密切相关，他们甚至分别被列宁和毛泽东赞誉为"俄国革命的一面镜子""中国文化革命的主将"。如今，他们所处的时代早已成为历史的陈迹，但他们的作品却一如既往地熠熠闪光。原因何在？原因就在于他们用高超的艺术手段描绘了当时的现实，而又超越了现实，接近或者达到了永恒。

说到底，文学是一种语言。这种语言来自传统，来自生活，来自作家的头脑，最终又会回到现实和生活中去，接受时光的检验。当我们的创作不关心人的现时生存状态的时候，我们当然应该积极肯定那些真实展现人的外在生活境遇的作品。然而，我们必须明白，人的内心世界永远比外在的东西丰富多彩，难以捉摸。因此，超越现"时"乃至超越现实对于真正的作家而言，有着永久的魅力，这是确定无疑的。所谓"超越"，归根结底是期望作家们更多地关注一个时代的精神风貌，以充沛的激情和深邃的才情去探究一个社会的"精神安置"问题。有眼光的读者不希望作家同普通人一起发同一个水平的牢骚与感慨，文学作品应该从精神上给读者以点拨，让人们的心智变得明亮起来。

关于小说，关于小说怎么写和写什么的问题，早已是一个老而又老的问题。现实主义也好，现代派也好；关注现实也好，逃避现实也好，纯粹是作家自觉的选择和喜好。然而，不论怎么写，不论写什么，其作品的审美质地应该是至关重要、无法回避的。搞现代派的如果光想着玩文字游戏，故弄玄虚、无病呻吟、空洞无物，路子只能越走越窄；同样，那些虽关注现实，干预生活，但缺乏宽广的视野、博大的内涵和高度艺术感染力的、报告文学式的小说，只能是品位低下的应景之作，时间之水很快将淹没它们。

（1998 年）

中国军事文学：冲锋正当其时

上下五千年，中华民族一直在战争与非战争两种状态下生存，改朝换代的历史主要是战争史。文学是现实世界的艺术映照，所以关于战争的作品层出不穷，中国四大文学名著，《三国演义》《水浒传》是典型的军事文学，《西游记》也可算半部神话战争（战斗）小说。历朝历代的军旅诗和散文，亦占据古代文学的半壁江山。到了近现代中国，大规模的战争——晚清内战外战、军阀混战、第一次土地革命战争、抗日战争、解放战争，彻底改变了全体中国人的命运。与此相对应的各类军事文学作品，亦成为中国近现代文学创作的主流形态之一。

世界文学之林中，军事文学佳作更是数不胜数，《战争与和平》《静静的顿河》《日瓦戈医生》《铁皮鼓》，海明威的部分作品，等等，都可算是世界文学宝塔上最闪亮的明珠。我们不难发现，凡是大国强国，其军事文学（包括电影）也都非常兴盛，佳作迭出，影响世界。

据我所知，中国当代作家中有不少人是受战争或战争文学的影响，走上创作道路的，很多人都怀有英雄情结。进入新时期之后，中国文学空前繁荣，二十世纪七八十年代中越边境的小规模战争，曾经催生出一批高质量的军事文学作品，成为当时文学百花园中的奇花异草。但随着进入和平岁月，军旅文学创作江河日下，与其他题材的创作相比，它所孕育的重要作家和作品不断衰减。个人认为，这是整个中国文学的一件憾事。军事文学这一流派的逐渐式微，应当引起文坛顶层设计者、主流评论家的关注。

所谓军事文学，无非是反映军人或战争生活的作品。不说古代，仅中国近现代就经历了如此庞杂丰沛的战乱岁月，可以说这是最大的文学富矿之一，人云爱情和死亡是文学永恒的主题，战争其实多层面、多角度地涵盖了这一永恒主题，是最值得作家们去开掘的。如果说上几辈作家受当时政治风云的影响，摆脱不了政情世风的桎梏，拿出的作品有意无意贴上了所谓"左"的标签，其作品被岁月淘洗之后，已经不再吸引后来读者，那么，社会发展到今天，当代作家再回头去深入历史，重新反思历史、战争和人性，用新的创作手法拿出适合当代人阅读的作品，写出它的当代性，映照现实，我认为，是时候了！这些年，电视剧大量去展现抗日战争，反复制作谍战剧，粗制滥造的现象令人不齿。同时也反映出，这类题材的小说创作并不景气，数量少不说，主要是缺乏精品。实际上，军事文学如果用心经营，更容易出现黄钟大吕般的作品。

世界上所有强大的民族都是因为军队强大才强大。历史上的中国，凡是军队强大、名将辈出的时候，如秦，如汉，如唐，也是国家强大的时候。军队好，国家就好，它不好，国家怎么可能好呢？亡国都是有可能的。改革开放后，中国经济高速发展，已成为世界第二大经济体，这还远远不够。中华民族的伟大复兴，首先应该是军事上的复兴，没有军事上的强大，中华民族的强大与复兴，就是一句空话。强国必先强军，强文学不能不强军事文学。

当下，我们国家是比以前强大了许多。但话又说回来，我们面临的国际环境并不美妙，当前世界很不太平，中国与别国发生战争的可能性，实际上一直都存在。今天是太平盛世，明天可能就是炮火连天，所以关心军队发展，进而关心军事现实题材文学创作，应是有识之士的一种自觉行为。

因为热爱军队，我选择从军入伍；因为热爱文学，我走上创作之路。前些年军事文学创作不景气，原因很多，作家手脚被束缚，有些题材不能碰，不敢碰，是原因之一。比如人所共知的军中腐败现象，如今呢？只要作家有血性，只要出发点是好的，只要是正能量作品，是可以大胆开掘的。这是时代进步、军队开放成熟的标志，也是历史的必然，更是军事文学的幸事。

文学是人学，军事文学当然也是人学。个人认为，伟大的军事文学作品，一定得超越"军事"，进入"真正的文学"。实际上，作品写成"泛军事文学"似乎更显高妙。《百年孤独》《铁皮鼓》《白鹿原》《红高粱》《丰乳肥臀》这类名著，都用较大篇幅写到拿枪的人及其战争（战斗）行动，是不是也可勉强算作军事文学呢？真正伟大的作品，不论你写农民、职员、军人、知识分子——不论你写什么人，你都得完成超越，使其成为一个民族最深刻的文学记忆。这才是根本所在。

今年是红军长征胜利八十周年，明年是建军九十周年，2019 年是建国七十周年，这都是重要的年头儿。中国军事文学创作，应该借机发起冲锋，进而真正雄起，赶上整个中国文学创作的大队伍。兵不在多而在精，将不在勇而在谋。书不在多而在佳，作家不在多而在"大"——一部佳作，顶一万部平庸之作；一个大作家，顶一万个不大不小的作家——也许还不止。

并非军旅作家才能写出伟大的军事文学作品。托尔斯泰好像并没当过兵，他写出了《战争与和平》。个人感觉，非军旅作家也许更有优势——离得近，往往看得近，离得远，或许看得高。军事文学，呼唤的是与时代相匹配的大作家、大作品。

（2016 年）

走出与返回

离开鲁院转眼已经三个多月了，时间过得好快。由于总是心神不定，我只写了一部中篇小说《原野上的玫瑰花》，已发表在《清明》今年第3期。另外，从上月开始，写作一部二十集的电视连续剧。对于电视剧的写作，多年来我曾经百般劝导自己，尽量不要招惹，但架不住诱惑，去年终于破戒了，与朋友合作了一部，所幸合作还算顺利。不久将由中央台播出。对于一个写小说的人来说，我认为这是一次"走出"。

早在我成为一个作家之前，我就把写小说视作自己平生最喜欢做的事情。但作为一个在部队写作的作家，难免要受到某种制约，首先要多写军事题材的作品，而这类作品在当下又不易引起群体的关注，其主要原因就是在和平的年代里，在淘金的浪潮中，在欲望的旋涡里，不痛不痒的军人生活已经远离了人们的视野。我真想多写写城市写写农村，但我还是决定尽早动笔，写一部能够尽量消解政治内涵，将人性的光辉释放出来，描绘军人本来生活面目的军事题材长篇小说。我把它称作"返回"。我觉得，一个人的灵魂如果与文学创作捆在一起，要想"走出"它是很难的。但写作是一生的事情，无须急功近利，老瞄着得奖。只有真正沉下心来，平静地写作，才能领略到文学最高最美最圣洁的境界。

（2003 年）

54

第 二 辑

面对人生圈套

——重读《第二十二条军规》

二十几岁时读约瑟夫·海勒的《第二十二条军规》，只注意到了它的幽默可笑与荒诞不经，十几年之后再读它，也许因为有了更丰富的人生阅历和对现实世界的无奈感觉，我不由想起莎士比亚的悲剧《麦克白》里的一段对白："人生是一个傻瓜讲述的故事，充满喧闹和癫狂，却找不到一点儿意义。"《第二十二条军规》中所弥漫的悲哀与绝望，使我对世界和人生有了更深的体会。

自从有人类以来，战争与和平的岁月交替进行，每一次战争都给人类带来灾难，第二次世界大战更是把灾难推向极致。二战期间，海勒参加美国空军的一支部队，来到欧洲战场，虽然战争一结束他就退役了，但战争的阴影一直笼罩着他。他后来说："我的作品只在一定程度上是可笑的。其实，我是一个非常病态的人，忧心忡忡的人，我只是想着死亡、疾病和不幸。"1961 年，三十八岁的海勒发表《第二十二条军规》，引起巨大轰动，被誉为"黑色幽默"的代表性作家，就此开辟了一个新的文学流派。据说黑色幽默这种说法源自美国民间的一个笑话：一次对一个死囚犯执行绞刑，但囚犯迟迟未押到，围观者和行刑者都等得不耐烦了，终于囚犯被押到刑场，他看到人们焦急的目光，居然得意扬扬地说："没有我你们什么也干不成！"这种幽默其实是指大难临头时的幽默。《第二十二条军规》自始至终融入了这种怪诞的幽默。什么是第二十二条军规？谁也搞不清楚，它诡诈多变，无所不包，无所不在，每个士兵都无法不面对这个巨大的圈套，一旦落入这个圈套，谁也别想逃脱。比如，为了限制士兵们提问题，第二十二条军规规定，只有从未问过问题的人，才可提问。而你一旦提问，你就成了问过问题的人，你就没有权利提问；它还规定，空军战斗人员必须完成规定的战斗次数才能回国，而所谓的战斗次数是多少你永远也弄不准；它又规定，一切精神失常的人可以不完成规定的战斗次数回国，但任何人只要提出自己的精神不正常就证明他的精神很正常，仍然不准回国。林林总总，类似的条款数不胜数，作品里的每一个人物都面临这种悖论，进而陷入无望的轮回中，乃至永远无法挣脱那个无形的死亡圈套。

作品的深刻之处在于，它不仅仅是一部反战小说，也不仅仅是对战争和官僚军事制度的批判，而是对生活和世界本身荒诞性的无情揭露。第二十二条军规如今已成为英语中的一个书面词汇，西方词典解释是：法律法规或实践上的一个悖论，不管你做什么，你都会成为其条款的牺牲品。海勒以一部《第二十二条军规》成为二十世纪的重要作家，他用悲悯的方式完成了对人类的终极关怀，他本人已于去年底辞世。二十一世纪的人们还会在这种怪圈里挣扎下去。真正的好小说，其艺术的光芒可以不停地照耀人类的灵魂，这便是大作品和应景之作的最大区别。

（2000 年）

战地春梦的终结

——读海明威《永别了，武器》

美国大作家海明威的这部伟大作品，在中国读者眼里有两个书名，除了《永别了，武器》之外，还有一个就是《战地春梦》。头一种译法更文学化一些，后一种译法显得通俗一些。其实，我认为后一种译法反而更形象，更逼真，更有味道，因为这部作品自始至终所描述的，就是男女主人公亨利和凯瑟琳发生在战地的爱情，是不折不扣的"战地春梦"。

这部作品的故事发生在第一次世界大战期间的意大利，亨利是一个来自美国的开救护车的志愿军人，他的情人凯瑟琳是一名英军护士。他们最初相识，是从漫不经心的调情开始的。战争间隙，意大利军医雷纳慕有一天对亨利说，他看上了英军医院里的一个护士，他想向亨利借点儿钱，条件是带亨利一块儿去"泡妞"。亨利闲得无聊，就跟着去了。雷纳慕看上的女孩子其实就是凯瑟琳。但他们赴约后，雷纳慕居然被凯瑟琳的一个女伴吸引住了，而把凯瑟琳晾在了一边。本来抱着无所谓态度的亨利就和那个"个子挺高、挺瘦，有着金黄色头发"的英国姑娘随随便便聊天儿。故事就是这么稀里糊涂开始的。但是谁也没有想到，经过几次不咸不淡的接触后，他们渐渐地被对方吸引，后来发展成了真挚而成熟的爱情。他们分手，相聚；再分手，再相聚。分手之后亨利一边随部队在意大利的战场上败退，一边思念着凯瑟琳；相聚之后，他们主要的任务就是做爱，仿佛唯有在床上，才能摆脱死亡的阴影以及战争带来的诸多烦恼，尤其是亨利负伤后住进了凯瑟琳的医院，他们更是不节制地做爱，真是惊心动魄，肆无忌惮，完全把战争抛到了脑后，什么都不顾了。而在前方，战争正在如火如荼地进行着。亨利伤愈要归队，生离死别的时刻到了。这时候凯瑟琳已经有孕在身，他们在雨中分手，谁也不知道等待他们的是什么命运。几个月后，亨利冒死逃离了战场，历经坎坷，在意大利北部的一个小镇上找到了凯瑟琳。为了彻底摆脱战争的阴影，他们偷渡到了中立国瑞士，过上了相亲相爱，却没有了诗情画意的庸碌的小日子，以为以后就平安无事了，但最后凯瑟琳还是很快就死去了，她死于难产。战争结束了，亨利和凯瑟琳的春梦也随之结束。

这部作品的故事情节并不复杂，它就是由亨利和凯瑟琳的爱情作为主线，穿插着一战期间意大利战场上的混乱局面。海明威写战争，几乎从不探讨诸如正义与非正义的话题，也绝不像托尔斯泰的《战争与和平》那样再现恢宏的战争场面，当然更不像我们拍摄《大决战》那样采用全瞻式的鸟瞰视角，把敌我双方统帅部以及方方面面都展示出来，他只是采用平视的视角，近距离地对准目标，客观地、冷峻地描述战争的残酷和对人心灵的戕害，看似漫不经心乃至幽默轻松，实则把悲壮、忧伤和冷酷埋藏在了字里行间。这使我想起好莱坞大导演斯皮尔伯格的《拯救大兵瑞恩》，这部电影开头部分，美军在诺曼底海滩上的残酷的近距离战争场面，和《永别了，武器》倒是十分相似，当然海明威在前，斯皮尔伯格在后，从某种程度上说，海明威的战争小说可能为斯皮尔伯格提供了范例。

我们中国有着深厚的战争素材，我们写战争的作品也很多，但是，我却没有读到一部像海明威这样描写战争和人的作品。我想，我们的作家寄托在战争小说中的"思想"还是有点儿多，使人物形象总是显得单薄、虚假，也就是说，离真正的"小说"还有距离。我觉得，仅此一点就值得中国的作家深思。

（1997 年）

谁 之 罪

——读霍桑的《红字》

十七世纪中叶，在北美的殖民地新英格兰发生了一个轰动一时的爱情悲剧，简言之是一个女人背着丈夫和别的男人发生了肉体关系。这样的事情在后来简直是太多太多了，每时每刻都在发生，但在当时，在清教徒殖民统治者眼里却是无法容忍的，绝对是大逆不道，罪恶深重，因此，那个女人和她的情夫被残忍地迫害致死。

两个世纪之后的 1850 年，美国作家纳撒尼尔·霍桑根据那个传说，写出了同样轰动一时的长篇小说《红字》。这部独出心裁的浪漫主义杰作，一举成为十九世纪美国文学中最优秀的长篇小说之一，霍桑也就此跨入大师的行列。

小说女主人公海丝特·普琳是一个美丽善良的英国姑娘，不幸嫁给了丑陋猥琐而又心肠狠毒的老光棍儿罗杰·奇林沃思。普琳夫妇在由荷兰的阿姆斯特丹移居美国马萨诸塞州的波士顿途中，丈夫罗杰失踪。年轻的普琳只能在寡居中度日，后来她与牧师狄梅斯迪尔相遇，到相爱，再到以身相许，并生下一女。若干年后，罗杰突然归来，于是普琳和狄梅斯迪尔的事情败露，引起轩然大波，普琳受到政教合一的加尔文教（即清教）政权的残酷的羞辱和迫害，被判罚胸前终生佩戴红色的"A"字（即英文通奸 Adultery 一词的头一个字母），她的牧师情人虽然暂时逃脱了清教徒的加害，但却不堪忍受普琳丈夫罗杰无休止的逼迫，更无法逃避精神上的自我折磨，很快郁郁而终。

许多年以来，西方作家孜孜不倦地在作品中表达"人皆有罪""人活着就是为了赎罪"等悲观主义的道德主题，霍桑的《红字》却超越了这个层面，转而自觉地探究"谁之罪"这个更加深刻的主题。小说中的普琳和情人狄梅斯迪尔虽然触犯了教会的"戒律"，犯下"过失"，但他们对爱情的追求却是值得同情乃至宽宥的，与他们所受到的残酷的惩罚相比，那点过失是微不足道的。普琳的丈夫罗杰虽然在法律上是一个"受害者"，可他在道义上却是一个十足的恶棍，他无休止地迫害普琳和狄梅斯迪尔，最终导致前者一生忍辱含垢，后者精神崩溃而死，他才是一个真正的罪人。他所依仗的就是教会政权的黑暗统治和非人道的道德律条。说到底，是这个社会的统治阶级有罪。

《红字》问世之后，一个半世纪过去了，尽管随着人类社会的进步和发展，像普琳和狄梅斯迪尔这样的悲剧几乎不再发生，但《红字》却依然吸引着一代又一代的读者。为什么？因为它具有超越时空的艺术魅力和穿透力。反动的教会统治者虽然不存在了，但是在现实生活中，制约和压迫人类情感自由的社会土壤并没有完全消失。人类仍需要不断地抗争，争取爱情和心灵的自由。读《红字》，使我再一次认识到，文学作品最主要的元素，就是它的社会批判意识。就像苏格拉底所言，知识分子是一只牛虻，为了推动社会这头笨牛前进，需要不停地刺痛它，让它因为疼痛而奔跑。

（1997 年）

格拉斯与《铁皮鼓》

据说，德国作家海因里希·伯尔 1972 年荣获诺贝尔文学奖时，曾经吃惊地对朋友说："怎么是我，而不是君特·格拉斯?!"伯尔之所以感到惊讶，是因为格拉斯的《铁皮鼓》的确写得太出色了，说它体现了二十世纪德国文学的最高成就一点儿都不为过。

去年秋天，我在济南一家规模并不大的书店角落里，偶然发现了一本漓江出版社于一年多前出版的《铁皮鼓》，尽管此书已很破旧，我还是毫不犹豫地把它买了下来。不久，就听说格拉斯获得 1999 年度诺贝尔文学奖的消息。早在 1980 年，根据小说《铁皮鼓》改编的同名电影就曾轰动一时，并夺得当年的奥斯卡最佳外语片奖。九十年代初，我在看过这部电影的盗版录影带后，总也忘不掉里面的主人公——身高不足一米的侏儒奥斯卡·马策拉特，以及他手中的那面红白相间的铁皮鼓，还有他的能够唱碎玻璃的本领。

1956 年，曾经在二战中被美军俘虏的前纳粹德国士兵格拉斯举家迁往法国，住在巴黎拉丁区的一幢旧房子里，生活拮据。他一边靠写广播剧为生，一边开始创作《铁皮鼓》，这一年他二十九岁。三年后，这部后来被誉为"联邦德国第一部有世界声誉"的小说出版。格拉斯出生于但泽（今波兰的格但斯克），父亲是德意志人，母亲是波兰人。小说的主要背景和故事就发生在但泽，这个原属波兰的海港城市是二战的导火索，1939 年，希特勒以但泽走廊问题为借口入侵波兰，燃起了第二次世界大战的战火。在作品中，格拉斯通过侏儒奥斯卡的叙述视角，以大量表面看来荒诞不经的故事和细节（实则带有强烈的政治讽刺性），揭露了纳粹德国在二战期间的暴行，并且对德意志民族进行了深刻有力的反思。作者试图告诉人们，每一个民族都需要不断地反思，我们每一个人也都需要不断地反思。同时，格拉斯挚爱着多灾多难的故乡但泽，用他自己的话说："试图为自己保留一块最终失去的乡土，一块由于政治、历史原因而失去的乡土。"主人公奥斯卡用他怪异的思维方式和超越法规的行为方式，向读者展示了对历史和现实的反叛过程，在世界文学的人物画廊里，奥斯卡可以说是极为独特的，因而也是难以超越的。

《铁皮鼓》终于为格拉斯赢得了诺贝尔文学奖的桂冠。消息传到德国时，这位七十二岁的老人说："我等这个奖等了二十年，这个梦想让我的内心一直保持年轻。现在，我可以老了。"

（2000 年）

一曲青春挽歌

——读朱天文《世纪末的华丽》

上个世纪末，香港一家权威机构曾评选出二十世纪华文作家的百部文学经典，台湾女作家朱天文的小说集《世纪末的华丽》位列其中。对于大陆读者来说，朱天文的名字可能稍显陌生，其实由她编剧的电影《悲情城市》（曾获威尼斯电影节金狮奖）、《恋恋风尘》《好男好女》等早已倾倒万千观众，只是她的小说介绍到大陆来的并不多。就连我这个自认为读小说比较多的人，这以前也仅仅读到过她的《炎夏之都》等少量作品，自此开始留意朱天文的小说。

不久，四川文艺出版社出版了一套"获台湾文学大奖女作家丛书"，朱天文和她的《世纪末的华丽》正式和大陆读者见面。这本集子收录了她最主要的中、短篇小说，我几乎一口气把它读完，一个最大的感受是，朱天文用华丽的笔法和忧伤的情调，写出了一系列青春逝去的故事，道出了镜花水月缘起缘灭的无奈和沧桑。《柴师父》写一个名叫柴明仪的原国民党老兵逃到台湾后做起了气功师，他偶然结识一个年轻女孩儿，"如果他不是等待那个年龄可以做他孙女的女孩儿，他不会知道已经四十年过去。是的，四十年过去了，他枯细然而柔劲修白极其敏锐的手指触摸到女孩儿凉软的胸乳时，肚底抽起一丝凌厉颤动"。但后来女孩儿不再出现，柴师父仍固执地等待，"等待女孩儿像等待和悦的乡音，等待女孩儿像等待青春复活"，其实，等待一个不再来的少女，如同青春不可复活。这篇小说明写主人公对少女的暧昧欲望，实则道尽了人生漂泊无常的感叹，四十年来家国，三千里地山河，一腔眷恋变成了一帘幽梦。在短篇小说《世纪末的华丽》里，朱天文写模特儿米亚的情爱历程，米亚才二十五岁，却已感到韶华已逝，青春似到了万劫不复的地步，于是她歇斯底里地追求璀璨的服饰，千变万化，在后现代的声色光影里浮沉，欲望与绝望无时不左右着她。美国哥伦比亚大学教授王德威评价道："游旋于道德与颓废间，她的文字模棱周折、千回百转——十年红尘历练，朱天文的世纪末美学，至此发挥得淋漓尽致。"

1956 年出生的朱天文原籍山东临朐，高中时代即被誉为"人人期待的文学新秀"，后来得益于曾与张爱玲有过一段抗战姻缘的胡兰成调教，前期作品颇有张爱玲的余韵。不论港台还是大陆，模仿张爱玲的作家有不少，真正把张爱玲揣摩透的，当数朱天文。读她的作品，人们很容易想到张爱玲的那个"美丽的、苍凉的手势"。由于她拒绝通俗，名气在华人圈里远逊于那几个作品几乎成灾的港台女作家。但就文学品位和才华来说，她要远胜于她们。

中国文学的一大传统，是对历代兴亡感时伤怀的追悼。文学的本质其实就是吟唱挽歌。朱天文所谱就的这一曲青春挽歌，或许真值得我们好好思量，进而于恋恋风尘中找回失落的精神家园。

（1997 年）

历史是由记忆组成的

——读克劳德·西蒙的《弗兰德公路》

1985 年底，瑞典皇家学院宣布，当年的诺贝尔文学奖授予七十二岁的法国作家克劳德·西蒙，授奖理由是：作者通过对人类生存状况的描写，善于把诗人和画家的丰富想象与对时间作用的深刻认识融为一体。西蒙获奖，主要缘于他写出了战争题材的重要作品《弗兰德公路》。

西蒙出生不久，他的父亲就战死于第一次世界大战的炮火中。二十三岁那年，他满怀青年人的革命热情，跑到西班牙协助起义者参加内战。二战爆发后，他应征入伍，在法军大溃败时头部负重伤被俘，历经九死一生从德军集中营里逃出。他的一生，用他自己的话说，"与同时代的古老欧洲的居民一样经历了动荡的岁月"。这些经历后来成了他创作的主要素材。战后他一边在乡间从事葡萄种植，一边埋头文学创作。

"全部事物一起涌现在我的脑海中。一阵阵地涌现。问题在于怎样把它们组织进来。"这是西蒙常常感到苦恼的创作问题。某一天，在去巴黎的汽车上，他的脑海中突然涌现出《弗兰德公路》这本书的结构和内容，他一生的事业因此有了重大转折。1940 年春天，法国军队在弗兰德地区（法国北部，接近比利时）被德军击溃，法军仓皇撤退，这便是故事的背景。作品主要描写溃退途中三个骑兵及其队长痛苦的遭遇。小说从骑兵队长与新入伍的远亲佐治的会面开始写起，以队长谜一般的死亡结束（暗示死亡之谜永远难以揭开）。全部经过是由佐治在战后与队长年轻放荡的妻子夜宿时所产生的回忆、印象和想象组合而成。作品通过充满诗情画意的大自然与人为的战争灾祸的对比，突出了人间悲剧，如万花筒一般展现了二十世纪的三十年间经历过两次世界大战的欧洲人的普遍感受——世界失去理性，人受时间和莫名其妙的历史事件的支配，根本谈不上人能够左右自己的命运；人生没有意义，但人类应当对土地、大自然抱有诗人画家般的激情热爱。

苏联作家、《日瓦戈医生》的作者鲍里斯·帕斯捷尔纳克曾写过一首名为《草》的短诗："没有人造成历史/也没有人看见历史/如同没有人看见草怎样生长一样。"克劳德·西蒙非常喜欢这首诗所透露出的观点，并把这一观点贯穿到他的一系列作品中。他认为"现实（包括历史）是由记忆组成的"，不论时间怎样变幻，人在"历史魔掌下的处境"是无法改变的。

西蒙的作品，尤其是这部《弗兰德公路》的"晦涩难懂"也是显而易见的，这也是法国新小说的一个共同的特点。以至于他当年获得诺贝尔文学奖后，许多记者，就连法新社记者也到处打听"这人是谁？"罗伯·格里耶曾说："对西蒙的同一本小说，一百位读者有一百种读法。"西蒙的价值恰恰就在这里。它揭示出，通俗作品或许有很大的市场，但不可能在文学史上占有地位，对于真正的作家而言，大胆地进行文体试验虽然是一种冒险，但也是一条成功的捷径。

（1997 年）

难言莫言

在山东籍的当代中青年作家中，出生于高密县的莫言是最富有探索意识的小说家，我一直坚定不移地认为，他对中国当代文学的贡献是独特的、能够传世的。

莫言是我在解放军艺术学院文学系的"师兄"，他又是在军艺开始"发迹"的，所以，关于莫言，我了解甚多。而且凡上过军艺文学系的军旅作家，大都为莫言感到骄傲。

他是农民之子，小时候受了不少苦，只读了五年小学，二十出头才好不容易当上兵，后来费了九牛二虎之力提了干。1984 年军艺办第一届作家班，招生基本结束了，这时，有个名叫管谟业、其貌不扬的人拿着几篇他发在一些小刊物上的小说，找到系主任、著名军旅作家徐怀中，毛遂自荐要上军艺。独具慧眼的徐怀中认为他的那篇《民间音乐》不比某些获全国优秀短篇小说奖的小说差，遂破格收下了他，从此，中国文坛上出现了莫言这个响亮的名字。

中篇小说《透明的红萝卜》是莫言的发轫之作，奠定了他在当代文坛的地位。作品中的主人公黑孩通篇不说一句话，莫言只是通过黑孩的多姿多彩的感觉，展现了"文革"时期中国北方农村大众的生存状况，它像一幅冷酷的风情画，令整个文坛为之耳目一新。不久，《红高粱》面世，这为他赢得了更广泛的声誉，使他大红大紫，名震华夏文坛。名作家从维熙看过这篇作品后，夜不能寐，连夜写了一篇评论，称赞莫言一举跨越了过去革命历史题材创作中的"五老峰"（即老思想、老主题、老人物、老故事、老写法）。据说王蒙也曾说过如果我年轻二十岁就和莫言比试比试之类的话。众所周知，《红高粱》还成就了张艺谋和巩俐，获柏林电影节金熊奖的同名电影是中华人民共和国成立后中国电影获得的最高国际奖项，也使中国电影真正开始走向世界。

莫言的作品主要以新奇的感觉、斑斓的色彩、丰厚而独特的意象取胜，他对通感（即人的视觉、听觉等感觉）的运用可以说达到了相当的圆熟和深厚，能够极大地调动读者的阅读快感，而且影响了不少后来的作家，比如苏童就坦率地承认，他在写作《1934 年的逃亡》时，曾吸收了莫言的创作手法。莫言用一系列作品，构筑了类似美国作家福克纳的约克纳帕塔法县的"高密东北乡"，在这个邮票大小的地方纵横驰骋，描绘时代风云，从而形成了自己独有的创作风格。

自八十年代后期以来，莫言的创作转入低谷，这与他不节制自己的感觉有关，感觉过于泛滥，反而使他没了真正的艺术感觉。但他引起争议的长篇小说《丰乳肥臀》仍是一篇有分量的作品，仍然能够充分显示他的才华。我想，我们应该耐心地等待莫言，如果假以时日，莫言肯定不会让我们失望的。

（1997 年）

田园守望者

——张炜印象点滴

今年四十刚出头的张炜在中国庞大的作家队伍中，年龄虽不算大，但他早已是个"老资格"的作家了。二十六岁那年，他的《声音》就获得了全国优秀短篇小说奖，从而一炮走红，赢得了众多的鲜花和掌声，令人钦羡不已。张炜可谓少年得志，前途无量。

像张炜这一茬青年作家应该说是很幸运的，他们风华正茂的年纪，正赶上"文革"结束不久，新时期的文学大厦在一片"荒漠"上建构，千帆齐发，百舸争流，那些"右派"作家带着一身"伤痕"重返文坛，但他们毕竟兵力有限，这就为一些有才华的年轻人提供了跃马文坛的较为广阔的天地。

但是，文学创作毕竟是一项马拉松式的运动，虽然"一夜成名天下知"，然而并不能说明已经修成正果，如果稍有懈怠，依然会被时光湮没。那些年里，不少获全国小说奖的作家很快就没了踪影，便是极好的例证。

如果说张炜起初与某些年轻作家在同一起跑线上的话，那么，他很快就脱颖而出了。他十分勤奋，视创作如生命，有时简直如苦行僧，甚至不惜搞坏身体，他的刻苦劲儿即便在全国作家中也不多见。到了1984 年，他的短篇小说《一潭清水》面世，标志着他的成熟和稳定。

我至今仍认为他这篇再获全国小说奖的作品美妙极了，现在回忆起来，仍能让我为之激动。他写一位老人和一个孩子的交往和友谊，事情发生在海边的果园，时代背景是农村实行联产承包责任制之后；它在字里行间蕴含着淡淡的温馨、关爱和惆怅，那种情绪化的东西令人怦然心动，难以忘怀。紧接着，张炜又写了中篇《秋天的思索》《秋天的愤怒》，这两篇小说可看作张炜的过渡性作品，它们的时代感更强烈，社会批判意识也更趋于浓烈。终于，张炜为新时期的中国文坛捧出了沉甸甸的《古船》，毫无疑问，《古船》是他创作生涯中的一个重要里程碑，于他具有划时代的意义，这部史诗般的作品同时也是八十年代数得着的优秀长篇小说之一，使他获得了广泛的赞誉，更加引人注目。

沉寂了几年之后，张炜又于九十年代初推出了长篇小说《九月寓言》。这部长篇与《古船》相比，有些读者感到可读性不如《古船》，社会批判意识有所减弱。但我认为它在艺术上更臻于成熟，其主题也更博大深沉。张炜从从容容地叙述了发生在一个小村庄的形形色色的故事，精致老到地描述了人们的欢乐和忧伤。这部作品之于张炜，又是一个不大不小的转折。

从某种程度上说，张炜是一个理想主义者，他赞美田园，呼唤美好，渴望心灵的慰藉。面对大工业时代现代文明与农业文明的撞击，他更心仪于后者，而且不遗余力地、甚至固执地吟诵和守望自己思想中的家园。因此，他是一个风格独特的很难被湮没的作家。

我注意到二十年来，中国文坛流派纷呈，但你很难把哪个山东作家划到哪个流派里去，这是一个很有意思的话题。与那些所谓流派里的作家相比，山东作家的厚重和深长却又是格外突出的，这也许与儒家文化的过分浸淫有关。

（1997 年）

俯仰之间

——作家李贯通印象点滴

最早知道李贯通这个名字，已是近二十年前的事了。那时，他写了《我家的珍珠兰》等几篇令人感到温馨、细腻的小说，开始引起文坛的注意。据说孙犁老人对当时尚未出道的他赞誉有加，"山东有个李贯通。"——老人如是说。想想孙犁老人的眼光不会错的，这些年来，有幸引起老人关注的晚辈作家除了李贯通之外，似乎还有莫言和铁凝，后来他们都成了驰骋于当代文坛的实力派作家。

在以后的岁月里，李贯通没有让我们失望，他陆续写出了《洞天》《夜的影》《绝药》《乐园》《天下文章》《天缺一角》等颇有分量的作品，在当代文坛上找到了自己的一个位置。他是那种对文字极虔诚、绝不轻易出手的作家，譬如他手头正在修改、润色的一部长篇，据我所知他七年前就开始动笔，可直到如今也没见他出手，已不知修改了多少遍，真有点儿"十年磨一剑"的味道。这使得他的作品虽不能说篇篇精彩，但让你难以忽略其中的任何一篇。因此，他发表的所有作品我差不多都读过了，而让我做到这一点的当代作家并不多。

记得在军艺文学系读书时，我们这些来自全军各部队的、被认为将来会有点儿小"出息"的年轻人常常把酒闲聊，话题当然离不开文学。我们反复议论国内那些够得上档次的作家和作品，在我们念叨的名字中，李贯通是出现频率最高的人之一。我想这不是偶然的，一个人常常被提起，肯定有深层次的原因。那时，我们并不相识，虽然我所居住的部队大院与他家只隔着一座小山。

同在一个城市里，又同操一个行当，相识是必然的。最初与他见面时，面对他的名气，我这个小字辈是惶惶然的，尊他为老师。但我很快改了口，叫他贯通大哥，叫得亲切自然，有滋有味，因为我发现他更像一位宽厚、仁慈的兄长，没有一点儿架子。而且不光是我，很多年轻人，包括外地的作家、编辑都这样称呼他。他也喜欢别人这样叫他。有时我又觉得他极像一个行伍出身的人，你瞧他一米八几的个头儿，身板结实，声音洪亮，乐于助人，豪爽、义气、能喝酒，明明一副典型的军人特征嘛。

因了他这样的特征，与他交往起来就更加无拘无束了。

他出生于微山湖畔的一个中医世家，父亲希望他长大后也能成为一名"济世活人"的"郎中"，后来的事实证明这仅仅是一个徒劳的愿望，幸好文学本身也兼有"治病救人"之意，对老人也算个小小的安慰吧。在他一岁抓周的时候，父亲把象征着各种前程与性情的小物件摆在他面前，他的小手拨弄了一阵子，居然牢牢抓住了一只酒杯。父亲长叹一声："一个败坏家业的醉汉！"善良的母亲为此落了泪。四岁开始，他就在父亲的指导下背诵古籍，读者可以从他后来的作品中感受到他古典文学功底的深湛。少年时代，他曾两次因微小事情"自杀"未遂。"文革"初期，他两次在天安门广场见到毛泽东主席。十八岁多一点时，他开始了长达十年的农民生涯，初时在苏鲁边界的挖河工地上，身单力薄的他硬是凭"树靠一张皮，人凭一口气"的信念，赛过了队里最棒的汉子，成了一天挣十个工分的壮劳力。他当过两年水稻管理员，孑身一人照料八十亩稻田，住在一个荒颓的小土屋里，四周荒无人烟。后来他得知这间土屋曾吊死过两个人，别人问他夜里害不害怕，他调侃说："雄鬼来我有利剑，雌鬼来笑而纳之。"再往后，他当过县联队的篮球运动员，征战了二十多个县，球场上两次摔休克，有一次眉骨被撞裂，缝了六针；在县供电局写了几年批判稿和经验材料，"文名"因之在当地大震；恢复高考的第一年，已近而立之年的他走进了大学校门，毕业后分到县文化馆当创作员……这段令人"羡慕"的人生经历成了他宝贵的精神财富，也构成了他大多数作品的"底色"。

微山湖是山东南部的一座有灵性的湖，那一带也是齐鲁文化与江淮文化的一个小小的交会点，那里的风土人情早已融入了李贯通的血脉，于是我们看到，在他的前期作品里，迷人的湖光山色，豪迈而多情的渔人，摇曳的苇荡与船影，韵味十足的民间野趣，湖畔的自然和人文景观，故乡人物的欢乐与艰辛，等等，他从容、朴实而流畅地吟诵着，给人们带来一股扑面的清新，也使他迎来了第一个创作高潮，荣获1986年全国优秀短篇小说奖的《洞天》无疑是他这个时期的代表作。此类作品陪伴他走过了八十年代。进入九十年代之后，他笔锋稍稍一转，更多地去关注文化人在商品经济大潮下的生存境遇，引起广泛好评的《乐园》《天下文章》，以及荣获首届鲁迅文学奖的中篇小说《天缺一角》等作品构成了他的又一个创作高潮。这类作品的主题意识更明确了，体现了一个作家在社会转型期困惑状态下的艺术良知，也使他赢得了更多的读者。

解读他的作品是评论家的事，我只想谈点儿基本感受。我认为他的前期作品更注重道德的力量，后期作品则浸淫了浓郁的人文主义精神；前期作品富含了儒家的襟怀，后期作品则具备了道家的风骨。作为他的读者，我喜欢他前期作品字里行间的幽趣与细腻，喜欢他后期作品所承载的沉重与悲凉。捧读他的作品，我常常禁不住想：他在哪里呢？你看他一会儿透过一扇小小的窗口去"洞天"，一会儿凝视那"缺了一角"的天空，他明明是在引颈仰望呢，好像在祈求什么；你再看他，一会儿低头寻找人间"乐园"，一会儿俯首写就"天下文章"，茫然中他明明在俯视大地，好像在祷告什么。就在这俯仰之间，他不断地超越着自己，同时也让读者获得了某种独特而神奇的精神满足。

细心的读者也许会发现，李贯通的写作领域一直没有离开他微山湖畔的故乡，尽管他后来的几部作品以写小城的文化人为主，但弥漫其中的土地和湖泊的气息仍比较浓烈。这类作品得益于他的几年县文化馆创作员的生活。我觉得在县一级文化馆写作真是一个理想的创作阵地，在这里目光正好盯在城乡接合部上，而这个接合部恰恰又是中国最具特色的地带，新时期以来我国有不少中青年作家就是从这里"起家"的。因此，从严格意义上说，李贯通仍是一个乡土作家，虽然他没有像那些刻意仿效福克纳的作家一样为自己划定一枚小小的"邮票"，当作自己的写作基地，但他确确实实是在笔耕自己的家园，如果非要指出他与其他乡土作家的不同之处，我认为他的民俗意境和民间话语渐趋淡漠了，而文化底蕴却越来越浓郁了。当然，你说他仰望也好，说他俯视也好，其实他双脚就踏在那片热土上呢，只不过他稍稍拉开了一点儿距离端详它、审视它罢了。说到底，他是在热切地为人们展现着艰辛之中欢乐的光芒。假如说他日后写出了更宏大更深沉更有分量的作品，我相信也是从那块他眷恋的故土上生长出来的，我们不妨期待着。

用区区两千多字的篇幅叙说李贯通是困难的，好在这位贯通大哥已经用他的作品，给我们这个五光十色的文坛涂抹上了自己的色彩，更何况他本身具有的真诚、鲜亮的品格原本就能感动每一个愿意与他交往的人，当你知晓了他的为人，然后再去咂摸他的作品时，也许就会获得更贴切、更珍贵的感受。前不久，朋友们小聚，分手时，望着昏黄的路灯下他远去的背影，不知怎么，我突然想起一副古楹联："宠辱不惊，闲看庭前花开花落；去留无意，漫随天外云卷云舒。"把这两句话用在到了知天命之年的李贯通身上，挺合适的。

（1998 年）

回头一望，根在哪里？

最近一个时期，湖南籍作家韩少功的《马桥词典》是否抄袭了外国作家的《哈扎尔辞典》，成了公众和传媒关注的一个焦点，韩少功因此而颇不情愿地频频"亮相"。对于广大市民来说，他们也渐渐熟悉了韩少功这个名字。

其实，从新时期文学之初，韩少功就是一员能征善战的骁将。成熟的读者不会忘记他的《月兰》《西望茅草地》《飞过蓝天》《归去来》《爸爸爸》《女女女》等一系列中短篇佳作，以及《性而上的迷失》《佛魔一念间》《夜行者梦语》《世界》等数十篇冷峻、深刻的漂亮随笔。在整个八十年代，他属于引领中国文坛风骚的那批新锐作家中特别有"想法"的一位。他受楚文化的影响极深，其作品弥漫着浓郁的浪漫和悲壮色彩。总的来说，他的作品数量不是太多，但每一篇都有相当的质量，几乎都能引来喝彩。

最初他主要以知青题材为主，文笔简练，格调沉郁，富有张力，扎实沉稳。而且他比较注重理性和哲思，这使他明显有别于其他知青作家。如果说"伤痕文学"是"文革"结束后中国文学的第一个浪头，那么，到了1985年前后，一些新锐作家已经不满足于单纯的"揭露"和"批判"，他们既渴望在形式上进行创新，又希望拓展视野，这时，"寻根文学"便应运而生了。

韩少功是寻根派的代表作家之一，其主要作品是中篇小说《爸爸爸》，他把小说背景放在远古时代，主人公是个傻子，他见人就叫爸爸爸，人们对他由蔑视到崇拜，展示了历史的变迁和人们对于"根"的迷恋及困惑。那个短暂的阶段，中国文坛确实出了一批有分量的作品，文学寻根一时热闹非凡，轰动效应接连不断，也使新时期以来的文学逐渐走向成熟。但是，任何成功的文学思潮都难免伴着泥沙，我相信，韩少功所倡导的文学寻根是追寻民族精神民族魂魄，回头一望，"根"连接着博大精深的中国文化脉络，而不是像某些"伪寻根派"那样，只求为自己的作品披上旧时民俗、民风的外衣，其内在的东西依然苍白乏力，没有多少价值。

　　八十年代后期，韩少功到海南定居，他的那些漂亮的随笔大都是在海南完成的。1993 年春天，我在海口曾与他见过一面，言谈之中我发现他十分谦逊，彬彬有礼，这反而使接触过他的人更加尊重和喜爱他。

　　最后，我还想谈谈《马桥词典》。我虽然没读过《哈扎尔辞典》，但直觉告诉我，韩少功绝不会轻易抄袭什么人的作品，也许他在形式上有所模仿，但主要的东西还是他自己的。况且，这部小说并不是他所有作品中最好的，作为一部长篇，它显得凌乱，缺少激情，从而削弱了作品的力度和艺术气息。

（1997 年）

苦涩的关注

在八十年代热火朝天的中国文坛上，我们没有见到刘醒龙的身影。也许那时他正苦苦地默化积攒，期待着有朝一日的喷发。终于，时光进入到九十年代初，刘醒龙"威风凛凛"地在文坛亮了相。如果说他的中篇小说《威风凛凛》是其发轫之作，是他的第一次跳跃，那么，《村支书》便是第二级跳，影响更为广泛的《凤凰琴》即是第三级跳。他在一年时间里呼啸着完成了三次跳跃。从那以后，他一发而不可收，基本上总是在当代文学创作的前沿阵地上游走，屡显身手，令人称叹。

刘醒龙是一个典型的现实主义作家，他的一系列作品紧扣时代脉搏，敢于和善于在剧烈变动的当代中国经济与政治背景下，近距离地展示新旧交替时期的诸种社会矛盾，不遗余力地关注民生民态。他的作品主要有两类：一类反映乡村干部（包括普通农家百姓）的生存境遇，代表作有《村支书》《分享艰难》《挑担茶叶上北京》《路上有雪》等；另一类反映城乡文化人的微妙心态，代表作有《凤凰琴》《伤心苹果》等。读他的前一类作品，我们不免感到沉重、冷峻和苦涩，再读他的后一类作品，我们又会感到温润、尴尬和少许的辛酸。但他的全部作品有一个共同点，那就是充盈、扎实和沉稳。他自小受楚家文化的滋养，较多地秉承了其忧思悲悯的人文主义精神，他总是在苦涩中给人以甘霖，在艰难中给人以希冀。尤其是他的平民化倾向有所加强，充分体现了他对生活、对故乡、对民众的一腔赤诚。他双脚牢牢踏在城乡交会点上，一会儿浓描山山岭岭间的乡村生活，一会儿轻抒小小城镇的文化心音。他热切地寻找着崇高与真诚的人世情怀，善意地批判和嘲讽着当下的缺憾与陋规。于是，我们看到，在他的笔下，走出了许许多多令人过目难忘的人物——各种类型和风格的乡镇长、村长村支书，进城求生存的农民，各式各样的小城文化人，等等。这些人物大都带有农业文明的胎记，都有着较强烈的社会典型性，他们艰涩地生活在作家熟悉的土地上，在社会剧烈变革中柔软地沉浮，不乏狡猾与智慧。透过他们的身影，我们能够感受到浓艳的忧怅、淡淡的温馨和远处的希望。

生活中的刘醒龙也是一个很有魅力的人。与他交往交谈时，你看不出他身上的浮躁之气。就像他的作品一样，他显得真诚和充实。朋友们聚会时，酒量并不大的他在情谊面前一醉方休是常事。我还发现，每次乘车外出，他都把舒适的座位留给别人，自己到后面挤。平时他沉默寡言，一旦有机会讲话时，言谈之中他不由自主地流露出的社会责任感和艺术良知也令人佩服。记得去年秋天在济南的一个座谈会上，他谈到一个作家的作品应该主动去体现这个国家的民族精神，比如《老人与海》体现了美国精神，《阿信》体现了日本的国民精神，而如果把阿Q视为中国的国民精神，他感到悲哀；他还说我们学习鲁迅先生，除了学习先生批判的锋芒之外，更应学习先生对故土的深情和挚爱，写出并塑造我们民族自己真正的优根性。他的发言令我怦然心动，久久难以忘怀。

（1997 年）

尤凤伟的"二度青春"

写下这样一个题目，是缘于我对青岛作家尤凤伟近期作品的厚爱。我一向认为，评判作家和作品是评论家的事，而作为一个读者，一般情况下，他对当代作家作品的感受在阅读完之后即告完成，无须再劳神去思量了，不是还有时间检验一说吗？留待后人评说岂不更公正？但我读过尤凤伟的近作之后却难以做到这一点——他是让我获得这种感受的为数不多的当代作家之一。

应当说，前期的尤凤伟是不怎么走运的，虽然他写出了《月亮知道我的心》《爱情从这里开始》等在当时颇有分量的作品。也许那时的文坛太喧嚣，乱哄哄你方唱罢我登场，他就在这种喧嚣中被暂时遮盖了。当时圈里圈外人都很看重中国作协颁发的全国中短篇小说奖，尤凤伟一直无缘领取，也不知他当时是个什么心情。

九十年代初，我在解放军艺术学院文学系读书，同学们常常把酒闲聊，话题当然离不开文学。我们预测那些曾经辉煌而后一度沉寂的作家，谁谁会焕发"二度青春"，掰着指头数了一遍，该说的都说了，无人提尤凤伟。我站出来大胆预测，尤兄当不会令大家失望，不凭别的，就凭他的扎实劲儿和耐得住寂寞。果然，没过多久，在他即将庆贺五十大寿的时候，他的短篇《沉默的格》出笼了。我至今认为此作是1992年国内最好的短篇小说，其构思之精巧、语言之张力、叙述之舒畅、行文之老辣，皆令人为之一振。

如果说《沉默的格》是尤凤伟"二度青春"的第一缕芳香，那么，他随后甩出的《泱泱水》《金龟》《石门夜话》《石门呓语》《生命通道》《五月乡战》《远去的二姑》等近作，便是他"青春花园"里的蔚然景观了。在这里，他做到了真正的厚积薄发，多年的沉默造成了如今的决堤之势。我喜欢用这样一个标准来评判小说的优劣——好的小说应该更接近小说本身，而非报告文学式的应景之作。尤凤伟的近作便是这种深刻的作品。他的近作大都是历史题材，远离现实，但他却赋予了它们浓厚的当代意识，正像黑格尔所言："历史题材有属于未来的东西，找到了，作家就永恒。"1995年是抗战胜利五十周年，抗战题材的小说比比皆是，以我的阅读经验和涉猎范围，我大胆认为他的此类小说冠盖群芳。

在此不能不谈到一个有趣的现象：他已年过半百，中国作家到了这个年纪，该走下坡路了，但在他身上，不仅看不到"下坡"趋势，他"上坡"的势头反而更猛。看来，此公的"二度青春"还会持续较长时间。

（1996 年）

清清水长流

——军旅作家苗长水印象点滴

大约十三年前，我读到了苗长水的中篇小说《冬天与夏天的区别》。至今我仍然无法忘记读过这篇小说的感受。他用崭新的文学语言和文学视角，给我们讲述了一个发生在战争年代的沂蒙山区的故事，题材和人物虽然不算新鲜，但韵味足、清纯温馨、过目难忘，给人一种明显的独树一帜的艺术感觉。

我相信当时很多读过这篇小说的人都会为之一振，不久它获得了全国优秀中篇小说奖即是一个明证。尽管此前苗长水曾经写过《季节桥》等反响不错的小说，但我仍然把《冬天与夏天的区别》视作他的成名作，因为他以此为发端，稳健地步入了成熟期，在当代文坛上找到了自己的一个位置。从那以后，他接二连三地把一系列风格鲜明的作品摆到了读者面前，《染坊之子》《犁越芳冢》《非凡的大姨》《南北之梦》等小说呼啸着问世，几乎有点儿令人目不暇接。

一个作家的创作活动，很难离开与他有着血脉渊源的故乡热土，古今中外取得成功的作家概莫能外。在中国的版图上，齐鲁大地的历史和文化背景是相当独特的，而沂蒙山区由于在半个世纪前改天换地的革命斗争中得风气之先，所以它又被涂抹上了一层更为艳丽的色彩。这里恰恰就是苗长水的故乡。于是，他把双脚牢牢踏在故乡的土地上，以革命斗争时期的广阔背景做参照，以自己厚实的生活积累做保障，向我们展示了许许多多沂蒙山人复杂而含蓄的心灵世界。可以毫不夸张地说，苗长水用他的作品，准确细腻地表现了一个地区的风土人情、风尚习俗和时代特征，所以他注定是一个有价值的作家。

如果单单从题材上划分，他的小说无疑属于"革命历史题材"。这类已显古老的题材在中华人民共和国成立之后，不知被多少作家耕耘过。问题的关键在于，他在前人成功的基础上，进行了更深更细的挖掘和超越，充分显现了他的艺术才情。一般说来，没有经历过战争的当代青年作家轻易不愿再触及这类题材，他却偏偏知难而进，除了赋予人物必须具备的"政治"特征之外，他更倾心描述那个时代的人情和人性美，用人情和人性的光辉照耀历史、战争、土地和心灵，使之更加真实可信，更具艺术感染力，从而为现代人营造了再次"走进"战争、体验战争的美学氛围。记得著名文学评论家雷达当时曾评价道："苗长水的出现是一个奇迹，他的尝试为文学拓宽了路子。"

苗长水的成功得益于一种语言。他的小说好读、耐读，他用质朴无华的口语化的文学语言，娓娓叙述着过去的事情，那些事情像一首无字的歌，含着忧伤，带着记忆，缓缓流到今人的面前。看上去他漫不经心、不加雕琢地书写，实则隽永优美，清纯别致，生动感人。如果再把他放到当时的文学大环境中加以观照，就会发现，在八十年代末各种文学实验穷途末路之时，他的艺术追求是新颖的、独到的。正如著名作家李国文在一篇文章中写道："也许太热闹了反而渴望清静，看腻了重彩浓绘、华丽斑斓以后，说不定淡淡几笔水墨，更觉别致。我们从长水的小说世界里，领略了清纯的美。有如经历了凡尘闹市的喧嚣之后，觅得一片幽静所在，清泉淙淙，木叶飒飒，凉风习习，该是多么心旷神怡呀！"李国文准确地道出了我们的感受。

我们不妨再把苗长水和山东籍的另一位军旅作家莫言做一比较。同苗长水不遗余力地书写沂蒙山一样，莫言的《红高粱》等优秀作品也把视点放到他熟悉的高密东北乡。如果说莫言的艺术感觉奇丽多姿，意象丰厚，那么，苗长水却内敛有致，一咏三叹。莫言的作品宛若轰然爆响的集束手榴弹，气势燎人；苗长水的小说犹如战场边被炮火撕碎的花朵和小草，透出一种凄凉的美。他们无法替代而又不可或缺。

在读过苗长水的主要作品之后，我才与他相识。一经交谈我便发现，他柔软的性格和他的小说一样，同样有着沁人心脾的魅力。以后随着交往日渐增多，我愈发明白，他为人为文都在追求一种高远的境界。他所有的小说都向真向善，格调清新，他是个有艺术责任感和社会良知的军人作家，时间会证明这一点。现在，我重新阅读他的部分作品，心灵依然感到震颤。于是我想，他的作品是从沂蒙山深处的泥土里凝聚并流泻而来的，所以他会在时空中留下痕迹。

进入九十年代中期，他又捧出了《等待》《我们稍息立正》等小长篇，这类小说属于过渡阶段的作品，没能超越他的前期作品，也许此刻他正默默积聚着。不久前，他又与人合写了反映我军驻港部队生活的长篇报告文学《往来香港的军车》，虽然造成了一定影响，但我仍然特别希望读到他的小说力作，而非一般的报告文学。我坚信，如果日后他写出史诗般的著作，其作品的脉络仍然无法离开与他丝丝相连的沂蒙山。他精心营造的艺术世界——那道清亮可人的溪水会一如既往地流淌下去，奔向大海。

（1997 年）

裘山山的风韵

对于广大读者来说，裘山山这个名字早已不陌生，她用上百万字的小说和近百篇精美的散文夯实了自己的文学之路，在我们这个万紫千红的文学园地里留下了自己的一缕芳香。早在数年前，她就在军内外获得了"才女"之称，不但文章写得好，而且人缘也好，任何和她有所接触的人都会长时间记住她，并津津乐道于她的人品、文品……她现在是成都军区政治部创作室创作员、《西南军事文学》副主编。

如今的裘山山是个性格开朗、幽默风趣而又不失庄重典雅之气的女性，而少女时代的她却是孤独的。她祖籍浙江绍兴，父亲出身于破落地主家庭，从天津北洋大学毕业后不久就参加了解放军，投入到改天换地的战争洪流之中，中华人民共和国成立后到铁道兵工程学院教书，是一位军中的高级知识分子；母亲则是个不折不扣的"才女"，是那个时代并不多见的新女性，才华横溢，二十出头就当上了堂堂省报的编辑记者。但母亲命运多舛，一夜之间被打成"右派"，调离报社，不得已变成了在部队大院里打杂的"随军家属"。

许多年里，母亲心头的这个阴影一直笼罩着全体家庭成员。小山山逐渐长大了，母亲不希望她过分迷恋文字，以免像自己当初那样"惹祸"。母亲最关心的是让她多学点儿生存的本领，将来好面对复杂的生活，自食其力养活自己。当时他们家住在山城重庆，母亲时常"命令"

她为家里挑煤球。十几岁的柔弱女孩儿，挑着几十斤重的竹筐，在数不清的石阶上汗流浃背奋力攀登，这情景至今仍让裴山山历历在目。也就是这时候，她长成了一个娇小、文静而俏丽的美少女，喜欢思考，多愁善感，人前不爱说话，最愿意做的事情是读书，而且越来越迷恋那些"百无一用"的文学作品。母亲担心的事情还是发生了。

在整个少女时代，读小说成了她最大的业余爱好，这或许是她排遣孤独的一种方式。为了看小说，她想了很多办法，比如她利用做值日的机会，给自己调换了一张桌面上有洞的课桌，上课时把小说放在下面移来移去，眼睛盯着洞看，"瘾"也过了，老师还经常夸她上课守纪律。她对小说如痴如醉，可那年月能够找到的文学作品就那么几部，很快就读烂了，读厌了，到后来，她居然到了对任何有文字的东西都感兴趣的地步，走在路上，两眼不停地往墙上瞄，因为墙上贴着标语。见路边有张报纸，她干脆就蹲下看。一次，母亲让她去食品店排队买肉，正巧排在她身边的一个男人手里托本书，她忍不住就把小脑袋凑了上去，人家看正面她看反面，人家看反面她看正面，一大一小两个书呆子光顾看书，后面的人都跑到前面去了他们也没察觉。还有一次，她好不容易从别人那里借来一本《铁道游击队》，如获至宝一般地欣赏，母亲叫她煮饭，她就守着锅捧读，结果母亲回家时一锅饭早成了焦炭。母亲气坏了，夺过书就要撕，急得她跺着脚央求："书是借别人的呀！"当然母亲不会真的和一本书过不去，母亲随手把书扔进煤球堆里，没忘了给自己找个台阶，道："我还懒得撕呢，我留着生火。"

尽管母亲不想让她走摆弄文字这条路，但裴山山一直认为母亲给予她的影响是巨大的——无心栽柳柳成荫，那是一种默默的浸润，一句话难以说清。上中学时，班里不少同学都准备了一个小本子，到处抄华丽的句子，以备写作文或交谈时引用。她问母亲是不是也要这样。母亲没正面回答，而是打比方道："你看塑料花虽然好看，但没有生命；野花虽然不好看，却是生机勃勃，写东西最好要用自己的语言。"听罢，她庄重地点点头，觉得母亲说到了她心坎上。又有一次，她写了一篇自认为挺不错的作文，但老师给的分却不高，她有点儿不服气，便拿给母亲看。母亲看后笑了，说："我觉得文章蛮好，不必在乎分数。"……多年之后，当她真正成了一名作家，回过头去梳理自己的创作之路时，深切地感到，正是母亲给了她最初的启蒙和信心。

1976 年，十八岁的裘山山穿上了军装，在重庆某通信站当话务员，越来越晴朗的政治气候、火热的部队生活和少女清泉般的激情，终于使她产生了诉说的欲望，她要用她的心、她的眼、她的手表达自己的真实情感，于是，她试着提起了笔。应当说她没费多少劲就迈出了至关重要的第一步——不久，她的处女作散文《我们女战士》顺利地在《重庆日报》发表，收到样报那天恰好是她的生日，她感到了莫大的幸福，同时心里突然有了一种强烈的预感：今生今世可能与文学有缘了！又过了不久，部队最高级别的文学刊物《解放军文艺》刊登了她的另一篇散文《灯下》，一下子在整个部队引起了轰动，因为那时成都军区还很少有人能在《解放军文艺》上发表作品，她顿时成了引人注目的人物，走在营院里，会有人指着她说：快瞧，这就是那个会写文章的小女兵……

孤独的美少女，终于找到了自己表达情感的方式。

但这仅仅才是开始。

自然为人，自然为文，孜孜不倦地营造宁静隽永的女人心情，使她能够扮好多种角色。

裘山山在文学创作上的飞跃应该说始于九十年代初。近十年来，她的作品四处开花，越来越成熟老到，描写军旅生活和城市女性心理颤动的一系列中、短篇小说为她带来了声誉，至今她已发表了近二十部中篇和四十多个短篇，两本散文集、一部长篇传记，作品总量近二百万字，多次获得各种文学奖，作品收入多种选集，可谓硕果累累。发表后即受到好评的短篇小说《等待星期六》荣获《中国作家》文学奖，并被选入当年权威性极高的人民文学出版社出版的《1993 年中国小说年鉴》；中篇小说《锁着的抽屉》获《当代》文学奖；另一精致短篇《天天都有大月亮》在《人民文学》发表后被《小说月报》转载，接着又收入上海文艺出版社出版的《全国短篇小说佳作集》；中篇小说《表达情感》在《四川文学》获奖，《男人瞿秋白》在《文艺报》主办的"瞿秋白杂文散文奖"中一举折桂，引起各方好评。1997 年，她的中篇小说《无罪辩护》又荣膺巴金文学院小说奖；此外，她还先后获得过全国首届卫生文学奖、全军新作品奖、四川省文学奖、成都军区创作奖以及《昆仑》文学奖等多种奖励。《城市情人》《卡萨布兰卡的夜晚》《白罂粟》等作品受到广泛赞誉……

阅读裘山山的小说，给人的感觉是在夕阳西下时分欣赏静静的秋日的流水，有一种自然的、略含忧伤的、凄美的、温馨的人道主义情怀不知不觉间就会罩上你的心头，她行文的平静外表下蕴含着女性的智慧、机敏和激情的暗流。她从来不追求"先锋"，借用评论家的话说，她"放弃了外在的表面的'尖锐'和'深刻'，而讲究小说自身的质地和叙述的平和，向往一种自然之境。她的作品看似平静，却很有穿透力，在直白与简洁中蕴含着深刻的哲理性，形成了她独特的艺术魅力，充分显示了一位成熟的有魅力的作家的品位与风范""尽管她没有大红大紫过，但你绝不可以忽视她"。对此，她自我评价说："我或许无法像太阳升起时那样一跃而出，光芒四射，我只能像太阳落山那样，一点一点往下落，让人不知不觉就感到天已黑了，我想在这个过程中释放我所有的光亮……"

除了小说，裘山山还写出大量的散文，见诸各地报刊。散文集《女人心情》使她拥有了更多的读者。不可否认，散文创作构成了她作品的另一条路子，她活跃的思维、诙谐的谈吐、真实的心态、机智的感受，充满了一篇篇散记，使她大大不同于前两年盛行一时的"小女人散文"。她用质朴而亲切的口吻写父亲，写母亲，写丈夫和儿子，写朋友写友谊，更写自己的心情，有人甚至认为她的散文胜于她的小说。其实，不论写洋洋数万言的小说也好，还是写千把字长的散文也好，她都是一样认真对待，就像她在一篇创作谈中说的："我从来没敷衍过读者，每一篇，无论长短，都尽了我的最大努力。"因此，她在小说和散文创作上同时精进，也就不足为奇了。

令人感兴趣的是，裘山山不仅是一位才气十足的女作家，而且是一位受作者称道的好编辑，她身为创作室的专业作家，完全可以不过问《西南军事文学》的事宜，但她觉得部队的业余作者需要扶持，广大官兵也需要这样一份军事文学刊物，因此不惜耗去自己宝贵的创作时间，认认真真编刊物，收到读者和业余作者的来信，再忙也要亲自回复。数年来，她还坚持担任成都市电信局心理咨询台的义务咨询员，不厌其烦地为痛苦失意者解除困惑，送上些许心灵的慰藉。同时，认识她的人都认为她女人味浓郁，大方磊落，从不故作矫情，不像某些有点儿名气的女作家女明星那样"毛病多多"。熟悉她的朋友都知道，她还是一位贤惠的主妇和称职的母亲，家务做得利利索索，家庭相当和睦。她丈夫是一位电影导演，一如既往地支持她写作，也是她作品的第一读者，眼下，她的名气虽然比丈夫大，但那位先生心胸开阔，心里一点儿都不失衡，即便她经常在外抛头露面，他也毫无怨言。她对朋友们说："不管他以后怎么样，就冲这一点我就觉得他很绅士。"言语间充满了柔情。

她的人生信条是：自然为人，自然为文。这便是她所追求的一种人生本色。

1997年夏天，在中国作协组织的全国青年作家创作会上，裘山山向与会的《文学报》记者介绍说："要写出当代军人的真实形象，就必须走出书房，深入到基层部队去，深入到官兵们之间，才能体会到他们的酸甜苦辣和博大情怀。"

一年之后，也是夏天，成都军区政治部举办"喜马拉雅笔会"，邀请军内外十余名作家参加，我有幸在其中，得以与裘山山一路同行，在莽莽青藏高原上奔走了半个月。我多次目睹了她面对那些年轻的边防战士时所流露出的炽烈情怀。我清楚地记得，1998年7月2日那天，我们怀抱氧气袋，怀着极为悲壮的心情登上海拔五千三百八十米高的查果拉哨卡，据说它是世界上海拔最高的驻军哨卡之一，这个高度绝对是一道独特而又瑰丽的生命风景线，它伸进了宇宙的深处，是一个常人难以到达的高度，甚至是一个难以想象的高度。驻守在这里的士兵们是在用生命谱写关于国家、民族和个人的命运交响曲。我们的到来为这些几乎被世界遗忘的士兵带来了欢乐，西藏军区陪同我们的同志提醒说，我们只能在上面待一个小时，否则身体受不了。在这短暂而又漫长的一个小时的时间里，我注意到裘山山几乎没说一句话，她只是专注地、默默地、深情地凝望着那些红褐色的年轻的脸庞……终于她无法遏制地流泪了，把内心的波澜写在脸上。这已是她第六次进藏，恐怕她已经创下了内地作家进藏的纪录。每一次都是这样，当她面对那些小弟弟般的士兵时，感情的闸门总是大开着的。

裘山山第一次进藏，就被那些满怀理想主义和英雄主义的边防军人感动得热泪涟涟，她深深感到，自从红旗插上雪域高原以来，在这片面积占全国八分之一的国土上，最值得讴歌的便是那些来自遥远内地的年轻军人，他们每一个人都是一座纪念碑。她深深爱上了这片神奇的土地和艰苦卓绝地守护这片土地的人，为此她暗下决心，一定要把自己创作的根扎在这里。以后只要有进藏的机会，她决不错过，深埋于心的"高原情结"将伴她一生！

第二次进藏，她去采写被西藏人民称为青藏高原上继公路、输油管道之后的第三条生命线——"兰（州）西（宁）拉（萨）通信光缆工程"。她深入到施工部队，很快就拿出了四集电视剧本《翻越唐古拉》和报告文学《第三条生命线》。时隔不久，她第三次进藏，又写出报告文学力作《她们在高原》，这部反映驻藏女兵的作品，以作者特有的细腻和真挚，感人至深地描写了一群把青春、生命和爱情都交给了永恒的雪山的高原女兵。为写好她们，她特意选择严酷的冬季进藏采访，几乎跑遍了所有驻有女兵的部队。这部作品一问世，即刻在边防军人中产生了极大反响，很多人是流着泪读完它的。后来的几次进藏，她又相继创作了一系列有影响的作品，如《天天都有大月亮》《寂寞高原》《千里边关写军魂》等。就在几天前，她在电话里告诉我，她编剧的电影《遥望查里拉》已由峨眉电影制片厂摄制完成，即将在全国公映；一部反映西藏军人生活的长篇小说也已经杀青，可望在年底前由解放军文艺出版社出版。一位评论家就此写道："她以诗意的笔触描绘展示了西藏军人在默默无闻的牺牲奉献中所孕育出的那种对生活的热爱，抒写了人性与天职的矛盾与融合。应该说，如果没有多次进藏的艰苦历程，没有对西藏军人内心世界的深刻体验和准确把握，是难以流淌出如此率真的作品的。"

　　在高原上行走，其实是在体验生命。一提起西藏，人们常常把它与冰天雪地、荒漠漫漫、砾石累累、高寒缺氧、长冬无夏、凄凉可怖等字眼联系起来。裴山山毫不畏惧多次登上"世界屋脊"，其间有很多历险的故事，但她很少在人前张扬。和那些长期驻守在"生命禁区"的边防军人相比，她觉得自己吃点儿苦根本算不了什么。单看她的外表，容易使人想起清亮的小溪水，其实她的心灵像高山一样坚韧。她曾经说过："我喜欢西藏。每一次进藏，心灵都会得到一次净化，心情也会变得十分宁静。"她还说："我不仅要多写军人，而且要尽力写好。这是我作为军队作家的义不容辞的责任。"

难以磨灭的高原情结，令她六赴西藏，千里边关写军魂。裘山山，与军队有缘，与文学有缘，与爱有缘，与真诚有缘，与大山有缘！

（1999 年）

两种境界

——军旅画家李宏志印象点滴

今年 8 月 1 日前后，李宏志在济南举办了一次个人画展，据说前来参观者络绎不绝。我自然也要去观摩一下。既是出于礼貌，出于对同事的关心，更是出于审美的需要。哪知去过一次后，欲罢不能，又去了一次。也就是说，我非常认真、非常虔诚地阅读了两遍李宏志此次展览的作品。

这以前，我曾经多次看过别人的画展，包括数次在北京的中国美术馆看画展；这以前，我也曾经多次看过李宏志的作品，包括看他当场作画。但是，没有一次像这回这样令我感到震撼。究其原因，我揣摩主要有两点：一是他把一百六十八幅作品集中起来展示给读者，能够形成一种强烈的视角冲击效果，令人目不暇接，大开眼界，继之深深陶醉；二是他的创作水平又往前迈出了一大步，而且是在你不经意间取得进步的——他已臻于佳境，接近于炉火纯青——他突然就让你感到有点儿陌生，有点儿惊奇了。

所以，我就有了上述感觉。

对中国美术感兴趣的人或许还记得，十二年前，李宏志曾经凭借巨幅画卷《长城万里图》，让国画界受到震动。那是一幅长六百三十三米的皇皇之作，是有史以来最长的中国画。李宏志是有史以来第一个把万里长城收到笔端的中国画家，为了完成这幅巨著，他徒步走长城，风餐露宿，历时一年，历尽艰辛，先把万里长城掠进眼睛，装进脑子里，然后再经过两年精心锤炼，像春蚕吐丝那样把它倾吐出来，其刻苦和韧劲令人敬佩。此作一举奠定了李宏志在中国画坛的地位。他的以《长城万里图》为代表的山水画，大气磅礴，气度恢宏，激情四溢，站在作品前端详，你会感到仿佛置身在真正的山水间，一股浩荡之气扑面而来，胸中自会升起万丈豪情。这次展出的作品，有不少就有这样强烈的视角冲击效果。

在人们的印象中，李宏志擅长气势宏大的山水画，具有军人特有的雄壮和豪迈气概。可这次展出的作品，却有不少篇幅小巧的花鸟鱼虫，这多少有点儿出乎人们意料。说句实在话，这些"小"画和那些"大"画一样出色，你看吧，尺幅之间，或花或鸟或鱼或虫，形神俱佳，姿态翩翩，妙趣横生，令人释怀。这应该看作是李宏志的一种创新，艺术贵在创新，他在试图超越自己。而不停地超越正是一个艺术家最可宝贵的品质。

解读李宏志的作品，是评论家的事情，我只想谈点儿对他和他的作品的粗浅的感受。虽然隔行如隔山，我不懂美术，但我相信自己的艺术感觉。看他作画，阅读他的画作，感觉如行云流水，浑然天成，犹如花朵悄然绽放，犹如白云飘过天庭，犹如溪水自面前流过，能够拨动我的内心世界，我认为这就是真正的艺术。而在美术界，受功利主义影响，粗制滥造之风日盛，很多画家在重复自己，甚至有的一生都在重复制作，技巧虽有所圆熟，甚至相当圆熟，却鲜有创新之意，这也正是中国画无法与西洋画接轨的原因之一。我认为这些拼命重复自己的画家只能算个画匠（就像那些只会做某几种产品的木匠、铁匠一样），而不能称其为画家或艺术家。

李宏志最可贵的就是他的创新性，他逐渐剥离掉匠气，绝少重复而志在创新，其作品弥漫着一种深厚、悠远、凝重的格调——他作品的境界就在这里。他对得起画家这个名号。

作画如此，做人亦如此。我与李宏志在同一个创作室，十几年的抬头不见低头见，彼此了解。同人们都看到了，生活中的李宏志有着坚韧不拔的毅力和干劲，他像一头不知疲倦的老黄牛那样，辛勤耕耘，视创作如生命。我认识很多可以被称为艺术家的人，像李宏志这样孜孜不倦地工作的人并不多见。他与人和善，待人真诚，有求必应，具有老大哥的风范。如此说来，在做人上，他也达到了相当的境界。作画，做人，两种境界他都有了，谁敢不尊重他？

（1997 年）

两部长篇的新境界

近段时间以来，我们译介的外国作品少有类似《百年孤独》《喧哗与骚动》《不能承受的生命之轻》这样的力作，因此，我有意把目光投向了国内作家的长篇小说，重点看了两部，一是南京军区作家朱苏进的《醉太平》（上海文艺出版社出版），一是上海作家格非的《欲望的旗帜》（《收获》1995 年第 5 期），不看则已，一看还真被它们抓住了。

这两位都是当代中国文坛的实力派作家，他们都留下了一条闪光的创作之路。先说朱苏进。因为我也是在部队搞创作的，所以我对军事题材的小说创作格外关注是必然的。由于一些原因，军事题材的文学创作越来越艰难，已经很难再涌现譬如《高山下的花环》《西线轶事》那样的轰动一时的作品。因此，进入九十年代以后，军事题材的小说创作（尤其是反映当代军人生活的作品）出现了青黄不接的现象，优秀作品犹如凤毛麟角，不少军内作家陷入了彷徨和苦闷之中，有的暂时保持沉默，有的干脆改弦易辙。军事文学在中国文坛的地位似乎变得无足轻重了。但朱苏进好像是一个例外。多年来，他坚定不移地在军事文学的园地里辛勤耕耘，并屡有收获，到目前为止，尚无人能与之比肩。然而在敬佩之余，我们也不难发现，他的前期作品如《射天狼》《引而不发》等，终归弥漫着一点点苏联军事文学的味儿，总觉得他笔下的军人不太像中国军人。从他的《绝望中诞生》开始，我们发现他似乎有了一种新的发现，终于，我们欣喜地看到，他捧出了沉甸甸的《醉太平》。

在《醉太平》里，我们听到的是一首"太平盛世的军区大院奏鸣曲"。朱苏进以"朱苏进式"的气魄和笔力，壮写了从军区司令员、政委到部长，再到普通干事以及司令员之女等人物在和平年代里微妙的人际关系和种种心态，比较贴切、真实地展示了他们的心路历程。朱苏进把握之准确、深刻、传神，也许只有我们这些有着较长军旅生涯的人才能感受到。事实上，朱苏进给自己出了个难题——和平时期的军区大院，没有多少可资创作的素材，写到高级将领，尤其需要谨慎。朱苏进恰恰敢在这里下笔，他写得凝重、大气，游刃自如，于无声处起惊雷，处处显示出他深湛的叙事功力和把握人物的能力。在一些细节的描绘上，他发挥了前期作品的长处，一招一式都独到传神而不含糊。尤其值得称道的是，作品中两个分量颇重的人物——军区司令员刘达、军区政委韩世勇都是以往的军事文学画廊里难得一见的人物。在朱苏进笔下，我军当代高级将领的形象更可信、更鲜明，也更复杂了。而把他们复杂化也许是更有价值的。再就是朱苏进以往作品中的女性形象总是很单薄，在《醉太平》中，他为我们提供了一个刘冰冰（司令员之女），这是迄今为止朱苏进写得最成功的女性形象。因此，我大胆地认为，《醉太平》不仅远远超过了他的上一部长篇《炮群》，即便在新时期以来的当代军事题材的长篇创作中，这部作品也是首屈一指的。

本来，无论外国也好，中国也好，军事文学的重头戏是战争题材，我们可以列举出很多优秀作品。和平年代的军营生活是很单调枯燥的，确实难以出"戏"，但朱苏进却用他的创作实践为我们这些军人作家提供了不少可资借鉴的经验。我想，只要用心观察，潜心思索，下定决心往下写，还是能够拿出有分量的当代军事题材作品的。

再说格非。格非早就被有些论者称为"博尔赫斯的学生"，其原因在于他基本读懂了博尔赫斯，并且写出了一大批"迷宫"式的小说。

就文学创作的形式和内容而言，格非似乎更注重形式，为了追求某种文体，他甚至不去顾及读者的多寡。不知是由于实验不下去了，还是考虑到市场化因素，近几年来，一批所谓的先锋派作家不约而同地失去了先锋性，其作品中的写实成分大大增强了。《欲望的旗帜》就很能说明格非的这种变化。

据说曾辉煌一时的作家马原很推崇这部作品，连题目都是马原帮助"拍板"的。《光明日报》的一篇书评认为，该作是"1995年国内最好的长篇小说"。这个说法是否成立我们暂且不论。读过它之后，我只是感到，格非的这部长篇确实比他以前的《敌人》等长篇更成熟、更好读了。虽然他仍隐隐约约为我们构筑了一座"迷宫"作为外壳，但这座迷宫已经不那么曲里拐弯了，也就是说博尔赫斯的痕迹已经不浓了。当然，格非又自觉不自觉地模仿了一点米兰·昆德拉的《不能承受的生命之轻》，应该说他模仿得比较成功。抛开这些不谈，我感到格非在这部作品中认真传达了他对身边现实生活的关注和见解，这好像是他所有作品中最贴近现实的一部。你看他开篇即写道："九十年代初期的上海。一个重要的学术会议将在这里举行。"这在他以往的作品中是鲜见的。本来他长期生活在大学校园这种知识分子成堆的地方，他应该为读者奉献一部关于当代知识分子的小说，《欲望的旗帜》可以说是他的一份成功的答卷。

在这部精致的小长篇中，格非冷峻地塑造了曾山、张末、宋子衿等几个性格复杂、令人过目难忘的当代知识分子形象，而这类知识分子在以前的文本中是较为少见的。他近距离地透视现实生活，在环境、情节、细节和语言的把握上，都有独到之处，通篇弥漫着"迷惘、忧伤和黑色幽默"，充分显示出作者营造艺术氛围的才华。尤为难能可贵的是，格非认真改变了一下他过去"不关心人的现实生存状态"的做法，他写现实，而又不像某些作家那样"同普通公民一起发同一个水平的牢骚与感慨"，他关心的是当代知识分子的精神追求、道德信仰、价值判断等一系列更为深刻的"精神安置"问题，也就是说格非虽然从现实出发，但他超越了世俗生活。这就使得《欲望的旗帜》更接近小说本身。我想，它给予我的启示也许就在这里。

（1996 年）

别样的感受

　　在我早年的印象中，巴音博罗是作为一个诗人而存在的，他是北国大地上的行吟者，诗风雄浑而苍凉，宛若突起的风沙和呼啸而过的马队。2002 年我们在鲁院首届高研班同窗，他言语不多，背影孤独，一头飘逸的长发与众不同，"鲁一"写小说的多，写诗的少，俗话说隔行如隔山，我写小说，所以与他的交往交谈并不多，顶多碰见点个头，偶尔扯几句与创作无关的闲篇。但我深知，诗人之中更藏有才华横溢的"怪才"。毕业后，同学们都以为他会继续在诗歌的道路上狂奔，把白山黑水间狂野的山川风物收于诗囊，可是他竟然不见了踪影，没有了动静，与同学们多年不联系。直到前几年，突然传来消息说，巴音博罗一不留神，成为著名的画家！去年我们见面，他就是以同学兼画家的身份出现的，一头长发略稀薄了些，面容倒不显沧桑，神态还是那么淡定。他给我们带来了新出的画册，我虽不懂画，但我能看出画风，他的油画无论题材还是寓意，都是新颖别致的，甚至很怪异，以前极少见到中国画家拿出这一类作品。尼采说："朴实无华的风景是为大画家存在的，而奇特罕见的风景是为小画家准备的。"尼采说的是大自然的风景。巴音的画作，可以说不见风景，或者说表面的风景被有意遮蔽，你只见神秘和荒诞，它是幻想、梦境和哲思的结合体，超越了时空和阴阳生死的界限。他的画作给我的冲击尚在，忽忽几日不见，他又斜刺里捧出一本散文集《艺术是历史的乡愁》。我用最快的速度看完，毫不夸张地说，蔚为大观，深为震撼。

收在这个集子里的作品，几乎凝聚了巴音博罗全部的生活积淀，是一部集大成之作，童年的记忆，少年的惆怅，壮年的感怀，艺术的探知，一草一木，一山一水，点点滴滴，都在他的笔下，灵动而传神，具有很强的艺术穿透力。他本是满族人，早先我把他当成了蒙古族人，他的外在形象也的确更像一个蒙古族人，现在透过这部散文集的第一辑"吉祥蒙古"，我感到他虽是满族人，他的心灵却与蒙古族人息息相通，他的性格似乎也更像蒙古族人，豪放而练达。你看他笔下的蒙古长调："内心剧烈涌动而出口成歌时又分外委婉无言，仿佛无话可说，只有千年万载的仁望，只有彻头彻尾的沉醉，只有长歌当哭的感念……那蒙古民族的游牧史、征战史和迁徙史又如长河落日的悲壮一瞥……听蒙古长调就像站在夏季辽阔无边的草原上，穹庐似野，青草波及心灵，羊群俨然天外使者，到人间布施福音……唱歌的人有福了，而倾听者的眼睛亮如星辰。"一曲蒙古长调，在他笔下是何等的壮阔和深邃。他写马头琴："我不能想象如果蒙古人离开了马头琴会是什么样子，这就像是酒碗里没有了酒，奶罐里失去了奶香，火辣辣的喉咙里插入了一把凛冽冰冷的刀子。"他把马头琴写到了蒙古人的心魂上。这部散文集最重要的篇章，其实是他青少年时期在故乡的记忆，他写叫叫（一种小鸟）、布鞋、毛驴儿、麻雀、马车、牛的眼睛、乡村媒婆儿、唢呐、炊烟、桃花、汗水、蜂巢、二胡，甚至他写牛粪、棺材、花圈，几乎到了万物皆可入篇的地步，手到擒来，驾轻就熟，情感真挚，丝毫没有生涩感，具有别样的诗性之美。你看他写《山魂》："山只能越来越稳健，越来越孤独。草木凋敝，河水枯竭，村庄被战火毁损，人类生灵逃不过一场瘟疫劫难，道路因苦难而修改阻绝，甚至盖世英雄也可能仰天长叹拔剑自刎，但山依然灰蒙蒙沉寂地立在那儿，像钢铁造就的庞然大神。"他写

《灯》："有时，灯是前世的回光；有时，灯又是后代的召唤。灯被一只手举起、摇晃，穿越风的肆虐、雨的啸叫、雷的震怒和雪的掩埋……灯呀，有灯的人都是有福的人。而灯则一直悬在人类眺望的高处！"他写《风把银幕上的脸吹凹》："那是我们这一代人共同的记忆。也许美丽深奥的夜空天生就是一面绝佳的银幕原形，'光在天上投射，风传来声响'。我们每个人都是银幕上忽隐忽现的角色。这是一个让人难以接受的寓言——荒诞的而又真实的寓言！我们时常沉浸在这种光影艺术中难以自拔，分不清谁是演员，谁又是我们自己。而那幻觉力量的泡沫化的膨胀与放大，更使忧伤的回忆持续了充满沧桑的一生。我们谁也没有能力逃离那张高悬于夜空中的梦一般的银幕。"巴音博罗儿时的记忆，能够深深地打动我，因为我也有差不多同样的记忆，只不过我的故乡在华北大平原上，与巴音在辽东的故乡相隔数千里，山河风物也大不相同。但是好的文字，是能够穿越时空，如利箭般射来，或者如春风拂动，暖阳普照，流水潺潺，抵达读者心田的。

巴音博罗像一匹不知疲倦的壮马，在诗、画、文三条道路上奔驰。早期他用诗，中期他用画——证明了自己；如今他用散文，再一次证明了自己。他不是个别样的人，但他的所有作品，无论诗、画还是散文，都能给人以别样的感受。他用三种创作方式记录生活，感知世界。当然，生活从来不会因为我们的想法而改变，我们能改变的，只是我们对世界的看法和对生活的态度。记得博尔赫斯说过："我写作不是为了名声，不是为了特定的读者，我写作是为了光阴流逝使我心安。"那么我想，巴音博罗的写作，大抵也是如此。最后我引用巴金先生的话结束这篇小文，巴金说："我写作不是我有才华，而是我有感情。"

（2018 年）

面对家园的祈祷

在认识曹宇翔之前，早已读过他的诗，也常听一些朋友谈起他，通过各种渠道，得知他获过青年文学奖、《星星诗刊》全国新诗大奖赛一等奖，以及《人民日报》抒情诗奖、《解放军报》征文奖等，在诗坛颇为走红。

至今清清楚楚地记得第一次见到曹宇翔的情景。是 1991 年秋天，我来解放军艺术学院文学系读书，适逢他刚从军艺毕业，住在离军艺不远的原属于基建工程兵的一间陋室里。经朋友引荐，我们相识了。秋天的那个下午，我们吞云吐雾、不着边际地神聊，他操一口浓重的鲁南腔，居京华十六载，乡音竟然丝毫未改，既令我称奇，又使我颇感亲切。秋日温暖的阳光从窗子里溢进来，打在他线条分明、皮肤粗糙的脸上。不由琢磨：如此一外表粗犷的山东大汉，居然鼓捣出那么多缠绵动人、柔润似水的诗篇，个中因由，值得回味与揣度。

以后和宇翔见面的机会就多了，几乎每个星期都要聚一聚，仿佛不如此，就少点儿什么，心里不踏实。

时隔半年多之后，解放军文艺出版社作为重点书目推出了曹宇翔的诗集《家园》。这是他十年诗歌创作的一次整体收获。应该感谢他的责任编辑林晚大姐，她说，这本书就是赔钱，我也要想法给你出；而她的丈夫、《新闻出版报》总编辑谢宏先生说，读小曹的诗，我流了泪，它使我想起在乡下度过的童年少年时代，引发了我许多回忆……

粗粗看去，在诗人的笔端，缓缓流动着村庄、田野、河流、青草、庄稼、草帽、阳光、劳动、爱情等，种种故园的风光和情趣遍布眼帘。它带给读者的，首先是对土地、对家园的依恋，以及唤起人们内心深处对家园和流逝岁月的感怀。

我不能不指出"苦难"对曹宇翔的影响。巴尔扎克说，苦难是人生的第一个老师。宇翔多次向我谈起他的身世，他童年丧父，由母亲在苦难中养育成人，那时家中还有一个白发苍苍、常年瘫痪在床的老祖母，这一家人的生存状况可想而知。生活的艰辛和凄凉，经历的丰富和坎坷，培养了他善于思索的能力。翻阅《家园》，我们发现，诗人一方面将赞美、感恩之情流注笔端，一方面又将沉重和悲壮浸润在字里行间，因而更具审美深度，更加震撼人心。读他的诗，让人仿佛看到一个衣衫不整、过早成熟而又聪慧的乡村少年，从遥远的土地上走来，一路蹒跚，一路风雨，一路歌唱，在他谦卑的外表下面，隐含着固执的信仰和强大的人格力量……深厚的底蕴、朴素的语感、精致的结构，外加许多小说、戏剧化的情境，从动到静，由绚烂归于清淡，使他的诗无意间增添了弹性，语言也起到了一定的扩张作用。作为新乡土诗的代表作者之一，曹宇翔在苦苦地寻找人与人之间应有的那份爱心，以一种温柔自然、并非悲哀的情潮漫过乡野和田园，对土地和当代人的灵魂做纵深开掘，在乡土、家族、社会的历史变迁中凝结自己的审美体验，让在世俗的洪流中艰难挣扎的自己和人们，有一个歇息的地方，得到某些寄托和慰藉。"曹宇翔的《家园》是对失去的历史和情感的珍珠的追寻……"（评论家张同吾语）

也许，这正是《家园》的魅力所在。

如今，宇翔俨然成了名人，频频出席诗歌界的各种座谈会，参加各类笔会、诗人访问团等。好在他还清醒着，知道自己的差距，在他最近的诗作如《天边的白马》《记得灯光》等作品中，已摆脱了过去某些诗作的单纯美倾向，变得复杂起来。单纯美固然可贵，而那种复杂的、难以言说的美才更见作者功力，这对任何式样的文学作品都同等重要。因此，我们有理由说，在未来的创作之路上，曹宇翔会有更为出色的表现。

最后，我选择他的《赞美野菜》中的一段作为我这篇文章的结尾："在故乡月光里/我打开我的诗歌拂去言词/发现启迪我的是土地纯净的爱/和一些普通的植物。"

（1997 年）

怪才二月河

　　1996 年春天我去河南南阳时，朋友就想把深居简出的二月河约出来，大家聚一聚，终因我急着离开而未能与神往已久的二月河谋面。

　　半年之后，湖北的长江文艺出版社组织了一次声势颇大的三峡笔会，全国各地有二十多位作家、评论家到会，我去签到时，在与会者名单上看到了二月河的名字，心想，上次没见成，这回是跑不掉了。在汉口饭店的走廊上，一个穿着随意、不修边幅、留小平头、大脑袋小眼睛的五十出头的汉子在我的视野里出现了，心想这人十有八九是二月河。一问，果然是。

　　他一口河南腔，凝视时小眼睛常眯成一条缝，不善谈，不喝白酒，身板硬朗，像个庄稼汉。因为他也当过兵的缘故，我们闲聊起来格外轻松随意，谁也不玩假深沉。二月河显然是他的笔名，但很多人却不知道他的本名叫凌解放。笔会期间，湖北一家报纸的记者采访他时，一口一个"二老师"，这个称谓后来便成了全体与会人员对他的戏称。

　　几年前，根据他的小说改编的电视连续剧《康熙大帝》播放时，二月河的名字曾一度引起读者的注目。仅仅几年之后，他又捧出了沉甸甸的《乾隆皇帝》和《雍正皇帝》，尤其是《雍正皇帝》，获得了广泛的赞誉，引起文坛和读书界的极大注目，入围了第四届茅盾文学奖初选篇目。有些评论家认为，这部作品是新时期以来，乃至二十一世纪以来最优秀的长篇历史小说。

如果你了解二月河的经历，你会感到此人捧出如此洋洋巨著，简直是个奇迹。他六十年代初入伍，在东北某地服役近二十年，后转业至南阳地区宣传部当了一名办事员。许多年来，他最大的兴趣是研究《红楼梦》，曾写出过几篇较有分量的红学研究文章。一个偶然的机会，他突然喜欢上了清代最有建树的三个皇帝。之后，在长达十年左右的时间里，他潜心进入人们现在所看到的这三部长篇的创作，写作中受的苦是难以想象的。在他动手写这几部长篇之前，他好像连一个短篇或中篇小说都没写过，一个连短篇都没写过的人，居然一上来就搬出洋洋数百万言的鸿篇巨制，确乎令人难以置信。清朝康乾年间的宫廷和社会生活他是下了功夫研究的，历史学家民俗学家挑不出什么毛病，更让我们这些舞文弄墨的人感到不可思议的是，他的小说无论结构、语言，还是氛围、意境等，你也挑不出更多的毛病。二月河，我们只能用"怪才"来形容你了。

黑格尔说：历史题材有属于未来的东西，找到了，作家就永恒。

这位怪才还能走多远？让我们拭目以待吧，说不定什么时候，这位"二老师"又会冷不丁搬出一部巨著，吓你一大跳。

（1997 年）

第 三 辑

乡村情感

在我并不遥远的少年时代，最大的愿望就是有朝一日告别乡村，做一个吃公家饭的城里人。不难设想，许许多多的乡下孩子也都曾有过这样的理想。我的粗通文墨的母亲告诉我，只有好好学习，有了文化，城里才会接纳你。

幸运之神不久就光临了我。十六岁那年，我顺利考上了一所军事院校，成了干部苗子。离家那天，当长途汽车启动时，我记得我流泪了。现在回忆，那时的泪水不仅仅是因为离别故乡和亲人，可能更重要的，是理想初步实现后过于兴奋所致。

一晃十八年过去了。

在我三十四岁的生命历程中，约有一半时间在乡间度过，另一半时间在军营（或曰城市）度过。毋庸置疑，两地之间的反差是巨大的，前者贫穷，经常为填饱肚子奔波；后者富足，虽说不上有多富，但生活基本无忧。如果再进一步梳理一下，还可概括为：前者是"精神"生长的过程，后者是"物质"的积累过程。

时至今日，我越来越感到，"精神"对于我们这些身处闹市的人是多么重要，当一个人不再为生计所累所愁时，心灵的慰藉便成了最迫切的需要。这时候，过去的许多事情就会在我们面前闪现。现在，我脑子里出现最多的画面恰恰是在乡间度过的岁月——脱光了屁股到大河里游泳；在四壁漏风的校舍里朗朗读书；爬到高高的树上捉小鸟；在夕阳西下时分挎上竹筐去大田里割草；实在馋极了就到谁家的果园里偷摘一个瓜果……这样的画面层出不穷，温馨可人，每每忆起就像喝了醇酒一样通身发热，精神倍增。

粗粗一算，我的文学创作生涯也有了十年之久。在我所接触的题材中，我仍然最钟情乡村题材，每每接到杂志社的约稿，我一般首先想到的就是写点儿农民的事情。我认为这便是我的乡村情感一直在作怪。我真的挣脱不了，有什么办法呢？

前几日读到几位外国作家的文章，感触颇深。英国作家格雷厄姆·格林说："乡村里的生活亲切又生动，使人产生一种乡土人情的感受。这里的人们交谈聊天，他们谈话的内容便是作家的写作材料。反之，在城市里，隔壁那条街上也许有人自杀了，而你却永远不会知道。"大师们早就指出了这一点，我们这些小辈之人具有这种情感就一点儿也不奇怪了。毫无疑问，社会越现代化，人们的乡村情感就会越浓烈，那些喜欢舞文弄墨的人似乎更是如此。

我们每个人在时光面前都是无能为力的，随着岁月的流逝，追忆往事便成为人生的一个重要内容。富足的现在不一定能拴住你的心，贫穷的过去不一定就没有价值。

（1997 年）

一　棵　树

　　我喜欢一切扎根于泥土的植物，如树木、花草、庄稼等。在这些植物中，我尤其喜欢树木，因为花儿们太娇艳，且花开花落太容易勾起人感时伤怀的心绪，虽说是年年岁岁花相似，但不是还有一句岁岁年年人不同吗？草儿们呢，草儿们太柔顺，一生一世都匍匐于地面，且随风摇摆，任谁都可以踩上一脚。至于庄稼，虽然它是丰收的象征，虽然我是农民的儿子，但我从来没有真正当过农民，每每面对那些庄稼，我就不由想起父辈们汗滴禾下土粒粒皆辛苦的情状，并为此永远感到沉重。唯有树木，它不仅为大地带来绿色，而且傲然屹立在人们的视野中，既壮美也有力度——力与美的结合恰恰是我心目中的理想境界。

　　对我来说，树木与我的感情似乎是与生俱来的。当我尚在母腹中孕育的时候，按照故乡的风俗，我的母亲便选中了院子里的一棵桃树做我的"干娘"，目的无非是乞求它保佑我平安降临人间并茁壮成长。在我能够下地走路时，大约一周岁的样子吧，又由大人摁住脑袋在桃树下磕了三个响头，算是正式参拜了"干娘"。往后逢年过节的，都要供奉许愿；平时有个头疼脑热哪儿不舒服什么的，到"干娘"跟前作个揖，言说一番，再从树下抓把土往空中一撒，也说过去了。

　　在我光屁股满地跑的年龄，由于它是"干娘"的缘故，我自然对这棵其实并不大的小桃树情有独钟，整天围着它转，在它身上爬上爬

115

下。长大懂事后，常常给它浇水施肥，恩爱有加。在我十二三岁时，春天，院子里别的树都发芽了，而它却没有任何复苏的迹象，这才知道它死了，原因是那年冬天天气反常，特别寒冷，当地不少脆弱的果树被冻死了。后来，我父亲在它原来的位置上栽了一棵榆树，至今这棵榆树已成了栋梁之材。

多年之后，每每想起那棵曾给我当过干娘的小桃树，我就有一种特别温馨的感受，它使我不断回到虽然清贫但不乏真情的童少年时代，从中获得营养。因为它曾经的存在，我对所有的树木都有一种亲近感。北方的树木，我大都能叫出名字，南方的则不行，因此每次去南方，我最感兴趣的，就是不厌其烦地问别人，这是什么树，那又是什么树。有时候问多了，对方不解，反问我，你想研究植物吗？我说不，我只是想认识它们。

其实，所有的树木在我眼里都是一样的。你要像一棵树那样生长——我常常这样对自己说。

（1996 年）

我的语文老师

这两年里，不知是由于我年龄渐大，还是学问"见长"的原因，已经有人在一些正式的或者非正式的场合称呼我"老师"了。对于这种恭敬的称谓，我感到惶恐不安，既而常常不由得想起我称之为"老师"的那些人的音容笑貌。

在我往昔的生活画面中，有三位老师的形象深之又深，久久萦绕心头，他们分别是我小学、初中和高中时期的三位语文老师。

我不满六岁那年，在村里小学教语文的女民办教师翟桂香路过我家门口，可能是她见我比较机灵，憨态可掬，就顺便把我带到学校去玩。谁知在懵懵懂懂听了一堂课之后，我却迷上了课堂。翟老师便动员我父母正式把我送进了学堂，就这样我在稀里糊涂之间成为学校里年龄最小的学生。按辈分，我还要叫翟老师姑姑，于是我在学校里称她老师，其他场合叫她姑姑。在我童年的印象中，翟老师个头儿高挑，面若银盘，皮肤白嫩，眼神明丽，性格爽朗，热烈奔放，深得我们男生的喜爱。她当时使用的那种说不上来的化妆品的气味至今仍在我脑海里盘旋，挥之不去；她走起路来大幅扭动腰肢的模样至今仍在我眼前闪现，慢镜头一般。我想我从上学起就特别喜欢语文，肯定与她有关。大约我上五年级时，她嫁给了部队上的一名军官，有一段时间没来上课，我感到心里空落得不行。不久，她度完婚假，再来为我们上课时，我发现她从头到脚都变了模样，变得洋气了，同时在我们眼里，也变得陌生了。面对突然成为人妻的她，我说不上是一种什么样的体验，总之，心情复杂极了。到我上初中时，翟老师就随军去了部队，而这时候，我们的语文老师也换成了李传苓。

李老师当时很有名，他出名的原因据说是由于他高度近视，戴的眼镜至少有一千度。在乡下，戴眼镜的人少而又少，我印象中凡戴眼镜的人都是有学问的，小瞧不得。李老师的眼镜片像酒瓶底儿似的，上面有一圈一圈的光环，闪耀着令人晕目的色彩，我很长时间都不敢与他对视。常听人说每逢他和爱人打架，他爱人首先摘他的眼镜，只要离了眼镜，他的战斗力几乎就成了零。我曾遇见有的老师和他开玩笑，说："服不服？不服就摘你的眼镜。"这时，李老师就说："你别吓唬我，我服你行不？"李老师给我们上课后，我才发现他的课讲得非常之好。他声音洪亮，抑扬顿挫，深入浅出，很容易就把我们带进文章中的境界。因为他，我更加喜爱语文课。他经常把我写的作文当作范文在课堂上宣读，而且叫我站起来，接受同学们的注目礼，使我备感光荣。那时我想，写好一篇作文是一件多么幸福的事情啊！

去公社高中读书之前，我就听说那里有一位非常漂亮的女语文老师崔玉珍。等到我坐进高中有电灯的教室里之后，才发现崔老师正笑吟吟地朝我们走来。我想我们这个班的同学真是幸运，因为崔老师不仅给我们上课，还将担任我们的班主任。也就是说，我们和她接触的机会平添了许多。印象中她个头儿不高，小巧玲珑，面容秀丽，文雅迷人，音质清纯，衣着新颖，是个典型的小家碧玉。和翟老师相比，她更含蓄，更精致，犹如将开未开的花朵。崔老师是公办教师，人又长得漂亮，在某些男生心中，像她这种类型的人，正是乡村少年未来生活的最美的偶像和最高的目标。我记得凡她上课，课堂纪律总是最好的，就连那些爱调皮的男生，在她面前也服服帖帖。那段时间，我写出不少韵味优美的作文，至今有些段落还能背出来。好像我们高中快毕业时，崔老师和她在县城工作的男友结了婚，随即调往县师范学校教书。我参加高考被录取后，去东北的一所军事院校报到之前，曾试图找个机会同她告别，但未能如愿。

这三位语文老师是我一生中尤其难以忘怀的人，我想我对文字的偏爱和感觉一定打上了他们的烙印，甚至可以毫不夸张地说，是他们影响了我后来的生活道路和职业情趣。岁月匆匆，常常来不及回首，前年李传苓老师曾来济南找过我一次，见到他时，我心里酸酸的，仿佛又回到了在煤油灯下读书的日子。而与翟老师和崔老师，已是二十多年未见面了，如今她们都在县城工作，偶或有她们的消息传来，猛地牵动一下我的心绪。每次回故乡，我都有去拜访她们的想法。而今，她们年轻时的面庞在我眼里已变得朦胧，二十多年过去，日月更迭，风尘淘洗，她们早已经进入中年，现在的她们也许都快让我认不出来了……一忍再忍后，我便决然放弃了主动去见她们的打算。

在这个世界上，很多事情都在变化着；不变的，是那曾经深深打动过你的原初的情感和景象。每一个做过学生的，都有自己的老师；师生之间的故事，将永远是漫漫人生中一道风味独具的珍馐佳肴。

（1997 年）

书是人生最好的伴侣

　　我的故乡在山东省西部的东阿县，离黄河和京杭大运河都很近，那一带都是一望无际的平原，连个小山包都看不见，改革开放之前，那里是很贫穷的地方，我小时候经常吃不饱饭，一年到头吃不到几次肉。小时候最大的愿望就是走出去，到城市去，因为留在村里，从土地里刨食吃很难有什么出息，这是我从祖辈、父辈身上得出的结论，谁出去谁就有希望。

　　五岁那年母亲送我到村里的小学校上学，这是我的第一个转折，时值"文革"正乱的时候，很多乡党不让孩子读书，认为读书无用，不如到田地里学点儿庄稼把式。读了几年书之后，祖父提出让我辍学，因为上学"白糟蹋钱"，上学的孩子"坑爹"，不如下地挣工分，上几天学，会数钱就行了。母亲坚决不干，说不让孩子上学，不但"坑儿"，到头来更是"坑爹"。所幸母亲顶住了。这是我的第二个转折。这里插一句：祖父本人就是个文盲，目不识丁。没有文化的人，往往不信科学，那年三叔感冒发高烧，他不让看医生，非要相信神婆子，在家跳大神，结果三叔高烧引起心肌炎，二十三岁就死了，当时花五角钱到卫生所打一针就可以活命的。这是个愚昧到底的典型事例，坑人害己，教训极其深刻。然而愚昧的人往往又不懂反思，后来我从没听到祖父谈起过自己的这个重大失误。

十岁过后，小学升初中前后，我已经能认识很多字了，读一般的书没问题了，于是我迎来了我的第三个转折——迷上了读书。家里除了课本，没有一本书可读，父母也不可能到城里书店帮我买书，乡村中学没有图书馆阅览室，怎么办呢？我发现了一个窍门：不少农妇手中有一个大本子，那是她们剪鞋样儿、夹鞋样儿用的，当然，由于年长日久，加上不断用来剪鞋样儿，书的封皮、封底和一些页码已经残缺不全了。这不妨碍我借来阅读。读了第一本，就想着再找人借第二本。越读越上瘾。多年之后，当我在部队阅览室里重新翻读这些书的时候，才知道我小时读的是《铁道游击队》《林海雪原》《敌后武工队》《苦菜花》《山菊花》《牛虻》《钢铁是怎样炼成的》《巴黎圣母院》之类名著。也不知当年这些书婶子大娘们从哪儿弄来的。

可以说，这是我人生最重要的转折。

当然，个人命运的转折离不开国家的重大转折，十一届三中全会之后，改革开放大幕拉开，农村孩子有了出路，十六岁那年我迎来了高考。爱读书的人，学习成绩一般不错，我顺利考上了一所军校，个人命运的大幕也随之拉开了。而村里同时上小学的我那些同学，却没有一个考上大学的。

爱读书的人到了大学校园，就好比黄牛闯进了菜园子，可劲往肚子里装吧。上军校的几年，我成绩一般，不爱运动，不爱交往，最爱干的事就是往阅览室里钻。"文革"结束，很多名著解禁，可看的东西太多，那就挑着读吧，读自己喜欢的作家，比如苏联作家的作品，比如法国作家的作品，读当时盛极一时的中国"伤痕文学"，等等。阅读，是我青少年时代最重要的事情，它让我孤独的内心世界找到了依靠，也改变了我后来的人生历程。

军校毕业，分配到部队之后，阅读已不能满足自己，手感觉痒痒，就自觉不自觉地拿起笔来写点儿小东西。写出来就想着发表，屡次碰壁之后，终于遇到了"贵人"，帮我编发了一个短篇小说。这好比打了鸡血，写作的劲头更足了。以后，发表的东西越来越多，虽然影响不算大，但总算在文坛有了点儿小资本。

很多先哲说过，人这一生，干自己喜欢的工作，是一件顶顶幸福的事情，而且容易成功。幸运的是，我这一生，干的就是自己最喜欢的事情——读书与写作。我二十九岁就当了部队的专业作家，像这个年龄当上军队专业作家的寥寥无几；三十一岁就加入了中国作家协会，像这个年龄加入作协的，也不会多。前年军校同学聚会，有人数了数，当年一百一十七个同学，似乎只有我和另外两人还在部队干，其他的都离开了。

回忆过往，如果年少时不读书，不爱读书，不好好读书，年长时不坚持读书，会有今天吗？肯定是没有的，很有可能现在还在老家，跟当年的小学同学一起，到私人企业打工。说这话并不是瞧不起打工者，而是庆幸自己努力做了一个读书人。

曹操说过，做人要"胸有大志，腹有良谋"。这些本事哪里来呢？一是生活，二是书本，三是思索。其中书本是催化剂，生活人人都有，如果没有书本的作用，思索从何谈起？向生活学习，向书本学习，学习才能思考。一个不学习的人，一个不思考的人，无异于行尸走肉。

关于读书，古今中外有太多的至理名言，随便举几例：宋朝著名词人秦观说，少年不读书，老大徒伤悲。唐宋八大家之一的韩愈说，书山有路勤为径，学海无涯苦作舟。我很小的时候，就知道"头悬梁，锥刺股"的故事，说的是古人学习的刻苦。

《王阳明家训》只有九十六个字，浓缩了为人处世的大智慧，其第一句话就是嘱咐后代们"勤读书"。他读私塾的时候，对自己的老师说：我以为第一等事应是读书做圣贤。有人问他：读书却记不住，如何是好？他说：只要理解了就行，为什么非要记住？其实，理解已经是次要的了，重要的是读书使自己的内心光明。如果只要求记住，就不能理解，如果只要求理解，就不能使自心的本体光明了。

著名军旅诗人周涛说：吃饭是身体的读书，读书是精神的吃饭。他把读书和吃饭看得同等重要，缺一不可。

宋真宗赵恒也有两句名言：书中自有黄金屋，书中自有颜如玉。意思是，读书考取功名是当时人生的一条绝佳出路，考取功名后，才能得到财富和美女。以前老有人批判这个观点，实际上赵恒说得一点儿没错，只是他说得有点儿直白罢了。

阅读和思考，还要结合起来，使阅读融会贯通。怎么才能把学习和思考结合起来呢？孔子说过：学而不思则罔，思而不学则殆，意思是，如果只是从中获取各种知识而不去思索，就会迷茫；整天瞎想这个瞎想那个，不掌握知识信息，就会走火入魔，是危险的。

写电影剧本《钱学森》的时候，我们去钱老故居参观，印象最深的就是钱老的书房。钱老看过的书上，夹了好多小纸条，上面写着他当时的感受。他还积攒了很多的剪报，看到报纸上有好文章，他就亲自动手剪下来，工工整整粘贴在本子上，过后经常翻看。他一辈子坚持这样做，让人感到他是个多么用心的人，他不成大功才怪。

刘亚洲在北空当主任的时候，每次下部队，都要带一箱子书，到了部队，他不参加宴会，在房间单独就餐；不与人聊天，挤出时间读书。他成为当今特别有见地的高级将领，这个事例或许能让人找到答案。

个人的成功如此，国家亦如此。国家的强大，靠的是读书人，靠的是读书多的人。日本明治维新之前，就在全国完成了初中教育，基本上扫除了文盲，所以日本的天皇说，要感谢日本的中小学教师。日本后来的强大，首先是日本教育的功劳。中国当年落后，是因为中国大半以上的人是文盲，如果中国达到日本那样的教育水平，哪怕是一半的水平，日本人才不会来打你。

在我身边，也有不少读书的好例子。原单位一个同事的女儿，十一岁那年的某一天跟父母出去赴宴，我亲眼所见，坐在公交车上，她一路都在看小说，到了酒店，吃了没一会儿她就躲到一边继续看，令人印象深刻。当时我就说，这孩子一定会有出息。果然，十五岁她就被浙江大学破格录取。阅读的习惯都是小时候养成的，一个人，如果在上高中以前，没养成读书的好习惯，可能他一辈子都不爱读书。

当然，我身边更不乏不读书的坏例子。我认识一个老干部，资格很老了，他抗战后期入伍，是个小八路，解放初转业到地方工作，可他一辈子连个股长都没混上，离休时还是个普通干部身份，不是他人不好，他也不笨，而是他从不学习，家里连一本书都找不到，一辈子可能一本书都没读完，他太贪玩，下河摸鱼、打猎养鸟都很在行。肚子里没墨水，不能写，不能说，组织上想培养他，实在是扶不上墙。受他影响，一大家子人都不爱读书，全家连个像样的大学生都出不来。

我还有个亲戚，在部队是个正团级干部，很年轻，今年转业。有人认为他到地方会大有作为，我却不怎么看好他，因为他基本不读书，业余时间主要打麻将。他想到公安局工作，有可能进班子，可他连一本法律书都不读，脑子空空如也，他怎么去开展工作呢？真为他犯愁。

我家亲戚的孩子，喜欢读书的也不多，所以大多数没有出息，更谈不上日后有什么发展。都说不让孩子输在起跑线上，其实让他养成读书的好习惯，他一辈子不落人后。

人在吃苦的年龄，一定要多吃苦。现在城里的孩子，想吃苦，也找不到地方，那么让他少玩点儿，少吃点儿，少买点儿名牌，多读点儿书，多锻炼一下身体，也就算是吃苦了。一本好书，可以改变一个人的命运。

现在文盲不多了，大学毕业生满大街都是，但是人的素质却在下降。有一个不容忽视的原因是，中国成年人读书太少。很多孩子读书学习，是为考学拿高分，他们并没有多少读书的乐趣，大学一毕业，书本扔一边，有不少人离开学校后不再读书。

现在有了手机微信，是个好事。很多不读书的人，也许有兴趣读一点微信。我夫人从不读书，她现在喜欢看微信，如饥似渴的样子，成手机控了。微信上面负能量的东西似乎有不少，需要人们警惕。

当然，并不是爱读书的人都能成功，有些人不读书，也成了大老板，也当了不小的官，他们甚至瞧不起读书人，说读书人是书呆子云云。猪往前拱，鸡往后刨，各走各道，这里就不评判了。

个人认为，改革开放之后成长起来的人，一辈子不认真看一百本以上的书，就算不上合格的公民。这些书可以包罗很广，古今中外的文学名著、哲学、历史、医学养生、伟人传记，等等，平均一年看两本，不算多吧？

人靠两条腿走路，缺了一条腿，就走不稳走不快。书是人生最好的伴侣，不读书，就等于少了一条腿。我检讨自己这大半辈子，唯有感到勤奋不够，如果再多读点儿书，少玩一点儿，会有更大作为。

谨以此文，献给天下爱读书的人，愿与你共勉。

（2016 年）

关于春节的闲言碎语

我是个对时间不太敏感的人，经常搞不清每天的准确日期，为此家人没少揶揄我："整天稀里糊涂过日子。"近日从媒体上得知，"春运"已经开始，车站码头的客流量已呈暴涨之势，适才悟到，春节快要到了。

年关将至，走在路上遇见熟人，最常说的一句话是："春节在哪儿过？"回答过之后，不免又会不约而同发出感慨："嗨，这节，越过越没劲。"

感慨归感慨，节总是要过，而且还得打起十二分的精神迎接它。

按照汉民族的传统习俗，春节是所有节日中最重要的一个。农历正月初一，古代有元日、元旦、元朔、元辰等三十多种名称，俗称"过年""过大年"。年节早见于《尚书·舜典》，到汉代民间习俗就已相当繁多。辛亥革命后，改行公历，这天被定为春节，以区别公历新年的元旦。如今，一年当中，大多数的中国人使用阳历，唯春节前后，以阴历计数，比如腊月二十九、正月初一、正月初二等，一般元宵节之后，再改口使用阳历。可见春节在人们生活中依然重要。

一年三百六十五天，我们有很多节日。近年不少人可能过腻了我们自己的"土"节，又引进了一些洋节日，比如情人节、母亲节、圣诞节等，某些追求时尚的新闻媒体跟着推波助澜，一时弄得像我这类拒绝时髦的人晕头转向，虽努力想跟跟潮流，比如在情人节那天给老婆送束玫瑰花什么的，却总是记不牢哪天是情人节，以至三番五次错过时机。当然，洋节确实丰富了我们的生活。但是，它们和我们根深蒂固的春节相比，仍然微不足道，你看看车站码头上那些拥挤的场面就明白了。

最盼望过年的是小孩子，记得儿时我盼星星盼月亮一般盼着过年，可以穿新衣裳，可以放开肚量吃肉，可以放鞭炮。而大人们却似乎对过年有种本能的"恐惧"，因为没有足够的钱置办年货，还因为每到年关，容易引发来日无多的感慨。我离开故乡之前，每到除夕夜，老祖母总爱对给她磕头的儿孙们说："别磕了，越磕越老。唉，又老了一岁……"在我也迈向中年的门槛之后，才发现老祖母的感慨道出了人生况味。

在这个特定时刻，成功者和失意者的心情可谓天渊之别。成功者可以扳起指头历数一年来的收获，失意者只能默默地、加倍地吞咽凄怆。电视上反复出现各地向困难户送温暖的消息，几百元钱，外加两袋白面，得到温暖的人露出了羞涩而感激的笑。我无法体验，甚至无法想象他们的心情，却总也忘不掉他们颤巍巍的身影。

这个特定时刻，人们都在经历着一次感情的浓缩和释放。远行的游子做起回故乡的梦，带着一身尘埃奔向父母和故土，这份惊喜可以咀嚼好久好久。以前我不大理解那些在极其拥挤的交通工具上回家的人，心想换个时间回家不行吗，非要受这份罪，终于我明白了，换个时间回家和现在回家心情是不一样的。每年的春运，上亿人来往穿梭，是我们这块土地上一个十分壮观的景象。相比之下，那些不能到达父母身边的人，虽少了舟车劳顿，但却添了负疚之感。

春节，到处洋溢着祥和、热烈的气氛。我祈求祥和，不想过于热烈，因为在宁静的状态下回忆一点往事，想念一下亲人，是一种享受，是一次淘洗心灵的良机。所以每年除夕之夜，我基本不看中央电视台的联欢晚会。我喜欢到阳台上站一会儿，抽支烟，眺望一下故乡。这个时刻，眼里往往噙着泪。

年关之际发生的芥蒂往往最伤感情。不少家庭因是否回老家（尤其是偏远乡下的丈夫老家）过年，以及给老父老母寄多少钱而发生争执。我觉得，看一个人是否有孝心，不看别的，只看他过年时的表现即可见分晓。扯远一点儿——有一年大年初一，我看到两个中年女人因一点儿小事，在大街上先是恶语相向，最后竟厮打在一起，便想这两个人实在让人鄙夷；还有一年，一个盗贼于除夕夜仍不罢手，窃了一户人家。我就想，这个盗贼是世界上最糟糕的贼——哪怕他只盗走了一分钱——简直不可饶恕啊。

说到底，节日其实就像阳光雨露，不断地沐浴着我们的心田。节日的焰火不但照亮了夜空，也应该照亮我们的心灵才是。老祖宗遗下这么多的节日，就是想让人们快乐地活着。春节又至，如果你感受到了快乐，那么你就算没白过；如果你没有得到快乐，那么你就祈盼下一个吧，但愿下一个春节不让你失望。

（1998 年）

128

一片干净的雪地

夜里突降一场大雪，早晨醒来，走到阳台上往外看，到处是一片耀眼的银白，仿佛梦中的景象。推开窗户，急促呼吸一阵无比纯净的空气，不仅没感到寒意，反而觉得心里暖融融的。

这些年来，每到冬天，人们就盼望下雪。无雪的冬天似乎算不得真正意义上的冬天，或者说是个有缺憾的冬天。但事与愿违，年年盼雪年年少雪，冬日光秃秃的土地和乌蒙蒙的城市看在眼里，弄得人心浮气躁，灰头土脸，浑身不自在。可就在人们以为这个冬天又将留下遗憾时，不经意间，大雪从天而降了！

雪落大地，这是上苍的恩赐。除了雪花，谁也没有办法使大地一夜之间变得如此洁净。我突发奇想：在这个美好时刻，我们都爱惜雪吧，所有的车辆都别上街，所有的人都待在家里别出门，阳光的温度再低一点儿，不要急着融化它。人们都站在窗前，尽兴欣赏，念天地之悠悠，抒万古之豪情……

当然这只是我的一厢情愿。我下楼买早餐，看到勤劳的人已经把院里道路上的雪扫得差不多了，大街上，车轮隆隆碾过，洁白的雪地眼见着变成了污泥。到了中午，市面上所有的道路都已经不堪入目。没办法啊，人们总得出行。我在偌大的院子里转悠，看到孩子们在堆雪人。就连草坪上，也留下了一串串深深浅浅的脚印，还有不知谁丢下的垃圾，显得触目惊心。到了第二天，街上就甭说了，雪都成了黑雪，院子里也几乎找不出一块干净的雪地了。大自然的美景和人类稍一碰撞，就溃不成军。

突然，我发现了一块未遭破坏的雪地。它就在我住的这栋高大宿舍楼的前面，约有小半个篮球场大小。上面没有人迹，没有垃圾，好像也没有尘埃。我久久注视着它。偶尔有几只小鸟停留其上，遗下美丽的图案，使它愈发显得珍贵。我想到，在辽阔无边的北国雪野上，一串人的足迹会使人感到亲切和安全，而在拥挤的城市，遗留在雪地上的鸟迹带给你的视觉感受更不同凡响。一连几天，我无数次来到阳台上，俯瞰着这块圣物般的雪地静思，感觉它到达了我心里，并且覆盖了我的心胸。

这块干净的雪地，在我家前面的一座二层小楼的楼顶上。我知道，不用多久，它就会消失，被太阳融化，或是被风吹走。但我心中的这块雪地却会陪伴我度过漫漫冬日，然后迎接碧绿的春天。

（1997 年）

130

世纪恋情

就在上个月，赵一荻小姐去世了。这些天，我的脑海里数次闪现四小姐披罩白纱裙、斜体侧向坐的青春画面，她娇艳俏丽，妩媚动人，娴雅脱俗，聪慧伶俐。这是三年前我去沈阳张作霖的"大帅府"参观时见到的一幅照片，从此便忘不掉了。

有道是时光如流水，可以消弭岁月的痕迹。但是，半个多世纪以来，海峡两岸的中国人，总是无法淡忘少帅张汉卿与赵四小姐那一段冲天彩虹般的英雄壮举和奇情绝恋。1928 年，二十八岁的张学良率部驻扎在北平、天津一带，有一次，他去天津有名的交际场所蔡公馆跳舞，结识了年仅十六岁的赵一荻小姐。又名赵绮霞的赵一荻是原北洋政府交通次长赵庆华的小女儿，因排行老四，常被人称为赵四小姐。此时的四小姐已经名播四方，她毕业于天津中西女校，烹调、缝纫、游泳、下棋、打球、跳舞、骑马，样样娴熟。张学良英武非凡，四小姐美艳绝伦，二人一见倾心，金风玉露相逢，胜却人间无数。一年后，四小姐不顾父亲的极力反对，偷偷出走，与张学良相约在沈阳北陵秘密同居，在天津掀起了喧闹一时的"赵一荻失踪案"。父亲愤而登报，宣布与她永远脱离父女关系。握着那张报纸，她哭了，张学良大声安慰她：小妹别哭！天底下没有哪个女儿能跟父母过一辈子，爹娘养你十七八，丈夫养你白头发，从今往后，你是我的小妹，也是我的妻子！

接下来是一段短暂的幸福岁月。张学良幼年丧母，他的父亲一直热衷于权力，在他成长的过程中可以说缺少情爱。四小姐的出现，填补了他生命里的一个空白。但事情如果仅止于此，充其量算是个一般意义上的英雄美人相互恋慕，历史上这样的故事多不胜数。生活的变故是难以预测的，皇姑屯张作霖遇难身亡，把张学良推到了现实的前台，从此他开始演出一幕幕惊天活剧，东北易帜，帮助蒋介石结束中原大战，并与之结下深厚情谊；"九一八"放弃东三省，代蒋受过，遭国人唾骂；率部到南方苏区和西北攻打红军，碰得头破血流。这几年少帅是异常苦闷的，国难家仇系于一身，而又难以为报，使他陷入绝望。于是，就有了震惊中外的西安兵谏，把天戳了个窟窿。西安事变改变了历史，绝望中的国人迎来了再生的曙光，而事变的两位主角、后来被周恩来誉为千古功臣的张、杨二将军却先后身陷囹圄。

在张学良面前的天空一片昏暗时，四小姐于西安事变的四个月之后，毅然从香港来到与世隔绝的少帅身边，从此开始了长达半个多世纪的休戚与共的陪伴，这一年四小姐只有二十四岁。在单调而悠长的寂寞中同生死共患难，这在一般人是做不到的。山深似海，星汉如流，少帅因得到四小姐永生相随，艰苦同尝，终于使他们的恋情得以升华，谱就了感天动地的人间佳话，并将成为千古绝唱。张学良满六十岁时，蒋介石才下令解除对他的囚禁，名义上算是恢复了自由。天道谁无烦恼，风来浪也白头，当年英姿勃发的少帅老了，当年美艳超群的四小姐三尺青丝中也有了缕缕华发……

1964 年 7 月 4 日，张学良与赵一荻在台北正式结婚，台湾各报竞相报道，这是国民党逃往海岛后张学良的名字第一次见报，其中《联合报》以五栏大幅标题格外惹人注目：

三十载冷暖岁月　当代冰霜爱情

少帅赵四　正式结婚

红粉知己　白首缔盟

夜雨秋灯　梨花海棠相伴老

小楼东风　往事不堪回首了

从那以后，又是三十多年过去了。张学良曾在晚年表白道："要不是这些年幽居岁月让我们相依互靠，我早不知到何种地步。能健康地活到今天，要感谢上帝的安排。"可现在，赵一荻小姐的灵魂回到了上帝身边，她的遗体却只能葬在夏威夷了。

1980年秋天，张学良夫妇到金门参观归来后，他曾在写给亲友的信中引用于右任晚年的诗句："葬我于高山之上兮，望我大陆；大陆不可见兮，只有痛哭。"已是百岁之躯的张学良先生，在他离世之后，又能葬于何处呢？四小姐谢世，宣告她与少帅的世纪恋情结束。而海峡两岸的中国人，于上个世纪造成的离别之苦何时才告终结？当然这又是另外一个话题了。

(2000 年)

铁马冰河入梦来

二十年前的那个秋天，当我离别故乡，到东北的一所军事院校报到时，我已经意识到，这将是我一生中的一次最重要的远征。那时，战争的阴云一直笼罩在人们头顶，尤其是南疆的硝烟仍未散尽，当兵自然被某些人视为畏途，而凭我的高考成绩，可以有很多院校供我选择，但我还是选择了军旅生涯，义无反顾地走上了这条神圣而又充满荆棘的道路。

回想当初，我甘愿走这条路，灵魂深处肯定包含着沙场报国的壮志和豪气。十年磨一剑，我自认为自己变成了比较成熟的军人，却一直没有机会演绎壮烈的生或死。值得欣慰的是，作为一名从事文字工作的职业军人，这些年来，我进出过大江南北、长城内外的许多兵营，结识了许多基层官兵，抚摸过各式各样的武器装备，亲眼看到了新时期以来我国武装力量的巨大变化，并且乐此不疲地用手中的笔描绘军营中那些令我感动的人和事。我无法忘记乘坐新型导弹驱逐舰在南太平洋上劈波斩浪的壮观场景，无法平抑面对新式作战飞机和导弹升空时所产生的万丈豪情，无法表述在国境线上与一座座界碑交错而过时的心灵感受……

我们这支军队有着血与火相交织的悲壮历史，在漫长的战争年代里，曾经谱写了一曲曲气吞山河、感天动地的瑰丽篇章，用血肉之躯缔造了一个崭新的共和国。随着和平岁月的来临，随着国家走上经济建设的轨道，她渐渐有点儿默默无闻了。但是，她仍然不敢有一丝一毫的懈怠，时刻准备着用弯弓射大雕，时刻准备着拯民于水火，近几年一幕幕抢险救灾的动人场面便是最好的证明。中华人民共和国成立五十多年来，她的心脏一直紧随祖国的脉搏而跳动，作为这支队伍里的一员，我是深为自豪的。

有哲人说，和平与发展是当今世界的两大潮流；又有人说，和平是挂在军人胸前的一块最大的勋章。但是，如果没有一支强大的国防力量，就不会有真正的和平，也就无法缔造一个强大的国家。正是由于人民解放军的存在和不断壮大，才使我们国家赢得了宝贵的发展契机。我们更应该清醒地看到，冷战结束之后，以美国为首的西方资本主义国家独步全球的步伐不仅没有减缓，反而更加急促，因此现在奢谈和平还为时尚早，如果一厢情愿地马放南山刀枪入库，只能招致措手不及。记得前些年曾有人认为，国家六十年代拿出巨资大力研制原子武器，影响了经济发展，前国防部长张爱萍上将对此一针见血地指出，正是因为及时有了两弹，中国才一步跨入大国行列，才成为六七十年代国际战略大三角中的一角。如今，国际形势、战争观念和方式又有了新的变化，高科技条件下的局部战争或许会愈演愈烈，常规武器装备发展明显滞后的中国军队也将面临新的考验。几年前，报上曾披露过，有个中学生建议全国人民捐资，为我们的海军建造一艘航空母舰。我想，这个建议虽未必适合中国国情，但它会长久地令我感动……

如今，我们这支队伍已经走过了七十四年的历程，我也在不知不觉间，成为一个拥有二十年军龄的老兵。有道是铁打的营盘流水的兵，半个多世纪以来，一茬又一茬的年轻人走进这个行列，为这支队伍的壮大付出了血和汗、青春和生命。军旅岁月是永难忘怀的，古诗云：夜阑卧听风吹雨，铁马冰河入梦来。辉煌已经过去，未来更有魅力。谨以此文，献给新千年的第一个建军节。

（2001 年）

瞬 间 集

前些日子，一个搞摄影的朋友拉着我到院子里照了几张生活照。照片洗出来后，我细细端详——不是端详自己的尊容，而是打量照片上的背景：近处是花园和草坪，远处是直插天际气势宏伟的办公大楼；色彩艳丽，氛围火热，一切都展示着生活的巨变和美好。这些眼皮子底下日日所见的东西，一旦上了照片，便成为一个凝固的瞬间，仿佛永远都不会消失。

除了收藏书籍和照片，我毫无收藏其他旧东西的癖好。书籍都是别人写的，照片却都是自己或家人的。书籍虚构的成分居多，照片上的世界无疑是最真实的一个缩影。手头最古老的一张相片是爷爷奶奶和他们五个孩子的一张合影，大概是六十年代初照的，一家人一律表情木讷而古板，衣着寒酸，颧骨高耸，背景是公社照相馆张挂的鲤鱼跳龙门布景。当然那时候他们不可能吃上鲤鱼，度过"三年困难时期"后，全家就照了这张合影。我出生之后，一直到当兵以前，极少有照相的机会，在我的记忆中，大概不超过四五次，现在仅保存下来三张，一张是母亲怀抱着襁褓中的我；一张是我参加高考时报名用的一寸免冠照，这两张照片都没有背景；还有一张是高中毕业时和几个同学的合影，在校园里照的，背景是破破烂烂的灰暗校舍，照片上的乡村少年们都瞪着好奇的眼睛，衣衫凌乱而古旧，神情极不自然，尤其是坐在中间的我，小

136

圆脸，光头，一条裤腿挽着，一只布鞋露出了脚趾。这张照片充分展示了那个年代的贫穷和辛酸，所以后来每逢拿出影集欣赏照片，我的目光常常在这张令人难以忘怀的老照片上流连。

后来我当了兵，提了干，特别是近些年，天南海北到处跑，照相的机会就随处可遇了，照片上的我虽然越来越显苍老，但表情越来越自然，衣着越来越亮丽，不由自主地流露出满足和自得；而且背景都是美丽的、高贵的、神圣的、多姿多彩的，再也感觉不到昔日的贫穷、无奈和辛酸。毫无疑问，这一摞摞的照片记录了时代的变迁和生活的日新月异。

每一张照片都是一个凝固的瞬间，是现实生活的写照和延伸。把这些瞬间叠加起来，就是历史。透过这一个个瞬间，我们很容易感受到，在过往的岁月里，社会发生了怎样翻天覆地的巨变，因此我想说，生活在这个时代的中国人，应该是十分幸运和自豪的。而且我们有理由相信，前面的景色会更加迷人。

（1997 年）

德艺双馨是一杆秤

若干年来，评价一位作家、艺术家的优劣，人们最常用"德艺双馨"一词做标准，就好比评价一位领导干部的好坏常用"德才兼备"做标准是一个道理。所谓德艺双馨，形容一个人的德行和艺术（技艺）都具有良好的声誉，它出自《国语·周语》"其德足以昭其馨香"。

如果把德与艺形容为作家艺术家的两条腿，那么无疑应该是德在先，艺在后，人靠两条腿走路，第一步迈出的是"德"，第二步迈出的才是"艺"，第一步迈不好，第二步迈得再好，也是瘸了一条腿，大概就是这么个意思吧。

古人崇尚"德"。老子说"上善若水"，大意是，最美好的品格、高尚的情操，应像水一样，水滋养万物，造福万物却与世无争。《周易》上说："君子以厚德载物。"意思是道德高尚者能承担大任务，以深厚和德泽育人利物，德薄而必害其身。"上善若水，厚德载物"，这两句话作为中华美德的一种概括，历来成为仁人志士最崇高的道德境界。

现实世界中，作家、艺术家都是具有一定社会影响力的人物，他们的一言一行一举一动，往往成为人们瞩目的焦点，某种程度上能够引领社会风气。遗憾的是，当下有些作家、艺术家身上，出现了明显的"德不配位"的状况，其主要表现在道德滑坡，心浮气躁，过度地追逐名利；甚至是不择手段，"跑奖要奖"，利欲熏心，不顾廉耻，没有承担起应有的社会责任，只图索取，不知回报。相对应的是，拿出的作品格调不高，胡编乱造，致使一些低俗的作品充斥着市场，严重误导了读者和观众；甚至有人故意丑化社会和人民，数典忘祖，投外国人之所好，影响恶劣。这是十分令人忧虑的现象。

在我心目中，下面几位作家堪称"德艺双馨"的典范。一位是柳青。他是扎根人民、扎根大地的最具代表性的作家，解放之初，已经身为著名作家的柳青完全可以在大城市生活和写作，但他老人家从1952年起，携全家在长安县皇甫村落户达十四年之久，他要写一部"农村社会主义改造的巨作"，并且认为"这是我们一代作家的光荣任务"。其间他终于创作出不朽的作品《创业史》，该作第一部印发十万册，共一万六千多元稿费，他全部捐给公社做工业基建经费。接着他又向出版社预支了该作第二部五千多元稿费，为皇甫村支付高压电线、电杆费用。这两万多元在当时可谓巨款，能够做到这一点的作家，在那时可以说绝无仅有。"文革"中柳青饱受磨难，但他坚持真理，宁折不弯，始终对党和人民充满深情，长期以来他被视为延安文艺座谈会精神的勤奋的实践者，成为受后世作家敬仰的一代艺术巨匠。

再一位是徐怀中。徐怀中是军事文学创作的一面大旗，他的《西线轶事》堪称当代军事文学的一座高峰，打动了无数读者。在他功成名就之后，本可以少为别人操心，从而颐养天年，但他为了培养部队的年轻作家，费尽周折创办起军艺文学系，从此，军队有了一座培养作家的熔炉，一批又一批当代军旅作家从那里起步、腾飞，不断创造军事文学的辉煌。从这一点上说，徐怀中的"功德"，怎么评价都不过分。

还有一位作家是原总后创作室主任王宗仁。王宗仁对总后系统年轻作者的培养和扶持是无私的，除了大力培养业余作者，他一辈子为兵写作，一辈子用他手中的笔讴歌边防高原军人，写下了数百万字雄奇优美的散文佳作。从二十世纪五十年代末当汽车兵伊始，王宗仁一百二十多次翻越世界屋脊唐古拉山，他用自己的生命与青藏高原交心。当上专业作家后，他又十数次走青藏线，那里的每一个兵站、每一个哨卡都留下过他的足迹，前年，七十多岁高龄的他，还走了一次青藏线。他身上体现了一名军队作家最可贵的英雄品格和温暖情怀。在总后，乃至在全军全国文学界，王宗仁都有良好的口碑，我曾多次听总后的作家们发自内心地、由衷地赞美王宗仁老师。

在这个时代，像柳青、徐怀中、王宗仁这样的作家，已经非常稀有，他们的"德"，他们的"艺"，永远值得后辈作家敬仰。

文艺圈本来就是一个名利场，作家、艺术家希望成名成家本无可厚非，问题在于，除了靠诚实的劳动磨炼自己的真本事之外，还得有所担当。越是伟大的作家、艺术家，越得具备超越常人的历史使命和社会责任。生意场上，做生意，骗得了一时，骗不了一世，最终企业走多远，看它的诚信有多高。同理，做文学艺术工作，也是这样，先做人，后做事。一个作家、艺术家，首先应该是有"魂"的，有根的。魂在何方？根在哪里？得心中有数。作为当代作家，为人民写作，把自己的利益少算计一点，把写出真善美的作品放在第一位，才是最重要的。

德艺双馨是一杆秤，天平的这一头是"德"，另一端是"艺"，一个人，如果无"德"，天平自会发生倾覆，即使他的才艺再高，他也会落得一个骂名，这不叫真正的成功。唯有德艺双馨，作家、艺术家的人生，才可称得上完美。艺高德更厚，德厚艺更佳，让德和艺手拉手，向德艺双馨进发，为我们的时代唱响黄钟大吕般的乐章——愿以此自勉。

（2014 年）

平淡的牺牲

前些日子闲来无事，翻阅整理过去的一些旧照片时，突然被一张已经发黄的老照片所吸引。这张照片十九年前摄于长春的一所军事院校，照片上我们七个同学身着老式毛领军大衣，头戴皮帽，身后是皑皑白雪覆盖的俄式楼房、道路和塔松。记忆中这是我最早的几幅照片之一，因为在那之前，我一直在乡下求学，填饱肚子都很勉强，照相自然是件奢侈的事。而现在，吸引住我目光的不是那时的我，尽管照片上的我意气风发，青春逼人，与如今的我不可同日而语——此刻，让我的目光变得凝重的，是居于中间位置的那个人，因为他已经于八年前突然离开了这个世界。

八年前，我在解放军艺术学院进修，一天晚上，突然接到了朋友从济南打来的长途电话。朋友一惊一乍地告诉我，我在西郊机场工作的一位老同学刚刚因飞机失事而遇难。听此噩耗，我犹如遭了雷击，半天缓不过劲来。放下电话，心里钝钝地痛，总感觉时光仿佛凝固了，一夜无眠，感慨万千。

当时这个突发性的事件使我想起了许多过去的事情。十多年前，我和他同在鲁西北的一所乡村中学就读。那时我默默无闻，他却十分引人注目。他不仅学习好，更主要的是他长相特别——个头儿不高，胖乎乎的一张笑脸，有一种天生的幽默感，所以你能从人群里一眼挑出他来。

141

他喜欢开玩笑，人也没脾气，因此就连比较内向的我也愿意与他交往。1980年，我们一同参加高考，填志愿时，我和他还有另外五个同学决定报考军校。说实在的，我们的决定曾遭到一些人的不解，主要原因是那场对越自卫反击战刚结束不久，硝烟尚未散尽，此时当兵扛枪自然被视为畏途。但我们哥儿七个铁了心要穿军装，而且天遂人愿，我们都很顺利地被录取了。一所乡村中学一下子出了七名空军军校生，当时曾小小地轰动了一阵子。在我们离家几年之后，我听说新来的学生还有人能叫出我们的名字。

读军校的日子很快就过去了。毕业后，我到胶东的一座军用机场当无线电师，他则到济南西郊机场干空中机械师。他这个活儿和我们不同，我们维护的是战斗机，工作全在地面上进行，他维护运输机，需要跟机行动。因此，我干了好几年空军，居然没有坐过飞机，而他呢，大半个中国都飞遍了。在我调到济南之前，我们见面的机会不多，但不断地听其他同学讲，他进步挺快，还立了功什么的。

那一天上午，他负责维护的运输机起飞不久就失事了，一同遇难的还有数名战友。他是我熟知的同学里第一个谢世的，所以我的震惊程度可想而知。回想当初，我们报考军校，灵魂深处肯定隐含着沙场报国的愿望和豪气，那时我们年轻气盛，总想着能够成为炮火硝烟中的英雄。但十年磨一剑，我们变成了比较成熟的军人，却一直没有机会演绎壮烈的生与死。而且由于和平的年代已经很长久，它不可避免地磨蚀掉了军人的一些意志。如今，我常常想，军人和老百姓，除了装束不同外，还有哪些区别呢？

可现在，他平平淡淡的牺牲又给我提供了思索的契机。战争中感天动地的死能够成为历史的注脚，会长久地留在人们的记忆中，和平时期的军人偶尔有之的牺牲也许会像一缕轻烟，很快消散。但正因为如此，这种牺牲更会让你感叹。在和风丽日、鲜花笑脸和各种享乐面前，所有的牺牲都是弥足珍贵的，我们同样不应忘却。

我同他喝着一条河里的水长大的。八年来，我从没去过他牺牲的地方或是他的坟墓前探望他，因为我不想惊动他。就让他静静地歇息吧。而我们面前的路还有很长。除了我和他之外，其余的五名同学至今仍天各一方，生活在各自的军营里，大家鲜有见面的机会，友情只能在回忆中重温。老照片上，我们七名同学都露出纯真的笑脸，而今这种笑意随着时光的流逝早已消失。其实所有的事情都是如此，永远地消失，而又永远地在心中复活……我小心翼翼地捧着这张照片，把它夹在影集的最深处，仿佛放在了心坎上。

（1998 年）

青草的气息

我居住的这座大院树木挺多，每到炎热季节，绿树成荫，叶片翻飞，景色委实不错。要说这座院子有什么缺陷，除了房子紧张外，就是原先基本没有草坪，地上光秃秃的。从去年春天开始，在领导的大力关怀下，陆陆续续在路边的空地上、大楼前的广场上种植了草坪。起初人们觉得又在"浪费"，因为以前不是没种过草，绿化费每年都花去不少，就是只见坪，不见草。

可是这回，人们的预料落空了。由于监管措施得力，种植手段科学，没过多久，满院子的绿草就露了端倪。尤其这次种植的是外国进口的优质草籽，据说特别耐寒，在零下十摄氏度的天气下照样绿茵如碧。看到草们茁壮成长，我相信我是这座大院里最高兴、最激动的人之一。我常常在工作间隙走下楼来，蹲在草坪前，久久凝视着这些在中国土地上安家落户的小草，希望它们快快生长，然后手挽手连成一片，就像我们在电视上见到的外国足球场那样，碧绿得让人感到青春不逝，平整得让人忘掉坎坷磨难。

一俟夏末秋初，满院子的绿草果真到了使人忘乎所以的地步，在我眼里，它们仿佛是一群群玲珑绝伦的美少女，给大地平添了无限生机。有一天，我刚刚下楼，就闻到了一股沁人心脾的气息，我愣在那里，一时不知道这种气息来自何处。很快我就看到了一位正在推动机器剪草的园艺工人，他所过之处，青草光滑得犹如一匹锦缎，那种汹涌的、透明的、清新的、温润的、亲切的气息显然是发自那里。我循着青草的气息走去，感觉着在奔向一个天堂。这真是一种久违的气息，它使我陶醉，使我想起往昔的岁月。在我全部的少年时代，一直是伴随这种气息成长的，那时每当夏秋时节，我就和同伴们一起，到大田里割草，然后用它去生产队的牲口棚换工分，或是背回家喂猪喂羊，青草的气息早已渗透进我的血脉，而且永远也无法消弭了。现在，在城市混浊的空气中，这种气息是那么珍贵和稀有，它能使人流泪，使人开怀。我蹲在那里，真想把正在大楼里办公的所有的人都叫过来，让他们同我一起享受这远胜过珍馐佳肴的气息……

从那以后，我时时留意园工们修剪草坪的时刻，每当那个时候来临，我就像迎接一个隆重的节日那样，尽情让那气息洗涮头脑和心灵。及至后来，我甚至不用下楼就能知道，园工们又在割草，我觉得我的心灵已经和青草的气息产生了感应。

春节过后，满院子的小草稍稍泛黄了一段时间，这几日重新开始返青。晚上，我带七岁的女儿散步时，她突然说："爸爸，工人什么时候割草？"我问她为啥提出这个问题，她庄重地说："我想闻青草的气味。"这时，我蓦然觉得，青草的气息已经弥漫开来，铺天盖地一般。

（1999 年）

145

告诉我回家的路有多远

这个春节，由于种种原因，我又没有回故乡。每每想到在老家的旧房子里翘首以待的老父老母，我就有一种发自肺腑的羞愧、焦灼和沉重感。

从济南到我鲁西北的故乡，不过一百多公里的路程，坐公共汽车两个多小时即可到达。这么近的路，按说要想回去，易如反掌。偏偏这么一件易如反掌的事情，我却没有去做。具体的理由有很多，比如老家没有暖气，饮食也不习惯，回去后孩子跟着受罪，万一弄出个病来，连年都过不好；比如我正在写作一部长篇小说，实在不想因此搁笔；比如老家七大姑八大姨的，遍地是亲戚，回去一趟，经济上要额外支出一笔不小的数目，等等。理由都是现成的，似乎哪一条都在理，为了维护小家庭的安定团结，我只好默认了。

春节回不去，那么平常呢？平常也是这事那事的，难得回去一次。即便咬牙回去一趟，也是待不了三两天，急急忙忙往回赶。在故乡人的眼里，我就像一个匆匆过客；在我的眼里，故乡就像一个遥远的背景。问那些情况和我相似的同事或朋友，他们基本也是这样。难道故乡在我们心中，真的不那么重要了吗？

当年，故乡是我们生活的全部，那时我们最大的愿望就是通过自己百般的努力，离开这个贫穷、闭塞的地方，到城市去。后来，我们终于成了幸运儿，把故乡远远甩在了身后。我时常觉得，我是父母放飞的风筝，这只风筝越飞越高，越飞越远，几乎要断线的样子。谁都清楚，这只风筝再也收不回来了，它是永远属于城市的，故乡的土地上已没有了它的位置。对此，他们一句责怪的话也不说，他们心甘情愿地接受这个事实。但是，我却打心眼儿里不想承认这个事实。只有我自己知道，这些年里，我一直怀有归心似箭的感觉，我真的很想时常回故乡去，盘腿坐在屋檐下，听嘴里没牙的老奶奶讲那些永不过时的陈年故事，或者一个人到大田里走走，看看天空，看看土地，看看庄稼……可是，我总是无法满足自己。我越来越觉得，城里吸引我的东西愈发少得可怜，城市给予我的一切都是过眼烟云，但我就是鼓不起回故乡并且在那里多住一些日子的勇气！现在唯一容易做到的，就是在梦中把席梦思变成老家的土炕，或者隔三岔五地发狠说，到老了，就回故乡去，盖一座房子，种几畦庄稼，养一群牛羊。说的次数一多，连自己都感到乏味，觉得这是在自欺欺人……

　　回家的路到底有多远，真的是无法说清。也许很近很近，一步就可跨越；也许很远很远，一生都不能到达……

（1999 年）

都是股民

这几年股市"熊"多"牛"少，被"套"者大有人在，但仍是挡不住人们入市的热情。据说中国股民已达五千万，一个好吓人的数字。股市风云变幻，深浅莫测，上天堂者有之，下地狱者亦不乏——它已成为芸芸众生嬉笑啼骂的浮世绘。

股市的吸引力就在于，那里面有许多或真或假、或甜或苦的桃子等着你去摘。它含有很大的赌博成分，但又是合法的。眼力、运气、智慧等因素，决定着你的成败。

其实，我们所处的地球本身就是一个热热闹闹的大股市。一个人降临到这个世界上，不管你是否情愿，事实上你已经入了"市"。从这个意义上说，不论是乳臭未干的孩童，还是行将就木的老人，只要活着，就是股民。

股市有牛市和熊市，股票有绩优股、绩平股和垃圾股，有的适合投资，有的适合投机。人呢？人也有上坡下坡的时候，也有优秀的、一般的和差劲的，有的值得信赖，有的需要提防。从这个意义上说，每个人都是一只股票。

要想在股市上发财，选股最重要，选准了，就成功，选错了，就失败。这叫选择。人的一生也面临多种选择，比如事业，比如爱人。走对了路子，选准了目标，就成功了一半。反之，就很麻烦。

股市里有一句名言：买股票就是买未来。意思是要买那些有潜力的好股票，要耐得住寂寞。那些真正对股民负责任的上市公司都明白，若想不被投资者抛弃，就得想方设法发展自己，以保持高成长性，就像前几年的"四川长虹"和"深发展"。人亦如此，若想在事业、婚姻诸方面成功，就得努力拼争，不断地完善自己，争取变成"绩优股"，唯有这样，才会被有眼光的人看中，做到了这点，何愁不成功、不幸福？

股市里有庄家、散户之分，有投资和投机之分。庄家就是主力，能够在很大程度上左右市场。举个不恰当的例子——如果把庄家比作领导，那些以投资为主的庄家应算是好领导，那些专事投机兴风作浪的庄家就是坏干部。应当承认，适度的投机是允许的，人在世上混，似乎谁也不能避免，掌握好尺度的投机有时被看作"艺术"。

机会是无所不在的。某人事业有成，婚姻美满，一生幸福，说明他是个成功的"股民"。某人因经济问题或其他过错进了大牢，乃至血本无归，说明他选了个名叫"犯罪"的股票，而且他本人就是个"垃圾股"。如今这个社会，大体上是公正的，如果你觉得不公正，或许在于你"选股"有误，或是"业绩"下滑了。

（1997 年）

钥　　匙

　　前些日子分了套旧房子，轰轰烈烈装修一番，打发走干活儿的工人，最后一道工序就是换门锁。新锁装上了，一共两把，铁门上一把，木门上一把。将钥匙分别分给爱人和孩子，嘱她们带好，余下的两枚钥匙躺在手心里，像两个小婴儿，金灿灿的，各有一副笑模样。轻轻一掂，发出脆响，仿佛姑娘的笑声，让人心里亮堂。

　　往腰间的钥匙环上别这两把新钥匙时，我发现那上面居然有十几把老钥匙，沉甸甸的，有的已磨损得锈迹点点，透出岁月的沧桑。接着发现，这些钥匙除了办公室的那把和老居处的两把常用外，其余的都很陌生。它们常年佩带于我身，我却像突然遭遇它们似的，有些不知所措。我把这些陌生的钥匙解下来，攥着它们在各个房间里走来走去，到抽屉柜子里乱翻一气，希望找到与它们相匹配的锁，折腾半天，一无所获。我开始回忆，旧钥匙们应该配哪把锁的，恍恍惚惚想起了几把，可是，那些锁早已从我的生活中消失了。

　　显然，这些旧钥匙失去了目标，成了没用的金属片。妻子说，扔掉算了。我不忍就这样舍弃它们，置它们于掌心，反复掂量，听它们发出喑哑的碰撞声。世上没有无缘无故的爱，也没有无缘无故的钥匙，想当年，我捏着它们，开启一把又一把的锁，钥匙与锁相结合的场面是我们习焉不察的，却又无时无刻不给我们某种启悟。可现在，失去了目标的钥匙肯定是"孤独"的，犹如那些迟暮的英雄。

其实，我们每个人都是一把钥匙。我们用它去开启命运之门、爱情之门、事业之门、友谊之门。在我们周围，有许多无形的门挡住我们前行的脚步。我们所有的努力都是为了使自己这把钥匙找到目标，并且顺利地开启它。可有一天，当你蓦然发现你面对那些大锁已无能为力时，或者你这一生其实并未真正开启一把锁时，你还能做什么？

最终我把那些旧钥匙丢进了垃圾筒，心中不免怅然若失。腰间的钥匙串轻多了。没事的时候，我喜欢站在新居门前，掏出崭新的钥匙，插入崭新的锁孔里，反复开启，像一个调皮的孩童。"咔嗒、咔嗒"，清脆的响声令我愉悦，钥匙与锁完美的结合令我心动。

（2000 年）

感谢生日

3月18日，是我女儿纯子的生日。而3月20日便是我的生日。也就是说，我和女儿的生日相差两天。本来，我们父女二人的生日有可能是同一天的——女儿的预产期正是3月20日，但她却早两天来到了这个世界，因此我们没能创造一个小小的奇迹。

然而，自从她出生之后，她的生日也成了我的"生日"，一来她的生日在前，二来我们的生日离得太近，如果刚给她过了，接着再给我过，显得太烦琐，三来呢，这年头儿无论什么事，都是老的将就小的，所以，从她第一次过生日起，我们父女二人就"合作"了。当然，唱主角的是她。如此，今年已经是第十一个"联合生日"。

每逢生日之际，人总会有一些复杂的感受。也许快乐、温馨、忧伤、留恋的感觉兼而有之吧。生命是由每一个平凡的日子组成的，每一个生日都应该是一次阶段性的总结。小时候，我们盼着过生日，就像盼望过年一样，但随着年龄的增长，我们会有所"惧怕"，因为剩下的好日子毕竟越来越少，岁月犹如流水，一去不复返，这是不争的事实。转眼，我的女儿已经十一岁了，而我也正在向中年的门槛迈进。回过头去看看，去年的这一天恍若隔世，明年的这一天却并不遥远。生日这天，让人想得最多的一个词就是"时间"。时间的反复叠加，构成了岁月的雨雪风霜。所以，人最不该怠慢的，便是时间。

人一生经历的事情很多，我觉得对人影响最大的事情莫过于两件：娶妻（或嫁夫）、生子。尤其是生子。当你突然之间成为父亲或母亲后，你会有一种生命和血脉得到延续的博大、悠远、崇高和责任感。你会觉得，你因此增添了一个实实在在的影子，即便你到了天涯海角，即便你离开了地球，这个影子都不会消失。你还会发现，由于你感情的海洋里杂糅了舐犊之情，你变得更脆弱、更丰富了，舐犊之情也许会唤醒你身上原先蛰伏着的善良成分，使你更加善良。这种种的变化让你发现自己仿佛换了个人，有时连你本人都会感到奇怪——我还是原来的我吗？这些变化也许正是你真正成熟的开始。如果说粮食是农民的作品，钢铁是炼钢工人的作品，小说是作家的作品，那么，孩子便是父母的作品。当你的孩子像雨后春笋那样节节拔高时，你的向往和期冀就会越来越多地集中在他身上，也许到头来他可能一事无成，但你仍是不遗余力地期待，并把这种期待化作生命中无法摆脱的一个部分。这便是生命的意义所在吧。

十一年过去，我的女儿已经懂事了。她喜欢英语和绘画，过来的日子可以说一帆风顺。但我从不去幻想她将来有多么大的成就，能够做一个普普通通、健康向上、脚踏实地的人就可以了。在这个世界上，大多数的人不都是这么平凡地生活着吗？在流逝的时光中，所有的一切都将成为过去，而人世间的至情至爱将永远具备穿越时空的魅力。每一个日子都是普通的，但生日的这一天，却让我产生如此之多的感慨——感谢生日！我不知道我和女儿的"联合生日"还要举行多少次，我只知道我们生日之际点燃的烛光当一如既往地照耀着我的心灵，使我变得乐观、单纯和充实，并满怀信心地迎接未来。

（2003 年）

倾听音乐

　　在我们的现实生活中，有各种各样的光线和声音。正是这些形形色色的光线和声音，构成了一个完整的大千世界。如果一个人看不到面前的光线，那么他就是一个瞎子；如果一个人听不到耳边的声音，那么他就是一个聋子。这个结论恐怕连小孩子都知道，所以无须我来论述。

　　光线是通过眼睛来感知的，声音是通过耳朵来获得的。眼睛可以看到美与丑，耳朵可以感受善与恶。在人的五官中，眼和耳是一个人连接外部世界的桥梁，是延伸出去的触角。正因为如此，所以它们最易受到伤害——这里所说的伤害不是指眼睛变瞎耳朵变聋，而是指外部世界不和谐的事物通过这两个器官反映到人的大脑后，对人的精神和灵魂能够产生不良后果。

　　还是说说声音。大自然的声音总的来说是美妙而单纯的，比如风声、雨声、涛声、鸟鸣等。相比而言，人类制造的声音就复杂得多，赞美之辞和温柔的情话让人陶醉，机械的噪声令人疲惫，枪弹的炸裂声令人恐惧，谗言妄语令人心冷齿寒。这种种复杂多变的声音像一股汹涌的洪流，无时无刻不伴随着我们，包围着我们，席卷着我们，刺激着我们，麻木着我们。有的人觉得还不够，便不时地伸长耳朵，想倾听更多的声音；有的人觉得太嘈杂，就两耳不闻窗外事，一心只干自己的活儿。用力倾听也罢，有意拒绝也罢，有一种声音却是难以回避的。

那个声音就是——音乐。

在大自然和人类共同制造的万千声音中，音乐的响声似乎并不强烈。它像夜晚的烛光，像草尖上的露珠，像悠悠的诉说，像大地上的溪流，像轻轻的抚摸，像空中的鸽哨，像春天的小风，像冬日的炉火，像露出海面的小岛，像挂在嘴角的微笑，像初恋者的心扉，像告别时的一个回望……世间所有的声音中，也许只有它能够把人和大自然巧妙地连接在一起。如果把我们的耳朵比作通往心灵的河道，那么音乐就是这条河道里流淌的一股清泉，当我们的心灵被音乐的阳光雨露彻头彻尾地浸泡时，或许会感觉到，此刻正被一种神秘的力量驱赶着，从一处到另一处，从一天走向另一天。刹那间，自己的内心便被一道耀眼的光芒照亮了，开始觉察到了另外一个世界的存在，尽管暂时对它谈不上多么了解，但在那个世界中，我们的梦想却能够得到滋养和支撑。因此我想武断地告诉你：只要音乐还在继续，我们就永远也不能说——没有希望。

其实，音乐是无所不在的，有心者就能够于无声处听到它的召唤。

（1998 年）

155

笔名琐谈

大概自从有正儿八经的文学作品以来，作者给自己取一个或数个笔名似乎成了一种时尚，中国如此，外国亦如此。文学界如此，演艺界亦如此，只是演员不叫笔名，叫艺名。

按照一般的理解，名字只是一个符号，原本不重要的，重要的是自己的本事，而且名儿是爹妈给取的，在你蒙昧状态下完成的，由不得你，似乎不必要看得太重。然而这些靠舞文弄墨或者粉墨登场为生的人，都很希望自己的名字传向四面八方，传得越远越好，传得越广泛越好，如此一来，就不能小瞧名字的好听与否了，名字自然变成了"包装"的一部分。

好听的、顺口的、易记的、别出心裁的、暗含韵致的、不矫情但洋溢着才情的、能带来好运的笔名确实能让读者眼睛一亮，如果他们再写出漂亮的文章，这名字自然就具有了超越时空的力量。鲁迅比之周树人，巴金比之李尧棠，老舍比之舒舍予，等等等等，是笔名动听还是本名动听，你一眼即知。

过去有的作家用笔名写作，有自我保护的意思，如《金瓶梅》的作者兰陵笑笑生，弄得后世的研究者们使出了吃奶的劲仍是搞不清他的真名。茅盾这个笔名是当时编《小说月报》的叶圣陶给改的，沈雁冰先生在写小说《幻灭》时署名"矛盾"，叶圣陶觉得矛盾二字一看即知假名，提笔就在"矛"字上面加了个草头，以免反动当局查问原作者。到了如今，真正的作家已没必要为自我保护而化名了，这当然不包括那些为发表几篇骂人的小文章而改名换姓的人。

很多当代走红的中青年作家都用笔名写作，如莫言（本名管谟业），如贾平凹（本名贾平娃），如刘恒（本名刘冠军），如苏童（本名童忠贵），如方方（本名汪芳）。格非显而易见也是个笔名，只是这家伙一直对自己的本名讳莫如深。类似的例子很多。试想，如果他们一直坚持用本名发表作品，即便他们写出现有的力作，恐怕名气不会有如今这么生猛。不少想加入作家队伍而名字又很平庸的人悟到了这一层，挖空心思想取个新颖别致的笔名，当然无可非议，但有一点须注意，别过了头，譬如有人见莫言出了大名，就给自己取笔名为"寡言"，不免显出拙劣。

山东作家取笔名的不多，盖由于他们的真名本来就不赖，你听：李存葆、张炜、李贯通、尤凤伟、苗长水、刘玉堂等，都挺棒的，无须再画蛇添足了。

最后补一句，本人用以写作的名字也是笔名，众多的男性朋友都说这名儿不错，像个纯情的女孩子。咱不为别的，只盼能给自己带来点儿好运气；最担心的是写不出像样的文章，反而糟蹋了这个还算好听的名字。

（1996 年）

我说环境

我注意到在即将过去的这个夏天，人们见面后谈论最多的便是关于炎热的话题，大伙儿可着劲儿抱怨闷热的天气，朝思夜盼着下几场痛痛快快的雨，既可解热去闷，又可缓解旱情。同北京、天津、西安、青岛、石家庄等地的朋友通电话时，开场白也是互相打问当地的气候，免不了又是一番无可奈何的抱怨。于滚滚热浪之中，我们不得不好好思索一下当今人类的生存环境。

《辞海》上说，环境指周围的一切事物。我在这里主要谈自然环境和人文环境。在远古时代，祖先们最关心的就是填饱肚皮，没有心思考虑这类问题，也没有多少能力改变生存环境，好在那时候人类破坏自然环境的本事也不大，除了无法抵御的天灾人祸外，风调雨顺的年头儿估计不比当今少。自从进入本世纪以来，随着工业革命的进程，环境问题越来越突出了，于是，污染、炎热、风沙、干旱，以及由此带来的各种奇怪的疾病频频出现；南极冰山加速融化、海平面持续上涨、厄尔尼诺现象、大气臭氧层破坏严重、太阳离子增多、可怕的酸雨等消息被广泛报道。人类在建设这个世界的同时，也在毁灭着这个世界。

对于地球环境的恶化，发达的资本主义国家应负主要责任。但他们不想负责任，我们一点儿办法没有。令人眼羡的是，这些有钱的国家非常注重自己的环境保护，他们把那些污染严重的企业尽量往穷国迁移，即便连垃圾都想方设法运到别的国家。记得去年我国的主要媒体，就曾深入报道过北京等地查处一批美国洋垃圾的事情，引起国人同愤。当然，人家也确实下力气改善自然和人文环境，我们在影视、图片上所见的欧洲、北美、澳洲大陆、俄罗斯大地的美丽风光真是沁人心脾。

在中国，美丽的城市也是到处都有。如果非要排排座次，大连也许是中国最美的城市。在我们山东，美丽的城市也可以扳着指头数上几个，如果你问问来山东旅游的外省人，他们肯定会说，青岛、威海不错。这几年，我接待了不少外地朋友，却很少从他们嘴里听到赞美济南的话。对此，我感到难过。

而在那些传诵已久的诗文中，甚至在老一辈人的记忆中，济南曾经是个令人向往的美丽的城市。随着"家家泉水，户户垂杨"的一去不返，济南已没有了可以炫耀的资本。趵突泉"趵突"的时候少，干涸的时候多，大明湖的水颜色越来越不对劲，高层建筑差不多一个模样，马路不平，路灯不亮，树木半死不活，草坪更是少见，花朵只能在花盆里开放……当然，我们没有海，也没有名山大川，先天不足，在这方面不能和大连、青岛比，但人家秀丽的街道、楼宇、广场和随处可见的草坪、花朵却不是老天爷和老祖宗留下的，而是人家自己动手干出来的。先天不足没关系，后天失调才真正可怕。

人只要活着，就离不开环境。如果你的老婆或丈夫老和你闹别扭，你的家庭环境就不好；如果你的领导总想着给你穿小鞋，你的工作环境也不好；如果一座城市污染严重，只见垃圾不见花草，这座城市里的人都会跟着灰头土脸，底气不足。咱济南阻止不了美国日本排烟放雾，没办法让老天爷多多下雨，更没办法让太阳变得温柔，也挡不住来自北方的风沙，但是，多种点儿树，多栽点儿草，多养点儿花，少往马路上丢垃圾吐痰，少浪费点儿水，让大烟囱少冒点儿黑烟，少排点儿污水，少抽点儿趵突泉周围的地下水，把马路搞平一点儿，把路灯搞亮一点儿，总可以做到吧？

　　济南，原本是一座美丽的城市。请记住这一点吧。

（1997 年）

乱花渐欲迷人眼

在中国当代史上，七十年代有着特殊的地位。"文革"结束和国家全面改革开放是后来人们常常谈起的重大话题。可以说，七十年代是一道分水岭，中国社会的脱胎换骨正是从这时开始的。

七十年代前半期，乃至十一届三中全会召开之前，中国社会延续了"文革"开始后的动荡秩序，意识形态在全社会范围内对民间生活的渗透几乎达到无孔不入的地步。"时尚"是民间生活的前卫形式，它与政治原本有一段不短的距离，但在那个年代，真正意义上的时尚几乎不存在了。

穿衣戴帽，各有所好。人们的服饰打扮是日常生活最基本的内容。它原本应该是最个性化的、丰富多彩的。在 1966 年之后，黄军装成了最流行的色彩样式。随着时间的延续，服饰衣着成为遭管制最严的领域之一，走在大街上，进到商店里，见到的衣服颜色、式样就那么几种，就连裤脚的宽与窄都有严格的限定，宽不能超过几寸，窄不能少于几寸，超过这个限定，颜色再艳丽一点儿，就是"奇装异服"。至于人们的发型、头发长短也是不能乱来的，女同志梳妆打扮一下，涂抹点儿脂粉，就会有人指责你是"资产阶级生活方式"。跳舞只能跳"忠字舞"，唱戏只能唱样板戏，唱歌只能唱那几首歌。在人们的思想、行动和日常爱好遭到全面禁锢的年代，追求自由时尚无异于自投罗网。

终于，"文革"结束了，人们可以呼吸到一点自由的空气了。但春天并不是一下子来临的。起初，人们仍是战战兢兢，就像小草发芽那样，一点点冲破严寒。在我的记忆中，当广播喇叭在时隔多年后，第一次播放贝多芬的《热情奏鸣曲》时，前面没忘了说一句"这是伟大导师列宁生前非常喜爱的作品"。在很多时候，文艺作品担当了报春燕子的角色，它最先带来春天的气息，那段时间里，人们就像干涸了许久的土地那样，拼命吸吮突降的甘霖。看西方电影，听港台音乐，跳交谊舞，成为喧闹奔腾的新时尚。对于当时的年轻人来说，那真是一段难忘的岁月，几乎每天都有令人感到新奇的东西出现，简直有点儿目不暇接。当然在这个过程中，一直存在另外一种排斥和愤怒的声音。比如喇叭裤、牛仔裤、迪斯科的出现就曾屡屡受到批判和禁止。女人烫发、男青年留长发也是不断遭到非议。但大河已逐渐解冻，社会前行的脚步已不可阻挡。

　　时尚其实是社会生活的一面镜子。色彩斑斓的时尚不断涌现，是社会进步的一种参照物。到七十年代末，我长大成人，我们的国家也走上了前行的快车道。从此，历史又掀开了新的一页。

（1997 年）

我们的坐标

打开电视，又看到了这样一条新闻：某地领导重视，齐心协力，积极兑现农民的售粮款，争取尽量不打白条子。看完后突然就感到心里酸酸的，不是个滋味，没有心思再看后面的新闻了。

在我们的媒介上，类似这样的大张旗鼓的褒扬有很多，诸如某领导不贪污受贿，不多吃多占，坐车不超标准，住房不超面积；某实权单位对下属单位不卡不要；某医院的专家不收病人的红包，不"台外宰人"；某地供电局不以电谋私，坚决不送人情电，不随便拉闸限电；某地积极筹措资金，不拖不等，按时发放教师工资；某商场认真打假不售残次商品；某工厂坚决不制造假冒伪劣产品；某名人不偷税漏税，按规定交纳了应交的个人所得税；某商人决不以次充好短斤少两……每每看到这样的"典型"，我就有一种啼笑皆非的感觉。

当然，上述单位或个人的做法都是值得肯定的，问题是如果他们成了典型，那么，在他们之外，我们大量的人群是以什么方式什么状态存在的呢？所谓典型，自然是少而又少的，多了，大家都一样了，就谈不上典型了。你这么大张旗鼓地褒奖，只能说明一个问题，那就是，他们突出于众人之上，在当前情况下，大多数单位和个人还做不到这一点。所以，他们成了"典型"。

本来，秉公守法，坚持基本的原则，欠账还钱，欠税交税，不该拿的不拿，不该要的不要，不该卡的不卡，不该得的不得，这些都是为官做人的最起码的准则，是一种应自觉遵循的道德和操守，它同时也是一个时代健康的标志，是大多数人应该和可以做到的，算不得什么典型的，媒体也不必花那么多的笔墨和力气褒奖它。但如今我们的媒体这么做了，也是迫不得已，也真够难为我们的新闻工作者了。

这件事情使我得出了一个酸涩的结论：我们的坐标定得太低了，然而这又是无可奈何的事情。道德、操守、原则等基本律条，其实就像水中的船，它是随水起伏的，水涨船高，水落船低。那么这水，就是社会风气。曾看到这样两句戏文：泼而有后是为贤妇，贪而不枉就算好官。那出戏的时代背景好像是明朝末年，当时贪官多如牛毛，社会风气极其糟糕，老百姓的要求便打了这样的折扣。明朝虽已辞别我们四百多年了，但我们仍有必要回望一下。

什么时候我们的坐标定得高一些，让那些原本算不上"先进"的人和事迹回归平凡，才是我们扬帆远航的日子。

（1996 年）

怀念一只羊

它是一只普通的绵羊，公的，我父亲花二十块钱把它从集市上牵回来后，它就钻进了柴火堆里，仿佛害羞。我放学回到家，费了好大劲才把它拽出来。它浑身脏得厉害，高不及我的膝盖，一副可怜巴巴的样子。父亲说，这样的羊产毛多。

买一只羊养着是母亲的主意。这种被当地人称作"蒙古羊"的绵羊每年可以剪两次羊毛，拿到公社土产店卖掉，我半年的学费便有了着落，否则我上学就成了问题。买一只母羊更好，还可以生小羊，但需要三十元钱，家里拿不出。

从此，饲养这只羊便成了我上课之余最重要的任务。下午放学后，我挎上草筐，到野外的大田里割草，天黑以后才背着好大一筐青草回家，小小的身躯埋在青草里，从远处看，不是我在走，而是青草在走。汗水和草汁混合在一起，周身弥漫着一种特殊的气味。我至今仍然对青草的气息情有独钟，想必就是那时留下的印记。因为有了生活的目标，我并不感到委屈。有时，我把它牵到田间地头，它吃它的，我割我的。羊嘴舔食草茬的声音简直悦耳极了，清脆柔和，平静自然，富有节奏感和金属质感，真是韵味无穷。后来我听一些歌星唱歌，总感到他们唱出的歌甚至不及羊吃草的声音。割累了，我索性躺在田埂上小憩片刻。夕阳西下，遍地生辉，故乡的原野明净无边，我的脑子里充塞了乱麻般的思想，仿佛哲人在思索未来。乡村少年许许多多的梦想就是这时候形成的。思虑一番，脑子渐渐空了，猛一抬头，发现它正站在不远处，披一身霞光，仿佛一件出土文物。它一边反刍一边默默注视着我，目光温顺而机警，宛若一个真正的智者，许多道理就在那眼神里包容着呢。我想，做一只羊也不错，吃饱了就知足了。

渐渐地它长高了，头上伸出两只螺旋状的角。转过年来，春暖花开，它身上的毛也厚实了。剪羊毛那天，母亲在地上铺一块包袱皮，让它躺下，吩咐父亲和我每人捺住两只羊腿，防止它反抗。母亲挥动王麻子剪刀，剪刀发出镰刀刈麦般的嚓嚓声，一团团细羊毛从它身上飘落，宛若云团划过天空。在这个富有诗意的过程中，它一点儿都不挣扎，神情庄严而肃穆，目光专注而纯净，眼角还挂着两滴清泪，嘴唇嗫动着，仿佛在说，这是我应该奉献的。对于我来说，这个时刻也是兴奋得不行，因为羊毛就是课本，就是纸和笔呀！终于剪完了，它摇晃着站起来，像脱去一身破旧的棉衣，整个变小了，显得利索干净了。我记得那天正赶上村革委会主任的儿子结婚，新郎官一脸喜气在街上窜，可我觉得我的羊比他漂亮多了。

在我的少年时代，剪羊毛时的那几个瞬间是幸福的、珍贵的、难忘的，类似这样的幸福场面并不多见。我到公社上高中的那年秋天，那只在我家居住了四年多的绵羊突然死了——赶上秋收，家人一整天都在地里忙，饿急了的它挣脱绳索，吞吃了大量青苞米，结果硬是给撑死了。羊是食草动物，贪不得粮食的。它的死给我们全家带来一片悲伤之气。第二天我从学校赶回来后，母亲端出一块煮熟的羊肉让我吃，尽管我馋得要死，但我还是忍住了。而且从那以后，闻到羊腥气我就反胃。

二十多年过去，我一直无法忘怀那只无名的绵羊。后来的岁月里，我一直不喜欢饲养什么猫呀狗呀的动物，或许正是它的死给我造成了心灵阴影。我甚至觉得，它影响了我的性格形成，我身上某些优秀的品质绝对与它有关，而我身上的某些劣根性却与它无关。一天夜里，我又梦见了它。它来到我的床头，静静地望着我，目光依然纯净，依然温顺，含着期待和勉励……

（2000 年）

从 军 行

夏天到位于戈壁滩上的一支部队体验生活，和一帮战士聊天时，问他们的年龄，发现大多是十八九、二十岁；看他们的神态，个个生龙活虎，对军营感到神秘，对未来满怀憧憬。心下不由一愣：面前的他们，不就是三十年前我自己的影子吗？

三十年前，我就是这个样子。只不过我上的是位于长春的空军第二航空学院，除了所在地不同，其他的完全一样，当然，那时军装的颜色没现在鲜亮，那时脸上的肌肤没他们滋润。他们赶上了好时候。但他们仅仅是开始，而我，已经成为一个不折不扣的老兵了。

在这个世界上，军人大概是最古老的职业之一。这个职业如磁石，吸引着一茬茬的铁血男儿；这个职业有时又如悬崖，靠近它就等于面临深渊。这个职业充满着大喜大悲、大起大落，人类的历史，至少有一半是军人谱写的。唯其如此，才使它更具魅力。所以，二十年前的那个秋天，当我决定报考军事院校并一举成功时，脑子里闪过的是金戈铁马，是刀光剑影，是战旗猎猎，是血染征衣。

这些都是关于军人和战争的文艺作品在我稚嫩的心灵里留下的印记。我们哪一个人没受过它的感染？只是有人在它面前退却了，有人却迎着它走了过来。巴顿将军说："事实上，公民的最高义务和特权是为国从军，而作为一名军人——一名好军人，是值得骄傲的特权。"军人

168

是为战争预备的，部队作家朱苏进就此阐述道："战争中的审美光芒丰富着我们的内心世界，诞生的雕塑、诗歌、戏剧、文学、影视，弹壳般蹦跳出来，闪射着不世之光不世之美不世之音。蚌病成珠，悲剧升华为艺术至境……战争是生命大炉，人类以身投火，炼成凤凰涅槃；战争是一壶老酒，酿尽天地精华，醉死万千好汉。"战争与和平，是事物的两极，战争的目的也是为了和平，但一个优秀的军人，有时又会为自己这一生没闻过硝烟味儿而感到遗憾。真正的军人总是有一种矛盾的心境。

应当说，我也赶上了好时候。我们这支队伍创立七十三年以来，我所经历的这二十年是最幸福的时光。和平鸽的飞翔总比炮弹的啸声娴静动听。然而，漫长的和平岁月也容易销蚀军人的阳刚品格，使军人变得平庸，在一些人眼里显得多余。如今，军人似乎已经远离了社会主流生活，成为一群"孤独"的人。当美国人轰炸完南斯拉夫联盟共和国，又不遗余力大搞"国家导弹防御系统"时，我们或许该明白，战争阴影其实一直笼罩着我们。

从军二十年，当初的豪情差不多消磨光了。不喜欢平庸，但又难以摆脱。好在已经习惯了孤独，可以心平气静地思考点儿问题。现在我唯一能做的，就是利用我这双几乎没摸过枪的手，写一点军人和军营的故事，过去的和现在的，以期唤起一点人们的忧患感。我从没做过将军梦，也没想过要做顶天立地的英雄，只想做一个人格基本完善的普通文职军人。最大的收获是，精神上变得愈发坚韧了，不惧怕艰苦和死亡，不太羡慕名车豪宅，不想追求灯红酒绿、声色犬马。

二十年的岁月就这么过去了，这是我一生中最好的一段时光。我把它给了军营，而且不知道还要待多久。青春只有一次，自我感觉无怨无悔，足矣。以此小文，献给这一个建军节。

（1999 年）

遥远的春节

在冰天雪地的北国名城长春，我迎来了远离故土之后的第一个春节。那是 1981 年，我尚不到十七周岁。

那一年的春节，我所待的地方是位于长春的一所军事院校。宽阔而整齐的校园完全被白皑皑的积雪覆盖，几乎让人分不清东南西北。我是 1980 年秋天参加高考之后被录取到这所军事院校的，在那之前，我从来没有离开过故乡鲁西北半步。人说远行是一个少年真正成长的开始，我的故事就是从这时开始的。

差不多半年过去了，春节来临了。那时按照军队院校的规定，新学员入校后的第一个春节要在学校过，第二个春节才允许探一次家，也就是说，第一年我们不放寒暑假。

离过年还有好多天，校园外的市区就响起零星的鞭炮声。校园里面，也偶尔见到教职员工家的孩子燃放鞭炮。他们把鞭炮插到雪地上，点着了就跑到一边，随着沉闷或清脆的响声，雪地被炸出一个窝，雪末子混合着花花绿绿的纸屑扬起来，又轻飘飘地落下。这种场面不由得勾起我对故乡和亲人的怀念，可是我却不能回去。

除夕夜说到就到了。我记得年三十晚上，学员队搞了一次规模较大的会餐，破例允许大伙儿喝一点儿葡萄酒（学校规定，平时不准学员饮酒），有一位校领导也参加了聚餐，那位领导向大伙儿敬酒时，关切地问我们，想家吗？在喝酒之前，我们都说不想家。可是喝了点儿酒之后，有人开始嚷嚷着想家。好像还有个别年龄小点儿的同学当场落了泪。其中就包括我。当然落泪只是一瞬间的事，马上就破涕为笑了。我从那时开始知道，酒这个东西，游子过节的时候喝它，它就会催生思家之情，甚至令人不能自禁。因此，以后每逢过春节而我又不能回到老父老母身边时，我就克制自己，尽量不碰它。

1981年的那个除夕之夜，在我的记忆中，印象是非常深刻的。那晚我没有去俱乐部看电视，而是躺在双人床的上铺，躺在我的铺位上浮想联翩。外面不停地传来鞭炮声，我想起以前经历过的所有的春节，那些在父母身边度过的日子。故乡的生活虽然贫困不堪，可是节日欢乐的气氛毕竟是迷人的、温馨的。现在的青年人，尤其是男孩子或许不太在乎春节在哪儿过了，他们图个自由自在，只要有吃有喝有朋友陪着就成，回家有什么好？还不得老听爹妈唠叨，烦呢！可我们那时候我觉得感情上是脆弱的，是比较在乎的，是有强烈的依赖感的。离家半年了，长高了，也长壮了，特别是入冬以后，在雪地里摸爬滚打，吃了不少苦，受了不少罪，自我感觉进步挺大，像个军人的样子了，多么想依偎在母亲身边，向她讲讲自己的感受。可是，没有这个机会，而且还要再等上整整一年！

外面的鞭炮声此起彼伏，更加渲染着节日的气氛。同宿舍绝大多数同学看电视去了，住在我下铺的一位同学没去，我们有一句没一句地聊着，说着过去在故乡的所见所闻。后来，他打开日立牌的录音机，我们听歌。我们先听了几遍蒋大为唱的《牡丹之歌》，当时这首歌正在流行。同学接着又神秘地翻出一盘邓丽君的磁带。那时候，邓丽君的歌被公认为是靡靡之音，平时是不大敢公开欣赏的，就连我也颇为反感，听到那种软绵绵的调子就皱眉头，因为我很想进步，什么都想和上面的要求保持一致。可是那天夜里，我听了几首邓丽君的歌之后，马上就被她迷住了。不是因为别的，而是她忧伤的曲调太符合我当时的心境了。

那天夜里，我迷迷糊糊的，似睡非睡，思维一会儿活跃一会儿混沌。天快亮时，突然发起烧来。真是倒霉透了。大年初一上午八点多，我摇摇晃晃来到学校卫生队，医生做过检查后，吩咐值班的卫生员给我打一支退烧针。那个卫生员是个女战士，年龄似乎比我大一点儿，白白净净的，眼睛弯弯的，像月牙，一笑俩酒窝。看她一眼，我的病至少好了一半。我是很害怕打针的，可是那天她给我打针，我一点儿都不觉疼，突然感到自己变勇敢了。打完针，她对我说，过年的时候又生病，是不是更想家？我的眼泪差一点儿流出来。我用力点点头。她又笑，露出整齐洁白的牙齿，眼睛像月牙。她说，想吧，狠狠地想吧，想过这一次，以后就不会想了，我就是这么过来的。我问她家在哪里，她说，杭州。

从那以后，我再也没见过那个家在杭州的女卫生员。不过，我却永远记住了她说的话。作为一名职业军人，后来的岁月里，我回家过年的次数并不是很多，慢慢地一切都习惯了。1988 年，我到西藏采访时，认识了一位边防团长，他当兵二十三年，只在家过了一次春节，因为越是过年越走不开。我问他想家吗？他说，当兵头一年过春节，想家想得哭鼻子，后来就顾不上了，可能麻木了吧。

2002 年的春节快要到了，我不知怎么就想起了 1981 年的那个春节。转眼二十多年过去了。人这一辈子，能有几个二十年？春节呀，你慢一点儿来吧。

（2002 年）

又逢元宵

在汉民族的传统节日中，我不太喜欢春节这个最大最隆重的节日，因为它太琐碎，过程太缓慢，相关的礼仪太多，与现代节奏明显不符，常常搞得人疲惫不堪，过一次节犹如生一场病。现在，很多人都有和我同样的想法。当然，小时候我是很喜欢的，原因在于那时生活困难，过年时可以打打牙祭，穿上一件新衣裳。随着生活水平的提高，吃饭穿衣早已不成问题，春节的魅力因之大减。

和春节相比，元宵节、清明节、中秋节这类原本属于"二流"的节日倒有一种诗情画意的美，这种美不是建立在人们对物质的祈求上，而是一种感情的需要。如果说清明节有一种悲凉的美，中秋节有一种温馨的、忧伤的情调，那么，元宵节就是一种欢乐的延伸——当人们经过春节这场巨大的、疲惫的欢乐之后，稍事休息，然后平静地迎接元宵，就像一个人大醉一场之后，再喝一点儿解酒的酒，其滋味也许还真不错。

元宵节的来历与道教有关。道教称正月十五为上元、七月十五为中元、十月十五为下元，这三元分属天、地、水三官的诞辰。元宵节的主要活动是观赏灯火，所以又称灯节。在我小时候的印象中，元宵节就是与灯火紧密相连的。那时，我家乡一带还没有电灯，每到晚上，黑暗笼罩了一切，说真的，我惧怕黑夜。而到了元宵来临，人们都喜气洋洋地制作萝卜灯，用珍贵的食用油做燃料，但没人觉得这是浪费。人们利用萝卜的自然颜色雕刻成各式花样，玲珑精美，堪称艺术品。入夜，家家户户的屋子里、水缸里、院子里、树杈上、大门旁都亮起闪闪烁烁的灯火，贫瘠的、灰暗的村子顿时流光溢彩，一派喜庆气氛，关系友好的人家互相串门，欣赏彼此的"杰作"。据说，元宵节的灯光是吉祥之光，能驱妖辟邪除百病，所以我记得人们往往端着灯互相照照脸庞，还要照一照屋里屋外的各个角落。赶上好年景、好天气，人们会不约而同地多制作一些萝卜灯，让孩子们用竹篮提着，到街巷和村外放灯。于是，整个村子都变得亮晃晃的，呈现出一派朦胧的美。一年到头，我觉得元宵节的夜晚是最美丽的一个夜晚。在我进入青春期之后，每逢元宵之夜，面对梦幻般的灯火，我总有一种恍恍惚惚入洞房的感觉。正是这种感觉，使我一下子变得孤独起来。

现在，我们的灯火比天上的繁星还要密集，如今的夜晚已不是过去的夜晚。不论城市还是乡村，元宵之夜人们仍延续着赏灯的习惯。我家乡的人们早就不去劳神费力制作萝卜灯了，他们挂上各式各样的工艺彩灯，装点着节日的夜晚。又逢元宵，从城市到乡村，灯火的海洋自然会铺天盖地。但我想得最多的，却是希望我们的心灵快些被智慧之光、善良之光照亮。外在的灯火可以照彻天地，内在的光亮可以抚慰人心，二者真的是缺一不可。

（1999 年）

多欲之苦

有一个古老的神话传说——传说亿万年前，茫茫大地上有一只怪物，被雷劈成两半，一半逃回森林变成了狼，另一半站立起来变成了人。从此，双方都急着要找回自己的那一半，于是，狼便有了人性，人便有了兽性。

狼是否具有人性我们且不去管，人具有某种兽性却是无须论证的。这种兽性主要来自欲望——尤其是邪恶的欲望驱使之下产生的——恐怕没人反对这个观点。

月有阴晴圆缺，人有七情六欲，欲望与人相生相伴，就连刚落地的孩子都知道啼哭着要奶吃，人只要活着，就断不了欲望，所以，正常的、健康的、基本的、向上的，乃至稍稍出格的欲望是生命的原动力，正是这一类欲望使我们的人生变得灿烂，使这个世界变得愈来愈绚丽。但是，古往今来，古今中外，在大地上的人群中，有一部分人却并不满足于这类正常的欲望，他们幻想并挥舞着超越法律、公约、道德和人性的欲望之剑，于是，邪恶就产生了，于是就有了战争、侵略、杀戮、奸淫、劫窃、贪污受贿、欺世盗名……这类人的兽性往往一发难收，直至被正义击退。人类几千年的文明史，其实就是邪恶挑战正义捎带上挑战自然的历史。

在一个远离战争、相对和平的年代里，以上所述的邪恶欲念的条款

175

中，除了贪污受贿和欺世盗名对付起来比较麻烦外，其余的并不十分可怕，因为敢于释放诸如劫命劫财劫色之邪恶欲望的坏人毕竟是极少数，监狱的大门一直为他们敞开着呢！比较难办的是那些并未明显触犯刑律，而又确确实实超出了正常欲望的欲望——譬如不去努力或没那个本事却又想发大财，发了财又琢磨着少交税或不交税；譬如满脑子想当官，为此而投机钻营不择手段；譬如想来点儿外遇，隔墙摘花或红杏出墙什么的。总之，升官发财、捞取声名、寻芳猎艳等私心杂念是这类欲望主要的指向。说它恶有点儿重，说它邪有点儿轻，谁都懒得管，想管也管不了。要命的是，这些欲望在很多人身上都有过表现，有的是一闪而过，有的是时常闪烁，有的是挥之不去甚而死不瞑目；有的得不到又馋得心痒难耐，有的得到了一些但并不满足，有的得到了很多还是不罢休。而且随着时间的延续以及社会财富的增加，人们的这类欲望之水愈加汹涌，呈现决堤之势，有人干脆说，这个世界越来越像一个欲望的加油站了！

问题就在这里。所以我说这类邪不邪恶不恶的欲望才是最可怕的，才是我们人类共同的、真正的敌人。它天天在我们眼前晃悠，就像我们的影子一样，夜里做的梦也大半与它有关。它使我们吃不香睡不实，宛若糖里拌了盐，既让我们苦恼苦涩又让我们甜蜜愉悦。因此，你是爱它还是恨它？真的不易说清。

有两个现成的例子——

其一，有个年轻朋友来找我，说是有人给他介绍对象，对方是一个大款的独生女，见过两次面之后，对方很中意他，他却发现自己怎么也爱不上她。他为此感到困惑，散伙吧，实在舍不得未来岳丈的百万遗产；结合吧，想到要和一个自己不爱的女人生活一辈子，又不甘心。我说，首先你要明白，你是在等待财富，在大款夫妇离世之前，他们一般不会给你多少钱的，可是大款夫妇才五十出头，如果他们中有一个活到八十多岁，你等待接受遗产的过程将会是漫长的，到那时，你也五十多了，消费能力已大大减弱，最终还要把这笔遗产留给你的也已经年岁不轻的后代。它说明财富是一个递传递接的过程，很少能有人在他死亡之前把大笔存款花光享尽。可你却要在这个漫长的等待过程中忍受不爱的痛楚，难受不难受？朋友觉得我的话有理，但他终究割舍不下未来那笔巨额遗产的诱惑，和那个自己不爱的女人闪电般结了婚。据说婚后他实在厌烦女人的"愚蠢"和霸道，可为了等待遗产光临，他只有忍耐，唯一的愿望就是盼着大款夫妇早点儿咽气。

其二，有个朋友在机关当处长，为了获取副局长的职位，和本单位的一个竞争对手争得死去活来，互相仇视，都恨不能拿刀杀了对方。而在此之前十几年的时间里，他们就是这样争斗过来的，人格都不同程度地扭曲了。结果这一次，上级为了摆平，干脆从外单位调来一个副局长。而他们往下要做的，就是攒足劲，准备展开下一轮争斗。

苏东坡说，人生苦于多欲。固然，有时候权力、金钱、美色、声名等东西有着不可抗拒的魅力，但不遏制地追求它往往会害人伤己。关键在于寻求一种平衡，以保持灵魂大厦不至于倾覆，从而达到自我拯救和抚慰的目的。事实上，人这一生，得到的和失去的大抵是相等的，可是在一任欲望泛滥的过程中，我们的心灵都已经不可避免地蒙上了尘埃，它使人与人之间的关系变得冷漠，因此，现代人普遍存在的精神疾病的病因主要就是各种欲望造成的。在历史的长河中，先贤圣哲们早就发现了这一点，他们不时地发出忠告，譬如《圣经》上说："头脑简单的人是多么幸福。"譬如孔子说："一箪食，一瓢饮，在陋巷，人不堪其忧，回也不改其乐。"譬如唐寅说："闲来写就青山卖，不使人间造孽钱。"譬如马克思说："劳动者只有权拥有他为了生活下去所必需的那么多，并且只有权为了拥有（这么多）而生活下去。"譬如清代在朝中做大官的张英在一封家信上说："千里捎书只为墙，让他三尺又何妨，万里长

177

城今犹在，不见当年秦始皇。"譬如普希金在《奥涅金的旅行》中说："我现在的理想是有位女主人，我的愿望是安静，再加一锅菜汤，锅大就行。"譬如泰戈尔说："我攀登上高峰，发现在名誉的荒芜不毛的高处，简直找不到一个遮身之地。"譬如戴高乐说："我唯一的对手，同时也是法国的对手，非金钱莫属。"譬如曾当过法国大主教的博须埃说："魔鬼在人类救赎的道路上设置了许多障碍，金钱最大最可怕。"譬如……时至今日，先贤们的这些警世格言全都过时了吗？我的回答是没有，永远都不会过时，因为它们是纯粹的精神食粮，肉体可以不断地消失，精神却是在不断地生长，无始无终，所以它不朽。

战胜自我，不停顿地挑战欲望，是世上治疗精神创伤的最好的秘方。

我想起婴儿出生时，往往是攥着拳头降临这个世界，仿佛想牢牢抓住什么，而人们将死时，往往是两手一松，气绝身亡——到头来什么也没抓到，就撒手归西了。这两个场景人们并不陌生，可以说习以为常了。但它蕴藏的深奥内容却常常被我们所忽略。最后，我愿意用歌德的话来结束这篇小文："一切的挣扎，一切的奋斗，一切的呐喊，在上帝的眼中，只不过是永恒的安宁而已。"

（1999 年）

最温暖的花朵

  在我们伟大的土地上，生长着许许多多的庄稼——翻卷的麦浪、葱郁的稻田、艳红的高粱、金黄的玉米、丰硕的谷穗、玲珑的大豆……它们与土地相随相伴，难以割舍。古往今来，它们一直是大地上最壮观的景象，以慈母般的心肠护佑着我们的生命。而在所有的农作物中，我最钟情最感动的，却是棉花。

  前些年，我的故乡鲁西北一直被认为是山东省最穷困的地带之一，造成穷困的原因不外乎资源缺乏、交通不便、经济基础薄弱等，也许外乡人还认为那里的土地贫瘠，农作物难以茂盛。我很想告诉他们，处于华北平原最南端的鲁西北大地虽算不上那么丰饶肥沃，但也绝不贫瘠，而且那里沙质化的土壤特别适合种植棉花。至少在我家乡周围的数十个村落一带，生产出的棉花堪称中国最优良的品种。

  儿时的记忆中，家乡的土地上却很少见到棉花的影子，原因就在于棉花属经济作物，荒唐的年代里，凡与"经济"沾边的事物是做不得的。八十年代初，我背井离乡到外地当兵不久，家乡干涸已久的土地终于迎来了它的青春期，在政策的鼓舞下，乡亲们几乎把所有的热情都倾注到棉花种植上，故乡的原野里棉花的方阵铺天盖地，给勤劳的人们带来温饱和瑞祥。也就从那时起，世世代代面朝黄土背朝天的乡党们与棉花结下了不解之缘，依靠棉花逐渐过上了红火日子。我从母亲和妹妹的来信中得知家里买了一台半导体收音机，又买了一辆飞鸽牌自行车，再添了一台十二寸的黑白电视机，后又新盖了三间房子。妹妹还曾在一封信中说，母亲种的一株棉花结了四十多个棉桃。好消息一个接一个。品尝这些好消息的同时，我的脑海里常常涌现出大片大片的棉田，它们充塞着我的思绪，令我的大脑变得白茫茫一片真干净。

两年多之后，我回乡探亲。车子驶向家乡的原野时，我看到秋日的天空一派明丽，随即，一望无际的棉田展现在面前，简直让人眩晕惊怔，思绪飞扬。我迫不及待地提早下了车，拎着行李走上田间的小路。此时正是棉花大量开苞季节，几乎每一个枝头都绽放着洁白的棉朵，星星点点燎原成燃烧之势，它们像如期而至的瑞雪，正在拾棉的妇女们扎着鲜艳的头巾，胸前挂着巨大的包袱，一个个看上去宛若世界上最幸福的孕妇，通身洋溢着人性的光辉。许多年过去了，我一直忘不掉这幅绚丽的人间场景，犹如忘不掉凡·高的《巴丹杏花》。

棉花的种植相对比较复杂，除一般的照料之外，需要育苗、移植、反复打杈和喷药等，投入明显高于其他农作物。尽管如此，故乡的人们仍然喜欢与棉花做伴，它们在我家乡的土地上差不多鼎盛了整个八十年代，其间我也听到了一些不和谐音，比如收购站故意压质压价收购、打白条、卖棉难、假药泛滥等。终于，进入九十年代后，每次回乡，我都发现土地上的棉田越来越少了。母亲告诉我，现在种棉花不划算，没人愿种了，不光棉花，其他作物也不愿种了，你没看到荒地越来越多了吗？

我默然了。当人们与土地亲近了千千万万年之后，眼下正有意或无意地背弃于它，这大概是我们的列祖列宗断断想不到的。我不知道这是好事情还是坏事情。我只是感到，往后那一望无际圣火一般的棉花田，也许只有在我的梦中出现了。但是无论如何，在我眼里，棉花永远是我们的大地上最温暖的花朵，它会长久地令我感动。

（1998 年）

父亲的残疾

　　父亲是个身体很结实的人，一辈子没见他生过几回病。他没上过一天学，几乎不识一个字。没有文化的父亲，人前不爱讲话，只知道闷头干活。在我早年的印象中，他干活从不惜力气，那时候还没分田分地，社员们集体出工，搞大呼隆，难免有些人在劳动中耍滑偷懒。可父亲不这样，他说："多干点儿又累不死人，何苦让人背后戳脊梁骨。"

　　一个胸无点墨的人，很难有什么作为，父亲也从没想过自己一生要干什么大事，只要多挣点儿工分，让全家人填饱肚子，便是他最高的生活目标。但他并非没有跳出"农门"的机会——五十年代后期，他随人去了北京，好像是进一家机械厂当了工人，如果潜心干下去，混个正式工，再弄个北京户口都没问题，与他同去的人如今都在北京混得不错。可是，父亲在北京干了大约两年之后，"三年困难时期"一来，他的父亲我的爷爷立马就给他捎了信去，让他辞了工作赶快回来。爷爷在信上说："听说北京人吃尽了白菜帮子，又都在啃树皮，那里人多地少，用不了多久就得人吃人，你不能再待了，接信后务必速速回家，咱老家的河滩地里虽然没收上粮食，但野菜树皮总还不缺。"父亲这辈子谁的话都可以不听，但爷爷的话他是非听不可。于是，他二话没说就离开了北京城，把自己一生中最好的机会扔在了身后。多年以后，我问他是否后悔过，他满不在乎地说："有啥后悔的，这就是命，咱命里就该着和

181

泥巴打交道!"

回乡不久,他硬是凭着能干和厚道,被村里的铁匠铺要了去,给两位师傅打下手。不论刮风下雨,一年三百六十五天都可以上班,也就是说,他可以挣全村最高的工分,和大队干部一个样,为此,他着实高兴了一阵子。在我后来的记忆里,父亲一直作为一个铁匠存在着,每天准时去打铁,脸膛和胸脯被炉火炙烤得紫红发亮,额头上常常沾满黑灰,身上的疤痕也渐渐多了起来,那都是被炭火和铁渣烙下的。但说实在的,他打铁的手艺并不怎么样,而且多年不见长进,师傅们喜欢他,主要是看他老实肯干,背后不说三道四。好在铁匠铺的活儿不复杂,无非是修理或制造一点镰刀、铁锹之类的简单农具,不然,他早就"下岗"了。

我上学之后,村里的学校离铁匠铺不远,我常常在课间活动时跑去找他要钱,用来买铅笔、橡皮或者作业本之类。他总是嘟囔一句,说:"又来要钱,哪里还有钱。"边说边拿过他的被汗水浸成了铁板样的衣服,翻弄半天,摸出几个钢镚儿,虎着脸递给我。有时身上没带钱,他就跑到对过的烧饼铺借(不知为什么,他从不跟师傅借钱)。我知道家里的经济大权被母亲掌握着,平时他身上没几个钱的,即便这时他只给我一分钱,我也不嫌少。上了几年学,我的成绩越来越好,可这时候,爷爷出来干涉了,说上学没啥用处,上不好,白糟蹋钱;上好了,进了城,又会忘了爹和娘。爷爷找我父亲下指令,让我退学。奇怪的是,在这件事情上,父亲没听爷爷的(这种情况以前很少见),他对他的父亲说:"俺说了不算,孩子他娘说了算。"爷爷当然不敢找我母亲说,他知道在我上学的问题上,我母亲一直是坚定不移的。爷爷碰了个软钉子,气哼哼地走了。

父亲的不幸,也与打铁有关。我上高一那年夏天,一天夜里,他去加班时,厄运找上了他。在钢锤的重重击打下,一块烧得通红的铁渣飞

182

溅到了他的左眼里，他当即疼得昏了过去。工友们连夜把他送到县医院，而县医院的庸医们只给他简单清除了一下异物，就把受伤的左眼包扎上了，而且一捂就是四十多天，当时正值盛夏时节，致使伤口反复发炎。其实他左眼的瞳仁完好无损，只是烧坏了眼角角膜，如果处理得当，眼睛是不会失明的。后来转到地区医院，才发现受伤的左眼上下眼睑已经粘连到了一起，更要命的是，瞳仁上面爬满了毛细血管，此时已无法再实施手术，父亲的眼睛生生让县医院给耽误了。时至今日，鉴于父亲的教训，我对庸医比较集中的小医院一直心存忌恨，即便生了再小的病，也争取到大医院治疗。

然而，失去一只眼睛的父亲并不感到多么难过，仍旧去铁匠铺上班，他和先前一样能干，起早摸黑，不惜力气。好像我也没见母亲为此伤心过。过了好久，我才了解到，那年早些时候，母亲曾找一个算命先生算过一卦，算命先生占卜说，我和父亲今年有一人要遭点儿灾。父亲出事后，他和母亲甚至暗暗庆幸，因为"老的出了事，小的就没事了"。他们还说，宁肯老的遭十次灾，也不愿让小的遭一次。

一晃，十多年过去了。家里的日子比先前好过多了，可父亲仍是闲不住。村里的铁匠铺早就不存在了，他又到一个专门收购废铁的个体户家做活，结果三年前再遭不测——那一天，他上夜班，负责往轧废铁的机器里续货。劳累了半夜，加上眼力不济，稍不留神，他左手的中指和无名指突然就被机器卡住轧断了，被抢救下来时，受伤处仅粘连着一点皮肉。个体户用自己的小车把他送到县里的中医院，原准备包扎一下再来省城的，可县中医院就为了多挣一份钱，居然大包大揽地说他们能做断指再植手术（后来我了解到，能做这种手术的医院，全省没有几家。只要在二十四小时内及时手术，基本可确保再植成功，从我的家乡到省城，坐小车只需两个小时）。父亲听信了县中医院的谎言，同时他也不想给我在省城的小家庭添麻烦，同意在县中医院治疗。一天多之后我才得到消息，心急火燎赶到县里，手术已经做过，我意识到他们不可能做好这类难度极高的手术，赶忙又把父亲带到省城一家大医院。真正的专家们检查后发现，县中医院除了在受伤处别别扭扭插上了几根固定骨头用的钢针之外，血管、神经几乎一条未接，两根断指已经坏死，只得截掉。

面对这个痛心而又无奈的结局，我心如刀绞，愧疚不已。父亲，像牛马一样操劳了一生的父亲，在无端地遭受了一次又一次的灾难之后，迅速地苍老了。这些年里，做儿子的好像越活越滋润，做父亲的却一再品命运的苦果，它使我不堪回首——偶一回首，刹那间已是泪水盈盈……

是的，我们都需要好好检省一下自己。对于我来说，残疾出在父亲身上，却刻在了我的心里。这种刻骨铭心的疼痛，将伴我一生。

（1999 年）

牛的品格

在具有中国特色的十二生肖中，除了虚拟的龙之外，其余的都与人类关系密切。而在这些与人类密切相关的动物中，备受人们赞美的大概要属牛了。比如人们常说牛忍辱负重、勤劳能干、踏踏实实；比如人们说它只知奉献不知索取；又比如鲁迅先生说牛吃的是草，挤出来的是奶，等等等等，牛获得的赞誉仅次于人类自己。

1997年是牛年。牛年到来之际，我的内心突然就被牛温柔地扯动了一下。在中国这样一个农业社会里，人们（主要是农民）与牛的关系是非同一般的，农民靠种田养家糊口，同时上交公粮给城里人吃，以青草为口粮、好养活而又肯出力的牛恰恰是农民种田的好帮手。无论北方还是南方，有土地就有牛。牛的身影是中国乡村最动人的风景，它总是与泥土的芳香结伴而来，我们赞美土地，我们赞美家园，当然我们也没忘记赞美牛——至少我是如此。

现在说来，我也算个城里人了。但是，我不会忘记，在我的少年时代，曾与牛们打过的交道。那时，每逢夏秋季节，放学之后或是节假日，我就和伙伴们一起到大田里割草，卖给生产队喂牛，以换取工分。那些割草的岁月恍若昨日，我非常想以此为素材写一部中篇小说，我觉得这将是一部充满了青草气息和牛们嘹亮哞鸣的小说。在我离开乡村走向城市的那一年，农村搞起了家庭联产承包责任制，我家分得了六亩土

185

地，家里攒钱买了一头牛，靠它帮人干活。后来，我父亲每隔四五年就淘汰一头老牛，再买一头小牛，使家里的牛一直保持着年富力强的势头。每次回老家休假，我的目光都忍不住在它身上扫来扫去，就觉得它是家里一个重要成员，它不遗余力帮助父母下地干活，弥补家中劳力的不足。从某种程度上说，它在替我干活呢，对它的感激之情便油然而生……

牛是温顺的，但它并非没有发火的时候。三年前，我父亲牵着一头老牛到集市上卖，途中它红了眼睛，猛抵了父亲几下子，老人为此受了伤。当我得知父亲是想把它卖到屠宰场时，似乎找到了它发威的答案，就暗暗责怪父亲不该把它卖给屠户，它通人性，知道自己将要被杀，能不发怒吗？

如今，在我的故乡，农业机械化已渐成气候，牛们在土地上的用途好像越来越小了。我听父亲抱怨说，现在的牛也懒了，不想干活了。我突然意识到，如果将来真的实现了农业现代化，牛马们很有可能失去其在土地上的价值，只能单纯地成为人类腹中的食物和身上的包装。我不知道这是牛的幸事还是牛的悲哀。但是，我坚信，牛永远是牛，牛永远不会变成猪那样的脾性，只要牛还活着，它就会产生负重的欲望，因为它的品格是与生俱来的。

牛，其实是人类的一面镜子。

（1997 年）

酒神状态

　　由于电视剧《水浒传》的播映，关于酒的话题一时又成了热门。前几日，某家电视台拍一部有关中国酒文化的电视片，硬拉我谈了几句。我知道这是一个很庞杂混沌的问题，几句话难以说清，只好三句话不离本行，简单谈了谈酒与文学艺术的关系。我首先想起了，尼采在他的第一部著作《悲剧的诞生》中，用日神阿波罗和酒神狄俄尼索斯的象征来说明艺术的起源和本质。尼采认为，艺术家因为过于看清人生的悲剧性质，所以产生了日神和酒神两种艺术的冲动，要用艺术来拯救人生。日神是光明之神，它的光辉使万物呈现美的外观，也就是说，它是外在的东西；而酒神象征人们情绪的放纵，是内在的东西，是为了追求一种解除束缚、复归原始自然的体验。进一步说，酒神状态是一种痛苦与狂喜交织的癫狂状态，这种状态更能反映人的灵魂世界，能够超脱现实人生。所以在艺术家眼里，酒神状态具有永恒的魅力。

　　当然，尼采的观点属于非理性领域，但这种美学观点确实影响了一大批作家、艺术家的创作。在中国古往今来的艺术创作中，作家、诗人也总是喜欢把酒作为一种必不可少的道具，既烘托了环境、气氛，又展示了人物性格，使笔下人物熠熠生辉。这样的例子比比皆是，比如《三国演义》中的关羽"温酒斩华雄"，《水浒传》里的武松打虎、醉打蒋门神，等等。在中国作家笔下，两种人对酒最感兴趣，一种是英雄豪杰，他们最典型的表现就是大碗喝酒，大块吃肉，豪爽义气，痛快淋漓；一种是失意落魄者，表现为举杯浇愁愁更愁、对酒当歌人生几何等令人伤心断肠的场面。

在所有的艺术门类中，音乐最接近酒神状态，因为不管是欢乐的还是忧伤的曲调，本身它就是尼采所描述的酒神状态，是内心情感的流露。其次就是文学作品，但不见得非要写到喝酒，如果作家自始至终在尼采所揭示的酒神状态下写作，也许更能接近人物复杂的内心世界。

我对"酒后吐真言"一说颇有微词——为什么非要借酒劲儿才敢说真心话？这是否说明我们平时太压抑，乃至虚伪？

时常让心灵而不是让肉体进入酒神状态，从而获得灵魂的自由飞翔，才是一种真正的酒神境界。

（1998 年）

吓唬纯子

纯子是我的女儿，三岁多一点。像众多的家庭一样，她的降临给我们带来了幸福和快乐。但也毋庸置疑，自从这个小生命来到人间后，也给我们带来了难以言说的疲惫和烦忧。纯子调皮、爱哭，不听招呼，不爱吃饭，该睡的时候不睡，该起的时候不起，进了商店见了什么东西都想要，喜欢要别人的东西而不愿意送给别人东西，等等等等，"缺点""错误"一大堆。

怎么办呢？孩子这么小，打不得，骂不得，劝不得，训不得，唯有一个办法可以使用——吓唬。

在她很小的时候，也就是三四个月吧，夜里她哭鼻子，或是睁着大眼不睡觉，弄得劳累了一天的我们无法休息，心烦意乱，便琢磨着说点儿什么吓唬她。想起我们小时候，大人常常拿大灰狼来吓唬我们，对，就说大灰狼来了。于是，我们如法炮制。按说以她弱小的思维，根本不晓得大灰狼为何物，也就用不着害怕，然而，此言一出，偏偏起了作用——也许是我们说话的语气和脸上"凶恶"的表情，使她意识到大灰狼是一种可怕的东西，因此才"安定"下来吧？对此我想不出更多的理由和原因。

在一段较长的时间里，"大灰狼来了"成了我们的常用语，而且屡试不爽，每逢听到这样的话，纯子便马上安静下来，乖乖服从大人的

189

"命令"，我们为此感到窃喜和省心。当然，任何事情都不是一成不变的，大约在纯子一岁多的时候，我们引为法宝的大灰狼不再起作用，她不害怕什么莫须有的大灰狼了，估计是她老听我们喊大灰狼而大灰狼并没到来的缘故吧。

无奈，我们只好重新设定一个令她害怕的"新武器"——"大老虎来了"。记得有一次领她进动物园玩时，还曾特意指给她看，大老虎本来就是凶神恶煞嘛。就像当初大灰狼令她害怕一样，"大老虎来了"这样的话开始进入我们的生活，成为我们让她听话的又一个"撒手锏"。

日子一天天过去，纯子一天天长大，继"大老虎来了"失去效力后，"小偷来了""坏蛋来了""大狼狗来了"等诸如此类的吓唬她的话纷纷介入。在她调皮捣蛋的时候，为了求得片刻的宁静，不如此，我们似乎没有别的招数。

有时又觉得总吓唬孩子不好，尤其是见她每逢听到害怕的话语吓得浑身一激灵的样子，实在有些不忍，便在心里说，以后不能吓唬孩子了。

终究是很难做到。

这天晚上，她妈妈值夜班，我在家里照看她。早过了入睡时间，她仍不想睡觉，在那儿叫闹，我又气又急。她刚进幼儿园不久，尚不习惯，每天早晨送她时都要哭一场，不愿去幼儿园是她的"要害"。于是，我恶狠狠地吓唬她："再不睡，现在就送你上幼儿园！"她愣了愣，说："我睡呢？"我缓和下来："纯子要是听话，快睡觉，明天就不送你上幼儿园了。"

她信以为真，很快睡着了。而我明天一早自然还要送她去幼儿园。孩子毕竟是孩子，她不会意识到大人有时候是说话不算数的。有什么办法呢？

（1996 年）

送兵锣鼓

午休时被一阵由远而近的锣鼓声惊醒，猛然想起这两天正是老兵退伍时间，我居住的这座军营大院有不少老兵要离开。赶忙爬起来，扶着窗台往外看，就见许多人簇拥着老兵们往大门口去，他们将到车站乘车，返回各自的故乡。

老兵们有的穿着去掉了肩章和领花的军装，有的穿着迷彩服，个别复员的女战士穿上了流行的时装，简直让人不敢相认了。不论"老"男兵，还是"老"女兵，一律胸前戴着大红花，但神情肃穆，有些人眼睛红肿着，或者眼角的泪尚未干，新泪又涌出。他们双臂紧紧相挽，按性别划分，排成几列横队，就像面对狂风巨浪一样，缓缓走向停在营门口的大客车。送行的战友们提着他们简单的行囊，紧紧相随……这个场面我太熟悉了，去年的锣鼓声仿佛还在耳边，恍惚间又是一年过去了……遂不忍再看。

这一阵锣鼓声刚停歇不久，又一阵喧响传到耳际。送行的锣鼓本来奏出欢快的曲调，我却分明听出了忧伤和无奈，心头颇感酸楚。这情景和阴沉沉的天、冷飕飕的风，以及遍地黄叶相对映，更显寂寥。不由得想到，如果把老兵退伍时间挪到每年春季，大家的心情是否会好一点儿？

几年前，当他们离别故乡来部队的时候，想必胸前也戴着大红花，欢送的锣鼓也起劲地响着。那次离别标志着他们已长大成人，开始履行一个普通公民应尽的义务。这次离别则是一个游子一次远行的结束，他们就此踏上回故乡之路。之所以恋恋不舍，是因为他们在这里播种了感情，这份感情经过浓缩和沉淀，可以相伴一生。都说同学之情、战友之谊是最能打动人的，因这种情谊是在人单纯幼稚的年代和艰苦的环境下结成的，彼此不设防，因而能够到达心灵深处。当一个人过于老练和世故，并把自我利益看得过重时，再建立真正的友谊就难了。所以有人干脆说，三十岁以后不再交朋友。

铁打的营盘流水的兵，虽是一句老而又老的俗话，对于我却常说常新。没在军营里待过的人，是无法体验个中滋味的。士兵是我们这支队伍里最新鲜的血液，也是最值得讴歌的群体。我曾经在雪域高原的哨卡里，在天寒地冻的北国边境线上，在波涛汹涌的遥远海岛上，面对黑瘦精干的士兵们留下过热泪。一茬又一茬的战士来了又走了，正像一首诗中写的那样："悄悄的我走了，正如我悄悄的来；我挥一挥衣袖，不带走一片云彩。"

军营其实就是一处驿站，它总是处在迎与送的状态中。每年的这个时候，我们国土上所有军营都在飞扬送别的泪花，使人们一次次受到心灵的淘洗。我们单位的司机小付今年也复员，他拎着个大本子找我签名留念，我略一思索，提笔写了两句大实话："向前走，不回头；办好事，做好人。"放下笔，我突然意识到，再过半月，今年的新兵就该来队了，到那时锣鼓声又将满院子飘飞，大家的心情或许会好受一些吧？

（1998 年）

我们的食粮

前些日子回了一趟鲁西北的老家，正赶上秋收季节，见家家户户的院子里基本上都堆放着玉米、棉花、大豆这三样农产品，而不见了地瓜、高粱等粗粮。弟弟说，玉米主要用来喂牲畜，大豆用来换豆油和豆腐吃，其他的粗粮大伙儿早就不种了。

大约二十年前，当时任何一个在乡下生活的人，都会对这几种粗粮有着刻骨铭心的记忆。我是十六岁那年离开农村老家的，在我原初的印象中，告别母乳之后，这几种粗粮就几乎成了我全部的生存依托。土地还是那片土地，但二十年前的未实行承包的土地上，小麦等细粮的产量低得可怜，而且大部分还要上交国家，分到社员手中的粮食九成以上是粗粮。窝头，是当时最主要的饭食，就像如今的流行歌曲一样——它甚至成了过去时代的一种象征，深深根植于我们的记忆中。因为经常闹粮荒，我记得我家窝头的成分除了玉米面、高粱面、地瓜面之外，一般还要随季节掺杂诸如榆钱、槐花、瓜梗等野菜。成年累月吞食这些东西，吃得人面黄肌瘦，肚子发胀，脑袋发昏，目光发呆，那时最大的愿望似乎就是能放开肚皮吃一顿白面馒头外加一碗肥肉片子。记得在公社中学上高中时，秋末的一天晚上，下了晚自习，我们几个同学躺在租住的农家土房子里，饿得睡不着，又不想啃那些硬得打死狗的窝头，就鼓起勇气到野外的枣林里偷枣子吃，偏偏不走运，刚摘了没几个就被护秋的人

193

发现了，人家朝天上放了一土枪，吆喝着追赶我们，我们慌不择路屁滚尿流跑出好远才算脱险。大伙儿沮丧极了，一屁股坐下去不想起来。我望着周围大片即将成熟的高粱、玉米和地瓜，对着满天的繁星说，老天爷，你开开恩，让地里多产点儿细粮吧！有个同学接着说，最好再多产点儿肥猪，让我们恶狠狠地吃个够！岁月就这样流走了。离开家乡近二十年来，我每次回去，都发现乡亲们生活的变化，乡村市场上就连螃蟹、大虾这类的高档海货也不鲜见。那些杂粮早已完成了它们的历史使命，成了人们回望过去的一种记忆。我会永远感激它们，因为它们曾经使我变得坚强。海涅说："的确，肉体有时候似乎比精神看问题更深刻，人们用脊梁和肚皮思考往往比用脑袋思考更正确。"现在我还想说，当我们的物质食粮比较丰富之后，我们应当更多地关怀一下精神食粮，什么时候我们的精神食粮也丰富了，那才叫真正的好日子。

（1997 年）

第 四 辑

一个圣洁的灵魂

2011 年因为参与创作电影文学剧本《钱学森》，我们阅读了大量有关钱学森的文字资料，采访了钱老的夫人蒋英教授、儿子钱永刚，以及钱老生前的部分工作人员，获得了一些第一手的资料。半年多时间过去了，电影也已经拍完，钱老的形象却一直在我脑子里挥之不去。

许多年来，人们都知道钱学森是大科学家，知道他对我国导弹、火箭和航天事业，乃至整个国防科技事业都做出了重大贡献，知道他是我国导弹航天事业的重要奠基人，却少有人知道他为人清廉、作风正派、淡泊名利的"另类"故事。这里我着重讲述钱老的这类故事。

这些故事主要发生在钱老的晚年，主要由"拒绝"和"献出"两部分组成。

先说"拒绝"。他拒绝请吃请喝，更是拒绝用公款大吃大喝，铺张浪费。他参加各式各样的会议，包括作为全国政协副主席参加政协会议，他都坚持会后回家吃饭。许多单位请他做报告，他讲完就走人，从不收受所谓的讲课费，也绝不留下吃饭。

他拒绝公款旅游，退出一线领导职务后，他再也不去外地开会或做学术报告。他只是在担任科协主席后，于 1988 年夏天带中国科协的几位副主席到黑龙江省的镜泊湖休过一次假，赴过几次当地有关部门的招待宴会，他不得不出面应酬，但秘书涂元季看得出，他对于这种纯粹是浪费时间的应酬活动是很反感的，回到北京后，他对涂元季说："以后再也不出北京了，就是天津也不去，谁请也不去。"他还说："我对付这帮家伙的办法就是哪儿也不去。"有人正面请不动，就激他说："钱老，你知不知道，别人说你架子大，请不动。"他说："你激我也没用，你们说我架子大，我就架子大。"

他拒绝出国。1955年回国后，他就出过两次国，一次是1957年随聂荣臻元帅到苏联谈判、签署《国防新技术协定》，还有一次是二十世纪八十年代率中国科协代表团出访英国、德国。以他的名望，想到哪个国家转转都不难，可他坚决不出去，因为有一阵子，出国风日盛，花的当然是公款，也搞不清是去考察还是借机公款出国游。他曾在一封信中批评一个去美国、加拿大考察舞台技术的小组，说："一个考察小组共四人，竟有三个是官！才一个科技人员，这正常吗？"

他拒绝参加任何成果鉴定会，因为他知道当下的鉴定会名堂很多，如果去了，爱较真儿的他弄不好就生一肚子气，何必去呢？

他拒绝参加任何"应景"式的活动，比如开幕式、揭幕式、剪彩仪式等，他认为这是浪费他的时间，不如在家看书或思考问题。

他还拒绝题词、写序，拒绝任何礼品，拒绝别人擅自封给他的任何头衔，生前拒绝为他写传、拍电影及电视剧。所以你现在看不到有哪本书是钱学森写的序，看不到任何他的题词。他拒绝了深圳一位老板赠送给他的一幢豪华别墅。就连他八十岁生日那天，中国科协办公室送给他半斤茶叶，他也给人家退了回去……

他这一生，拒绝了好多好多，凡是他认为不对的，他就坚决拒绝，不留情面。当别人为能戴上两院院士头衔而绞尽脑汁之时，他曾两次给时任中国科学院院长的周光召写信，恳切要求辞去院士称号，说自己年老体弱，已不能完成院士应该完成的任务，意思是不能再占着位置不干事了，应该把宝贵的名额让给正值盛年的优秀科学家。

他拒绝，是想独善其身，以实际行动抵制愈演愈烈的不正之风，做一名堂堂正正的共产党员，看到腐败现象总也得不到解决，他忧愤地写道："真是心急如火！"

再说说他的"献出"。

早在1958年，他的《工程控制论》在国内出版，中文版稿费有一千多元，这在当时是一笔大钱，他二话没说，献给了由他亲手创办的中国科技大学力学系，资助贫困学生买学习用具以及系里购买器材。几十年后，还有当年的学生写文章说，那时钱老出钱给买的计算器仍然保留着。

1962年前后，他的《物理学讲义》和《星际航行概论》出版，得稿费数千元，这在当时是一笔巨款，且那个时候是"三年困难时期"，他上有老下有小，一家人也是勒紧腰带过日子。但是拿到钱，他就作为党费，上交给了党小组长。

1978年，全国政协给他的父亲钱均夫先生补发"文革"期间欠下的工资，计三千多元，而他的父亲已于1969年去世，他是唯一的继承人，但他认为父亲去世多年，这笔钱不能要。退给政协，遭到拒收。怎么办？他故技重施，全部当作党费上交了。

1994年，他获得何梁何利基金奖，得一百万港元。他思前想后，觉得这笔钱不能留下，于是转交给促进沙产业发展奖励基金会，献给了我国西部的治沙事业。

2001年，他获得霍英东基金会颁发的科学奖金，也是一百万港元，像七年前那样，他再次把这笔钱献给促进沙产业发展奖励基金会。他说，中国有六十亿亩草原，是农田面积的三倍，把它治理好了，将会对中国的可持续发展产生重要的影响。

这一生，他献出了很多很多。上面说的，仅只折射出他的金钱观。他说过："我姓钱，但我不爱钱。"又说："我是一名科技人员，不是什么大官，那些官的待遇我一样也不想要。"

一直忘不掉去年秋天，在他居住了大半辈子的老房子里，九十岁高龄的蒋英教授讲述的一个小故事——钱学森年轻时候喜欢绘画，敦煌是他早就向往的地方，他很想去看看莫高窟的壁画。自从参与火箭导弹研制以来，到他退出一线二十多年的时间里，他无数次到大西北的导弹试验基地，可他却没有去过一次敦煌。我们不解，问为什么呢？从酒泉卫星发射中心到敦煌，基地派个车，拉他去看看，并不费什么劲啊。蒋英是这样回答我们的，她说："一是钱学森他太忙，还有一个原因呢，我问过他，他说，我怎么好意思利用工作便利去游山玩水？同志们会怎么想？结果呢，一直到去世，他都没去过敦煌。"

听到这儿，我的眼睛里忍不住蓄满了泪水。

这一桩桩小事，彰显出钱老高尚的内心世界，别人看到的，是一个形象高大的钱学森，我看到的，是一个圣洁的灵魂，安静、明亮、淡然、无私、坦荡、纯粹。一个人物可以过时，一位科学家的成就也会被后人超越，但科学精神是永恒的，钱学森的科学思想和科学精神像他的灵魂那样，在历史的长河中，将会散发出永远的芬芳。

（2014 年）

金寨的星光

8 月 11 日夜，我们乘坐的车子从霍邱前往金寨，车窗外面是连绵起伏的山脉，幽深静谧。某一个瞬间，我脸贴车窗望向高处——没有看到月亮，只看到点点繁星镶嵌在深邃的夜空。星光下的大别山腹地，是那样的平和与安详。

车子停下来，金寨县城到了。这是我第一次到金寨——一个我早就想来却来不了，而今终于来到的地方。我的心突然一沉——一种复杂的心绪油然而生。

金寨县地处安徽省西部、大别山主脉的北坡，许多年前，我就知道它。它被誉为"红军的摇篮、将军的故乡"，是著名的革命老区。在全国大约三千多个县（市、区）中，它应该算是比较"年轻"的县治。1932 年以前，中国版图上没有金寨县，只有金家寨。1932 年，蒋介石在部署对大别山红军的第四次"围剿"时，为鼓励其部属向皖西北中心区金家寨进攻，明令各纵队将领，谁先占领金家寨，即以其名为县名，建立县治。

这一年 9 月上旬，卫立煌第六纵队经过苦战，抢先占领了金家寨西南方向的重镇汤家汇，金家寨的中共中央鄂豫皖分局和红四方面军主力在张国焘等人率领下，再向燕子河转移，20 日，卫立煌率部进入金家寨，至此一战成名。10 月初，蒋介石发布命令，将金家寨周边分属于河南、安徽、湖北三省的部分区域划出，"于金家寨添设新县，即以陆军第十四军军长卫立煌之名，定名立煌县，以金家寨为县治所在地……"

立煌县的成立，标志着红四方面军在大别山的失败，从此，两万多大别山儿女告别故土和亲人，远走川陕，创建了新的革命根据地。大别山最辉煌的时期就这样结束了，它完全被白色恐怖笼罩，一片凄凉景象，数万"红属"被杀害。在第一次国内革命战争中，大别山的人民贡献大，损失大，牺牲大，苦难大。一直到 1947 年 9 月，刘邓大军千里跃进大别山，解放了立煌县全境，将立煌县改名为金寨县。天终于亮了。从此，金寨县载入历史史册。

当年从这里走出去的人，只有少数活着回来了。

曾几何时，金寨是鄂豫皖革命根据地的核心区，以金寨县境为中心的豫东南、皖西北两块根据地是鄂豫皖革命根据地的主要组成部分。当年大别山区共有三次大的武装起义——黄麻起义、立夏节起义（又称商南起义）、六霍起义。后两次主要发生在金寨县境内。黄麻起义组建了红三十一师，立夏节起义组建了红三十二师，六霍起义组建了红三十三师。这三支红军便是后来红四方面军的骨干力量。1929 年 12 月，红三十二师攻下河南商城县城，这是红军在河南打下的第一座县城，在全国影响很大；1930 年 1 月底，红三十三师成立仅十天便攻占霍山县城，这是红军在安徽拿下的第一座县城。这两个师的战斗力由此可见一斑。

全国解放之后，党史专家经过严密考证，得出结论：土地革命时期，江西、安徽、湖北、福建等十六个省共组建主力红军队伍一百五十三支，其中安徽金寨组建十一支（红三十二师、三十三师、红一军独立旅、中央独立师、中央教导二师、红二十五军及七十三师、七十五师、

202

七十四师、红八十二师、重建红二十八军、红二一八团），排名第一，而它后面的湖北红安、福建长汀、湖南平江、陕西子长等五个县，分别组建五支。从这个意义上说，金寨是红四方面军的主要发源地，堪称中国工农红军第一县。此次军改之前，中国人民解放军的十八个集团军中，有六个与金寨红军有很深的渊源和血脉关系。

后来人们常常津津乐道金寨是全国第二大将军县，共走出五十九名开国将军，仅次于湖北红安（六十一位将军）。著名的有上将洪学智以及中将徐立清、皮定均、陈先瑞、滕海清等。以他们为代表的金寨热血男儿，身经百战而不死，他们是大时代的幸运儿，他们的名字熠熠生辉。

而下列数字让我更加地震撼：在金寨这块红色的土地上，先后约有十万英雄儿女参军参战，在一些村寨，几乎每个家庭都有人参加红军，有的父子、兄弟齐上阵；烈士遍布村村寨寨，中华人民共和国成立后幸存的老红军仅有七百多人，被追认为革命烈士的共有一万余人，占全省烈士总数的五分之一，其中县团级以上烈士五百多人，国家民政部编辑的《中华英烈大辞典》共收录全国县团级以上烈士一万五千人，其中金寨籍三百三十人，约占全国总数的五十分之一。

这是何等惊心动魄的数字！

与那些功成名就、儿孙满堂、安享晚年的幸运者相比，那些英年早逝的烈士也许更让人扼腕，更让人敬佩，更让人徒生悲凉，更值得我们歌颂。他们才是真正的英雄。

夜晚在宾馆翻阅金寨县烈士名录，有两位烈士的名字深深刺痛了我的心。

其一是周维炯。

周维炯十七岁加入中国共产党，二十二岁参与策划和领导了立夏节起义，随即担任红三十二师师长，是豫东南革命根据地的主要创始人，洪学智、徐立清等人当时仅仅是他手下的士兵。他当师长后，听说亲舅舅漆树德和反动民团头子顾敬之私下有来往，并和当地土豪劣绅打得火热，恶毒咒骂共产党红军。周维炯很生气，派人把舅舅带来责问，规劝他不要与红军为敌。没想到漆树德竟然大肆耍横，扬言已给开封的国军将领写信，不出十天，他们就会带兵来消灭你们。事已至此，周维炯只得下令把舅舅绑起来，交给人民处理。来了一大堆亲戚求情，周维炯不为所动，当天就下令枪毙了漆树德。他的母亲哭着说："你们这样做，叫我今后怎么见娘家人哪？"周维炯说："小舅他是地道的反革命，不杀他，我们还怎么革命呢？"

周维炯随后历任红一军第二师、第三师和红四军第十一师师长。他能征善战，功勋卓著，毫无疑问他是鄂豫皖红军和革命根据地的创建人之一。1931年初第一次反"围剿"时，他先是率一个团奔袭信阳附近的李家寨火车站，在兄弟部队配合下，全歼国民党军新编第十二师一个旅，击毙敌旅长侯镇华，接着又率部捣毁了敌三十四师司令部，生俘敌师长岳维峻。后来岳维峻见到徐向前，问那个带兵打进三十四师师部的将领是何人，是不是黄埔军校毕业。徐向前说，他叫周维炯，"牛津大学"毕业的——意思是，周维炯土生土长，没上过什么军校。

其二是詹谷堂。

詹谷堂1883年出生，是清末秀才，因为"三众"而被称为"奇人"，一是人品出众，正义善良；二是才华出众，知识渊博；三是相貌出众，仪表堂堂。因此他在当地有较高的威望。在当时，像他这种年纪、身份的人，家境殷实，生活安逸，一般情况下不会再"招惹是非"，而应该"老老实实过日子"。可是詹谷堂偏偏"吃饱了撑的，没事找事"，1923年，他加入中国共产党，1924年冬，他和袁汉铭在汤家汇笔架山农校建立了皖西地区第一个党组织，发展进步学生周维炯、漆德玮、李梯云等人加入党组织，并成立了党的小组。从此，革命的星火便在金家寨周边开始点燃。

1929年5月6日，立夏节起义爆发，詹谷堂是起义的组织者和领导者之一，而起义的主要骨干，基本都是詹谷堂发展起来的共产党员。可以说，如果没有詹谷堂，就没有这次起义。起义两个月之后，敌人重兵反扑，红三十二师不得已撤往黄安、光山，詹谷堂因为年龄较大，身体有病，不便随大部队行动，留在家乡坚持斗争，几日后，由于坏人出卖，他在一个山洞里被敌人捉住。

他是豫皖边共产党组织和红军的创建人之一，是个重要人物。敌人如获至宝，百般逼供，只要他交出党组织名单，就能活着回家，但遭到他严词拒绝。最后被敌人三次用铁丝穿胳膊游街，五次陪斩，他一直誓死不屈，多次被打得皮开肉绽，受尽酷刑。牺牲的前夜，他用自己伤口的鲜血在监狱的墙上涂下"共产党万岁"五个大字，第二天敌人发现他已没了气息，为了解恨，仍然将其尸体拖到南溪的河边，对着头部开了两枪。

以周维炯、詹谷堂为代表的金寨英烈，是这片浸血的土地上开出的绚丽之花。

一本厚厚的烈士名录，装不下金寨的英灵，因为还有许许多多的无名烈士，他们的名字无人知晓，他们倒在了前进的路上，倒在了胜利前夕，被淹没在历史的长河中。他们的功勋不应随风飘逝，而应该长久地镌刻在我们的记忆中。他们的星光，一点儿都不暗淡，也不应该暗淡。英雄不死，只是凋零，革命先辈对理想信念的执着追求，在今天更有着鲜明的现实意义。

金寨县是中国革命的产物，它在新民主主义革命时期的斗争史光辉而灿烂，是一部人民革命的英雄史，也是一部波澜壮阔的战争史。

金寨是个值得我们永远记住的地方。

夜深沉，我合上金寨烈士名录，起身到窗前，推开窗子，仰望满天繁星。詹谷堂牺牲之前，敌人最后一次审讯他时说："只要你说出这里有多少共产党，就放了你。"詹谷堂回答说："多得很，天上有多少星星，地上有多少共产党。"

现在我想说，地上有多少英烈，天上就有多少星星。他们在暗夜中发出光亮，提醒我们，不要忘了来时的路。

（2017 年）

吴焕先记

　　参加完重走红二十五军长征路的活动，回到北京家中，一连几日，脑子里一直盘桓着一个人物，久久挥之不去。一天夜里，那个模糊的影子又来到我的梦中，如风一般，很快就飘然而逝。但我知道，就是他了。

　　他就是吴焕先，红二十五军的主要创建者、领导者。

　　对于当今绝大多数中国人而言，吴焕先这个名字已经很陌生，陌生得似乎不曾存在。我却早就知道他，主要是因为我当兵不久，一位军人大姐给我多次讲到过他——大姐也姓吴，她的祖父曾经是吴焕先手下的一名老战士，参加过黄麻起义和长征，中华人民共和国成立后在河南省当了个厅级干部，大姐的老家离吴焕先家所在的村子很近，可以说是吴焕先改变了他们一家的命运——当地有很多人家的命运和他们家差不多，都是受吴焕先的影响，走上了一条决绝的革命道路，从而才有了今天。

　　然而吴焕先一家，却没有今天，他们只有昨天——遥远的、腥风血雨的昨天。

　　如果不是参加此次重走长征路活动，吴焕先在我脑子里也仅仅是一个沉睡的符号而已，或许过不多久，我就会把他忘掉。但是2016年8月31日上午，我们走进他的故居，我发现却被他和他的一家彻底震撼了！我知道这辈子，我是不会忘记他了。

今天的人，大凡到一个大人物的故居，都自觉不自觉地用风水来考量这个人物的前世今生。比如到了韶山，人们都会感到，毛家的风水太好了，前有水塘后有庭院，不远处是山黛，依山傍水是最好的居所，令人神清气爽。到了广安邓小平故里，也差不多。那天我们到了新县箭厂河乡四角曹门吴焕先旧居，乍一看，风水也不错，整洁的小庭院处在一个高坡上，门前是一片开阔地，稍远处是一条小河流，再远处是含黛的青山——也是个出大人物的好宅子啊！然而导游却指着三四百米外的一个地方说，你们看到那边有个东西没？大家放眼望去，隐约看到一个石磙子。导游就说，那儿曾经是个碾坊，乡下用来碾米脱面的，八十多年前的一天，那个碾坊曾经摆放过六口棺材——吴焕先的六位亲人，在同一时刻被国民党民团杀害。

我心里不由咯噔一声，思绪一下子被带到八十多年前。

吴焕先的家境在当时，算是比较富裕的——家里拥有十四亩水田、八亩旱地、两头耕牛、七八间瓦房，另外还有一个店铺，经营土特产和日用杂货，日子富足有余。生活无忧，乡下的父母才舍得花钱供孩子上学，吴焕先自幼在乡塾读书，十六岁那年考入湖北麻城蚕业学校。当年，鄂豫皖三省交界处的桑蚕业比较发达，吴焕先如果安安生生读书，领一张蚕业学校的毕业文凭，到社会上谋个好差事，娶妻生子，过一辈子比较富足的小日子，应该是不成问题的。问题是他在学校接受了被视为洪水猛兽的马克思主义，从此有了坚定的信仰，他要起来革命——革那些达官贵人的命，与政府对着干，目的是为世上的受苦人谋一条幸福路。由此可见，他与那些赤贫的闹革命的人有所不同，前者闹革命，初衷可能是为了填饱肚子，他不是，他家早解决了温饱问题，他闹革命决不是为自己升官发财，而是为了天下的穷人不饿肚子。

世界上最强大的力量莫过于信仰的力量，有了坚定信仰的吴焕先由此走上了不归路。1926 年，十九岁的他在麻城秘密加入中国共产党，然后返回家乡宣传马克思主义，他先是把几家佃户债户请到家里，当众将他们的租地契约和债务借据一把火烧了个一干二净，宣称耕者有其田，谁租种他家的田地就归谁所有，从今往后绝不向各户收租逼债，他要"破家革命"。

这简直与疯子无异。有族人大骂他"败家子"，更有穷乡亲称赞他有情重义，是个难得一见的异人。他也因之一下子出了名。借着这股劲，他倾尽全力发展和建立党的秘密组织，组建农民协会，并利用当地"红枪会"名义举办了三期"红学"培训班，培训了百余名学员，建立起一支农民革命武装。动静闹大了，随即遭来灭门之祸——当年冬天，极端仇视农民运动的地主豪绅，勾结"红枪会"反动民团武装二百余人，杀气腾腾直扑箭厂河乡四角曹门而来，声称"踏平箭厂河，血洗四角曹门，灭绝吴焕先全家"。那天吴焕先外出办事，逃过一劫，他大哥、二哥当场被枪杀，他父亲和小弟弟被敌人乱刀砍死在自家门口，被吓傻的大嫂抱着不满半岁的儿子慌不择路掉进水塘，溺水而死。一家六口顷刻毙命。

那天晚上，得到消息的吴焕先回到家中，含泪泣血把家人掩埋，面对苍天发誓："只要不死，就要革命！"他再也没有了退路，他唯有"革命到底、革命到死之一途"。这种情况和贺龙、徐海东等革命悍将差不多，贺、徐两人家中均有数十人被反动派杀害。某种程度上说，是反动派把他们逼上死路的，反动派用屠刀培养了自己的掘墓人。

没有人知道吴焕先那些日子的痛苦，可以想象，失去六口亲人之后，他早已把自己的生死置之度外，甚至盼望着早日战死，好到天堂与亲人相见。1927 年 11 月，他玩命一般，带领手下的农民武装投身于黄麻农民起义的历史洪流之中，成为鄂豫皖革命根据地和红军的创始人之一。1928 年 5 月，他与吴光浩、戴克敏等人领导创建鄂豫皖边区第一块革命根据地——柴山保。后来他先后担任中共黄安县委书记、鄂豫皖省委委员、红四军第十二师政治部主任、红二十五军第七十三师政治委员等要职，参加了鄂豫皖苏区历次反"围剿"，成长为红四方面军的一位文武双全的高级将领。

大别山的革命红红火火，吴焕先也赢得了属于自己的爱情，1931年春，他和鄂豫边革命委员会主席曹学楷的堂妹曹干仙结婚。婚后他们夫妇聚少离多，可以说就没过上几天安静的日子，特别是红四方面军主力战略转移离开大别山之后，斗争空前残酷，吴焕先带领留下来的老弱病残一面躲避敌人的"围剿"，一面发展壮大队伍，四处奔走，夫妇俩想见个面都很难。1932年11月底，根据上级决定，中共鄂豫皖省委在湖北黄安檀树岗重建红二十五军，吴焕先任军长，他表现出独当一面的组织指挥才能，几天之内就把军部、两个师和两个特务营组建起来，共七千余人，在国民党军重兵划区"清剿"、苏区大部丧失的严峻形势下，指挥部队集中兵力打敌弱点，采取迂回、突袭等战术，连续取得郭家河、潘家河、杨泗寨等战斗的胜利。在乡亲们眼里，只要吴焕先在，革命就有希望。

由于"左"倾路线的干扰，红二十五军冒险围攻七里坪，损失惨重。听说部队缺粮，已经怀有身孕的曹干仙从家里出发，把婆媳二人挨门乞讨而来的一口袋"百家粮"送到七里坪龙王山阵地上，亲手交给丈夫。往回返的途中，病饿交加的曹干仙耗尽体力，昏倒荒郊野地，就这样结束了自己年轻的生命。她没能为吴焕先留下子嗣。现代人也许很难理解，一个军长的妻子，而且怀有身孕，把一口袋粮食送到前线，自己却要饿死在归途中。这不能说是悲剧，只能说是壮烈的活剧，感天动地，豪气干云，非真正的共产党人难以做到。

吴家的"悲剧"仍在继续——1933年9月初，在第五次反"围剿"中，红二十五军被迫转移到皖西，敌人趁机实行移民并村。吴焕先的母亲陈氏，因为故土难离，不肯屈从于敌人的"山要倒林、人要并村"，独自一人躲藏在自家杂货店铺的夹墙里面，苦熬苦守了一个冬天。又窄又长的一道夹墙，原本是收藏贵重货物防止土匪打家劫舍之所，被陈氏用来隐蔽藏身，最后，由于老人长久见不着天日，也不得温饱，被活活困死在夹墙里面。差不多同一时光，吴焕先的二嫂被敌人移民到光山县白石庵一个难民所，因为吃了掺有石灰渣子的饭食，也被活活折磨而死。

亲人接连离世，令吴焕先更加的坚强。他在担任红二十五军军长、军政治委员期间，面对数万国民党军残酷的"围剿"，在粮食、物资和兵源极端困难的条件下，领导这支主力部队坚守鄂豫皖根据地两年之久。1934年11月，在中央红军开始长征之后，鄂豫皖省委决定红二十五军实行战略转移，吴焕先与程子华、徐海东等人一起，率军冲破数万国民党军的围追堵截，经由大别山、桐柏山、伏牛山进入商洛山中，实现了第一步的战略转移任务。入陕后，在代理省委书记徐宝珊身患重病，军长程子华、副军长徐海东均负重伤的危难关头，吴焕先勇挑重担，在此期间，红二十五军相继攻占镇安、柞水、宁陕、佛坪、洛南县城，取得石塔寺、九间房、袁家沟口等战斗的胜利，粉碎敌人两次重兵"围剿"，创建了新的鄂豫陕革命根据地，使部队得以立足和发展壮大。后来我们知道，几路参加长征的红军主力，到陕北会师时，都损失大半，唯有红二十五军到达陕北后不仅没有减员，队伍反而有所壮大，出发时二千八百多人，到达时三千四百多人，已经是个奇迹了，而且他们出发最晚，到达最早，实际上他们充当了三大主力红军长征的开路先锋。

1935年7月，吴焕先、程子华、徐海东等在获知中央红军和红四方面军已在川西会师并准备北上的消息后，毅然做出西进甘肃、迎接中共中央北上会合陕甘红军的决定，他们指挥红二十五军挥师前进，占两当，攻天水，克秦安、隆德县城，翻越六盘山，直逼平凉，截断西（安）兰（州）公路，有力地配合了中央红军主力北上。

红二十五军的长征，接近尾声。

1935年8月21日，部队在甘肃泾川四坡村附近南渡汭河时，突遭国民党军袭击，军政委吴焕先亲率二百多人抢占河畔的一个制高点时，不幸中弹牺牲。据红二十五军一些老战士回忆，每逢打仗，吴焕先和徐海东就爱往前跑，如果他们不身先士卒，这支1932年重建的部队肯定没有后来那么强的战斗力。吴焕先作为军一级的领导，如果走完长征，活到全国解放的概率相当大。历史不能假设，吴焕先——这位后来被誉为"红二十五军军魂"的年轻人，永远定格在二十八岁的生命年轮上。他可以到天堂与他的亲人们相会了，他视死如归，他死而无憾。

资料记载，据当地几位老人回忆，吴焕先牺牲后，红军把地主郑某的一口柏木棺材抬来埋葬了他，墓地就在南塬底下的一处台阶地上。红军走后，敌人闻风而至，掘开坟墓，撬开棺盖，把遗体扒了出来，连烈士身上裹着的两三丈白洋布，也一抢而光。随后将遗体抬到泾川县城，放在菜市场近旁的一所破庙里，陈尸示众了一些日子，还拍下邀功请赏的照片。及至中华人民共和国成立后，泾川县党史办几经调查，连烈士遗骨也没查清楚，吴焕先这位战死在陇东高原的鬼雄，尸体不知被敌人弃之何处。如今矗立在泾川县城以西二十余里郑家沟的吴焕先烈士墓，是一座空坟。

如果吴焕先活着呢？

历史不能假设。吴焕先牺牲了，他再也不可能知道后来发生的事情。他的名字已经很少被人提及，他和早期牺牲而后来又几乎被遗忘的黄公略、旷继勋、周逸群、曾中生等高级领导人，不应该只是一个符号。他们是共产党的鬼雄，是最不应该被忘记的人。

我们长久生活在和平的年代，享受幸福的生活。我们应该清楚，这种生活是烈士们用生命和鲜血为我们换来的。和平是暂时的，战争迟早会有，我常常想的是，如果战争来临，还会有几个像吴焕先那样的高级将领主动冲在前面，为了国家，为了民族，带领战士们一往无前？

（2016 年）

沉默的群山

我喜欢山，是因为山有记忆。

最早我喜欢那些作为旅游胜地的名山，如泰山、黄山，它们使人愉悦。后来我向往那些高不可及的地球之巅，如喜马拉雅山、喀喇昆仑山，它们令人感到神秘。再后来我研读过人民解放军的战史之后，突然又迷上了另一种山……这类山旅游价值不大，过去不大有名，往后或许也不会太有名，但在半个多世纪以前，它们的名字却比所有的名山都响亮。概括一下，它们主要有井冈山、大别山、太行山、沂蒙山等。它们和中国革命是密不可分的。

中国历史上爆发过无数次的农民起义，著名的有陈胜吴广起义、明末李自成的大顺军、清朝下半叶的太平天国。但最终没有一个真正成功的。也就是说，从秦始皇统一中国开始至十九世纪，在长达两千多年的岁月中，农民起义仅仅动摇了某几个王朝的根基，却不能建立一个新的王朝。究其原因，除了缺乏先进理论的指导，以及农民起义军的领袖在革命后期思想作风出了问题之外，他们在战略战术上的失误也很关键。他们只想着攻城略地，早日称王，忽略了创建革命根据地，积蓄更大的力量，结果导致功败垂成。

二十世纪姗姗来临了。共产党人终于改变了历史。新民主主义革命之初，毛泽东率先创立了井冈山革命根据地，发动群众，壮大武装，并

214

提出了"农村包围城市"的伟大论断，于是有了成功的基础。大山，是尚显弱小的革命者的温床、繁衍地和保护神。大山在召唤他们呢。中国的版图上，差不多有一半是山区，哪些可资利用？总不能上泰山、黄山这些地方打游击吧？喜马拉雅山也去不得，太远。所选的目标必须远离大城市，敌人的力量相对薄弱，但又不能太偏远；那里人口最好比较稠密，具备革命基础，否则没有兵源，难以持续发展。根据这个指导思想，结合形势的发展，有一些山区便陆续汇入了革命的洪流，这些亿万斯年来默默无闻的山峦一时成为历史的剪影。

大别山、太行山、沂蒙山就是三座具有代表性意义的山区，可以说是现代中国革命历史的活教材。共产党人经历了红军时期、抗日战争和解放战争这三大步，革命才取得了成功。而在这三个历史时期中，大别山、太行山、沂蒙山分别扮演了重要的角色。

从红军初创到长征之前，国共两党的厮杀主要集中在以瑞金为中心的江西苏区和鄂豫皖苏区。本来井冈山名气很大，其实那里没打什么大仗，它只是代表了一个方向，更多的是一种启示。以大别山为依托的鄂豫皖苏区就不同了，如果说中央苏区的红军将士来自五湖四海，那么，在大别山区浴血奋战的红军除个别高级将领来自外地，绝大多数都是土生土长的本地山民。

八七会议之后，黄麻起义的号角迅即响遍了贫瘠的大别山区，这一带的"闹红"运动开展得如火如荼，声势浩大。在一些村寨，几乎每个家庭都有人参加红军，有的父子、兄弟齐上阵。经过两次反"围剿"后，鄂豫皖革命根据地迅猛壮大，中共中央决定就此成立红四方面军。之后仅用半年时间，红四方面军先后歼灭国民党军六万余人，部队发展到近五万人，成为红军三大主力之一，直接威胁武汉和平汉铁路，与中央苏区遥相呼应。

但好景不长，张国焘搞"肃反"，以及他在第四次反"围剿"中的错误指挥，使红四方面军陷入绝境，中央红军不得不先进行战略转移，把大别山远远甩在了身后。大别山最辉煌的时期就这样结束了，它完全被白色恐怖笼罩，一片凄凉景象，数万"红属"被杀害。在第一次国内革命战争中，大别山的人民贡献最大，损失最大，牺牲最大，苦难最大。十四年之后，刘邓大军千里跃进大别山，当年从这里走出去的人，只有少数活着回来了。大别山，永远是悲怆。

抗战爆发了，改编成八路军的红军主力毅然挺进华北，开辟敌后战场。在强大的日军面前，仅有三个正规师的红军打游击战是唯一正确的选择，毛泽东慧眼识珠，绵延于晋冀豫边区的巍峨太行山脉是最理想的敌后战场。莽莽苍苍的大山，在八路军眼里就像大海，自己可遨游，敌人犯迷糊。游击战，游击战，打得鬼子心胆寒。古今中外，人类的祖先打过各式各样的仗，当然也打过游击战，是毛泽东和他的战友们把这一战法推向了极致，后来的军事家恐怕难以望其项背了。伸入华北腹地的太行山脉正好为这一战法提供了良好的试验场。日军在华北的三十万兵力，实际上只据守着城市和铁路沿线，八路军的出击遍布华北。在民族解放战争的历史上，第一次出现了一个巍然屹立于敌人占领区内的正规军的指挥系统……从八路军总指挥部到各师、旅、团部，领导华北民众抗击着在华日军近五分之二的兵力。

八年抗战，太行山威震华夏，名播九州。抗战甫一结束，从这里跃出了数十万精兵强将，共产党人有了和国民党争天下的资本。太行山，是抗战岁月的一方热土，它永远令人感到悲壮。

现在该轮到沂蒙山了。其实抗战初期，八路军一一五师一部就挺进到了位于鲁南的这片广大山区，唤醒了这里的民众，创建了山东抗日根据地，积蓄了一支重要力量。解放战争开始，一声令下，这批憨厚的山

216

东子弟兵便闯关东去了，后来成为令国民党闻风丧胆的东北野战军的骨干。新四军退出苏北，沂蒙山张开怀抱接纳了他们。蒙山高，沂水长，这里的人太好了，为了自己的队伍，人们没有什么不可以付出。不到一年时间，原先不大被人看好的新四军就能撑起半边天了。1947年，国民党军重点进攻陕北和山东，进攻陕北是奔着毛泽东和共产党中央去的，进攻山东似乎更是战略需要，因为陈毅的部队直接威胁着南京，威胁着津浦铁路，阻隔了中原的国民党军同华北傅作义部的联系。孟良崮一战，王牌七十四师遭全歼，据说气得蒋介石吐血。这一战很大程度上改变了敌我双方的态势，大大增强了解放军同国民党军主力决战的信心。

沂蒙山，当时令全体中国人注目。解放战争期间，山东战场上许多大仗是在沂蒙山区打的，没有老区人民的鼎力支援，这些仗就不会打得这么顺手。对此，陈毅元帅感触颇深，他后来说，淮海战役的胜利是山东人民用小车推出来的。沂蒙山令人感到豪迈和柔情，历史又把它铸造成了一个山的典范。许多年之后，人们仍记得那里的"红嫂"，忘不了那里的煎饼、红枣、小米和千层底布鞋……

大别山、太行山、沂蒙山，它们就是这样一种山。虽然它们所处的地域不同，民风不同，植物不同，但它们一样坚硬，一样刚烈，一样厚实，一样壮丽，一样温暖，一样深情。它们都有着宽广的胸怀，就像高天厚土。它们都是盛产英雄的好地方。

这些年来我见过许多大山，每每仰视它们，或立于山上俯视大地时，我总是情不自禁地想起大别山、太行山和沂蒙山。每每提起笔来，想写一段往昔的战斗故事时，脑海里总是涌出它们的身姿。它们能够使我渐渐蒙尘的心变得明净和柔软。在我的眼中，大别山更像一位老人，它历经沧桑，冷峻超然；太行山则像一个壮汉，血气方刚，沉默寡言；

沂蒙山像一位大嫂，朴实宽厚，热情似火。我们都是它们的孩子。

本来都是一些极普通的山，二十世纪上半叶，它们敢于咆哮，饱经历练，因而令后人柔肠百转，引无数英雄竞折腰。在那之前，它们沉默着，在那之后，它们仍旧沉默。群山沉默着不说话，我替它们唠叨几句，不知能否说到它们心坎上。

（2014 年）

最壮美的景色

在共和国五十华诞的盛大庆典仪式上，最壮观、最激动人心的场面无疑是大阅兵。

可以毫不夸张地说，目睹过这个场景的人，一辈子都不会忘记。或者说有幸目睹这个场面的人，是幸福的，值得永远自豪和骄傲的。那一刻，即便是很孱弱的人，也会在胸中升起一股冲天豪气。

雄壮、刚毅、气吞山河、撼天动地……这些我们平时常用的词汇都不足以形容那个场景。军队是国家机器上的重要物件，带有强烈的政治色彩，但我相信，不论任何国家的军人，不论肤色，不论种族，不论意识形态，如果他目睹过这个场面，只要他是一名真正的军人，他就会发出由衷的赞叹和赞美！军人与军人之间，虽远隔千山万水，虽受国界、种族、意识形态的制约，但总有一点东西是相通的。通过天安门广场的那一万一千多名中国士兵，他们身上释放出来的美妙光环会使普天之下所有真正的军人折服。我甚至觉得，即便是我们的敌人，也会从心里暗暗钦佩。

对于整个地球而言，1999 年 10 月 1 日这一天，属于中国。

电视解说员告诉我们，参加受阅的部队大都有着光荣的历史。有的参加过南昌起义，是中国共产党人最早的武装力量；有的前身是井冈山上的老部队，是毛泽东主席和朱德总司令亲手创建的；有的在抗日战场上威风八面；有的在解放战争时期横扫天下。这些部队的历史，几乎就是一部浓缩的人民解放军军史。听到这里，我突然想到那些战争年代倒下去的烈士。他们在血与火的炼狱中搏杀，一批又一批的人牺牲了，没有见到胜利的曙光。他们倒下去的躯体变作了基石，让后来者从上面跨越，终于，世界东方屹立起一个崭新的共和国。五十年过去，国家强盛了，才有了今天这排山倒海般的一幕。这一幕，足可让那些先烈含笑于九泉。这一刻，党和国家领导人检阅着他们，人民检阅着他们，南面不远处的人民英雄纪念碑也在检阅着他们。纪念碑是万千先烈的化身，是顶天立地、永不倒下的历史巨人，她与她的后代们心灵有约，所以这时她一定不可遏制地再次洒下了英雄泪。

从电视画面上看出，参加受阅的士兵大多二十岁上下，他们是我们这支军队最新鲜的血液，代表了全军三百万将士。如今，人民把武器交给他们，可以放心了。他们的身影无疑是年轻的、鲜亮的；脚步声无疑是清新的、清脆的，但我却从他们的身影和脚步中看出了沧桑，因为他们身上凝聚了我们这个民族的过去，并肩负着走向未来的重托。他们用忠诚抒写着自己的誓言，同时使每一个炎黄子孙的灵魂得到荡涤。在中华大地上，矗立着许多壮美的景色，比如长城，比如泰山，比如兵马俑，这些景色是凝止的，而大阅兵的场面是奔涌的，是另一种壮美，它同样美得令人震颤，并且长久地值得我们回味，所以这个场面永远不会消失。

《神曲》作者、伟大的作家但丁说："世界上有一种最美的声音，那便是母亲的呼唤。"我想，正因为我们的士兵听到了祖国母亲的呼唤，他们的精神才在这一刻迸发出极美的火花，由此而成为中华民族史上一道瑰丽的风景线。

（1999 年）

章沁生将军印象

　　大约 2007 年的 5 月份，彼时我刚从济南军区空军创作室调入总装创作室不久，一天，突然接到总政宣传部艺术局一位分管文艺创作的干事打来的电话，嘱我赶紧买某日从北京到上海某航班的机票，有一个重要的采访任务。他交代得很神秘，也很含糊，并且说已经和我所在单位的领导沟通完毕，放心买票便是。他还提醒我注意保密，对这件事不要再乱打听，务必按时出发。我疑疑惑惑订购机票，按时赶到首都国际机场坐飞机。飞机起飞前，一个着便装的军人找到我的座位，把我叫到前面的贵宾舱，我突然看到一个略微熟悉的面孔——似乎是刚刚升任副总长不久的章沁生将军。

　　果然是大名鼎鼎的章将军。章将军站起来与我握手，小声而简短地交谈了几句，原来，上合组织国家秋天要举行"和平使命"联合反恐军事演习，章将军率我军代表团与其他国家的军队代表团去上海进行演习前的磋商部署，我是被特别邀请参与现场采访的，此次共有三名军队作家随行，除了我，还有二炮创作室主任徐剑，以及北京军区战友文工团的兰小龙，他刚刚因为电视剧《士兵突击》而走红。

　　在上海的采访体验，乏善可陈，唯一能让我记住的，是与章将军的一两次交谈。其中一次是在某天夜里十点多钟，有人打来电话，让我到某某房间。赶去一看，这是章将军住处，徐剑与兰小龙已经在场。那一晚，就我们四个人，交谈的话题围绕强军目标和军队存在的问题，主要是章将军讲，我们静静地听，不时插话，一直持续到深夜一点钟左右。这是我头一回这么近距离地、这么长时间地与一位我军高级将领做深入交流。章沁生早就是我军的"明星"将军，他在北京军区、国防大学、总参的传奇经历，令人钦佩和赞叹。他的一些治军思想和理念，我通过某些报刊涉猎过。甚至关于他的逸闻趣事，我也听到过一些。说实在的，我军的高级将领很多，但真正能让我一个自视清高的作家打心眼儿里敬佩的，委实不多。章沁生将军却是我真心佩服的一个。在上海那几天，我近距离地观察他——他在各种场合发表讲话，多次以主导者身份和外国代表团交流磋商，每一个环节，他都表现得十分得体、潇洒自如、刚柔相济、沉稳睿智，就连他那富有磁性的嗓音，都让人听得入迷……

　　大约两个月后，原班人马又赶赴乌鲁木齐，进行又一轮的磋商。这次我也赶去了，遗憾的是，此行没有获得与章沁生将军小范围交谈的机会，他太忙了。

　　那一年的联合军演，印象中 10 月份在俄罗斯境内进行。章将军原打算带我们三个作家去演习现场观摩，非常可惜的是，我因为有要事脱不开身，没有成行，失去了一次到现场观摩重要军演的机会，成为人生一大憾事。

　　当时，我原打算以联合军演为背景写一部中篇小说，却由于种种原因，没有拿出来。这使我长久地感到惭愧，觉得对不起章将军的盛情，对不起总政艺术局的举荐。

　　一晃数年过去，我写我的剧本，每日忙碌，偶尔得到关于章将军的消息，比如他到广州军区任职，比如他又回到总参，担任排名第一的副总长。总感觉他壮志如天，激情万丈，满腹治军的经纶，期盼他能担负起更重的担子和更大的责任……

有一次，偶遇一位曾经在八一大楼工作过的士兵，说起章副总长，对方说章副总长几乎每天都工作到凌晨两三点钟，就住办公室，一年里回不了几次家，如果不是亲眼所见，谁也不相信一个高级将领竟然如此的敬业和辛劳……听到这里，我真是感慨不已，心想章副总长或许早把我这个小作家忘了，但我却没忘记他——我并非惦记他本人，而是崇尚一种精神，一种人生态度，我们的一些高级领导，缺的就是这样一种精神和态度。官场上，多少人为了混待遇，混地位，混利益，工作得过且过，多一事不如少一事，更谈不上有什么战略思想。我想章将军绝不是的，他就是想干事，想干大事，想干有利于国家民族的正事。在我们群众眼里，像这样的高级将领，越来越少了……

今年上半年，我出版了长篇小说《一座营盘》，在文坛引起一些反响，书中的主人公布小朋对新上任的基地政委说："一个民族，一个国家，总得有敢于担当的人，总得有一批不那么自私的人，总得有那么一批不蝇营狗苟的人。一个单位也是。"又说："我们都是这座营盘的暂住者，我们每人也都是这个地球的暂住者，人每一天都在通向死亡，一代人有一代人的使命。"在写后记时，有三个词总是在我脑子里涌动："忧思、血性、担当。"我认为，章沁生将军是对得起这三个词的，他的军旅生涯，充分践行了这三个词。而今我们所缺乏的，恰恰就是这个。俗话说，兵熊熊一个，将熊熊一窝；千军易得，一将难求。我们祈盼军中多出现几个章沁生这样的铁血将领，那将是我们民族的幸事。

章将军一定有壮志未酬的遗憾。这也是我们共同的遗憾。在这个秋天的夜里，写此小文，向尊敬的章沁生将军献上由衷的祝福。

（2015 年）

你是一个赴汤蹈火的人

　　我当兵已有三十五载，算是个不折不扣的老兵了。全军包括武警各个军兵种，或多或少我都有过一些接触和了解。现役军人中，我认为有两类人最配得上"牺牲、奉献"这两个词——一是飞行员，二是消防官兵。飞行员每一次升空，都要面临生与死的考验，当年我在空军航空兵部队干地勤工作，晚上飞夜航，最后一架飞机不落地，相关人员心里都不踏实，飞行员家属们更是睡不着觉。虽然现在飞机质量和指挥引导系统有了大幅度提升，但是每年总要发生数起事故，牺牲数名优秀的飞行员，令人扼腕痛心。飞机在天上飞，战斗机还要做各种复杂动作，事故是难以完全避免的。火灾等灾难事故更是如此，只要有人的地方，尤其是人口密集、物品集中、高楼成群的城市，火灾总是不断地发生，一幕幕惨烈的情景何其相似，一个个感人的故事令人们往往好了伤疤忘了疼。

　　生活在城市中的我们，其实对消防人员了解得并不多。如果你不是偶尔听到大街上消防车凄厉的警报声，你肯定会忽略消防部门的存在，而他们正是维护人民群众生活安宁的英雄。据说国外大多数的消防队都是经验丰富的专业人员，而我们中国冲锋在第一线的消防人员基本都是武警官兵，战士们年龄不大，十八九岁，二十几岁，正是上大学的年纪。可是，每当火警响起的时候，警报就是命令，就是召唤，对面俨然就是凶恶的敌人，他们必须奋不顾身忘我地冲锋，陷身火海而不能有丝毫的犹豫。想想这都是些孩子，一个个稚嫩的面孔，让他们搏命出击，而且还要习以为常，大人们怎能不痛惜万分！

有一次坐火车，坐在邻座的一位中年人，他的儿子就是一名消防战士，他说，每当听到大街上响起消防车的警报，他都是不由得心头一紧，每天都要给儿子打一个电话，得知孩子平安无事，才能入睡，然而夜里时常又被梦中的大火惊醒，一身冷汗。直到儿子退伍回家，他才能睡个踏实觉。可见我们的消防官兵，他们的家人都要承受很大的心理压力。今年春节，我回故乡，一天朋友安排一个饭局，请来了一个消防中队的指导员，他一滴酒不喝，坐了没一会儿，吃了没几口，指导员几次提出早点儿回单位，因为燃放鞭炮，一整天里已经出了几次火警。朋友一再挽留，我替指导员说情，他才得以脱身。消防官兵，都是枕戈待旦的人，重大的火情恰恰容易在夜间发生，因为夜间是人们最麻痹的时候，一旦火情出现，往往一上来就是猛的。

近几年有两场大火人们不该忘记，一是 2013 年石景山一家商场的大火，为救火牺牲了两名消防官兵；二是今年初哈尔滨市道外区一家仓库起火，造成五名消防战士遇难、多人受伤。牺牲的都是年轻的生命，事故的起因无一例外都是人为造成。说实话，我真的很痛恨那些肇事者，是他们不经意间一个惹祸的举动，带来重大的人员伤亡和经济损失。有关部门应该有过统计，重大的火警火情人为造成的比例肯定不会低，如果人们稍稍注意一点儿，小心一点儿，就可以避免很多灾难的发生。可见做好防灾宣传，做好平时的防范，是多么的重要和必要。有三句话说得好："隐患险于明火，防范胜于救灾，责任重于泰山。"这里的责任，不仅指消防人员的责任，更是所有人的责任，尤其是那些在商场、仓库、工厂、娱乐场所等容易出事的地方工作的人，防火胜于防盗，你们的责任，真是大如天。

大约十年前，有个导演找到我，想请我写一个反映消防官兵生活的电视连续剧，还给我带来一堆资料。后来合作没有进行下去，主要原因是此前曾经有过一部同类题材的电视剧《烈火英雄》，影视公司不愿再冒险投拍，使我失去了一次和消防官兵近距离接触的机会。我希望以后还能有机会，写一下这个题材。和平时期，这种完全是实战、习以为常的状态，除了消防，还能有谁？

　　火灾等非自然灾害往往是人祸造成，每一个灾难都应当引起全社会反思。消防官兵日复一日、年复一年、无怨无悔地充当着我们生活的守护神，他们就是那赴汤蹈火的人，火海中他们的身影，是永恒的雕塑。

（2015 年）

第 五 辑

以茶会友

在我早期的印象中，云南是极遥远的地方，远在天边，难以抵达。因为一个人，使我与云南有了较为密切的联系，感觉云南也不是那么远，有时感觉还很近，似乎伸手可及。

这个人就是潘灵。

大约 1992 年秋天，我在北京解放军艺术学院文学系读书，为的是圆作家梦。有一天，一个矮胖敦实的人来找我，说是《青年文学》的编辑李师东老师介绍他过来的，他来自昆明，他们正在筹办一本大型文学期刊，暂定名《大家》，想找几位有潜力的军队青年作家交朋友。这矮胖的人就是潘灵。我也没想到，见过一面之后，我们真就成了朋友，并且关系一直持续发酵，看样子似乎能够成为一辈子的朋友，打不断，拆不散。

因为潘灵，我对云南有了向往，有了了解，有了祝愿。通过潘灵，我认识了不少云南朋友，他们丰富了我的生活，给我带来友谊和快乐。过去的那些年，虽然多次去云南，但都是匆匆去匆匆返，似乎没有一次沉下来，好好体验一下边地的风物与气味。我一直盼望有一次机会，让我从容地走一走，看一看。

机会终于来了。2017 年 10 月底至 11 月初，我偕夫人与来自北京、天津及云南本地的诸位朋友、文友，参加《边疆文学》组织的边疆采风活动，第一站飞到西双版纳，紧接着转到勐海县体验游历，再然后返回西双版纳，逗留两日后，乘车北上，在滇南大地上穿行，经普洱小住两日，继续乘车北上，到达昆明，最后返回北京，历时一周，完成此次采风活动。

这一次的云南之行，给我不同于以往的感受。在我固有的印象中，云南有三宝：香烟、翡翠、普洱茶。其实翡翠产自缅甸，只不过云南跟着沾光而已。香烟我已不感兴趣，唯独普洱，我愈加喜欢。我是北方人，小时候家里穷，吃饭都成问题，当兵上军校之前，不记得喝过茶，当兵提干以后，学会了喝茶，也仅仅是喝北方人喜欢喝的花茶，没有体会到多少喝茶的乐趣，主要是为了解渴提神。认识潘灵的成果之一，便是他让我见识了普洱茶，学会了喝普洱。2006年以前我在济南，之后来到北京，我们虽不是年年见面，但是见面的机会还是常有，他时不常地给我捎几个茶饼过来，我家里至今还有他送我的茶饼，年头儿不短了，一直不舍得喝，当作藏品。

普洱茶是云南的一张亮丽的名片，主要产于云南省的西双版纳、临沧、普洱等地区。普洱茶讲究冲泡技巧和品饮艺术，其茶汤橙黄浓厚，香气持久，香型独特，滋味醇郁，经久耐泡。每每提起普洱茶，我便很自然地想起茶马古道，想起大西南边疆地区多姿多彩的民族文化，想起那一曲曲古老的歌谣，神秘而神奇的气息就会弥漫在我的周身……

这一次的采风，对我来说好就好在我们一头扎进了普洱茶的故乡！

在勐海，著名的六大茶山公司的董事长阮殿蓉女士热情地接待了我们一行。阮女士被誉为"普洱茶皇后"，在业界有比较高的地位。她老家在滇东北的昭通，和潘灵是老乡，这位美丽的女人有着不平凡的创业经历。昭通只是茶马古道上的一个驿站，那地方并不生产茶，阮殿蓉在历经磨难之后，在西双版纳、临沧这些普洱茶的原产地，建立了自己的茶场，收购了连片的茶山，从种植到加工再到销售，形成了一个完整的产业链，六大茶山这个老品牌得以发扬光大，成为普洱茶阵容中一支不可小视的力量。

我们在阮殿蓉女士的茶厂饶有兴味地逗留，参观了普洱茶的生产制作过程，并且有幸亲自动手做了一只茶饼——这样的体验，非常有意义，非常令人开心，非常令人难忘，让人触摸到博大精深的中华茶文化——也许我这辈子，很难再有这样的机会了。

我们辞别勐海，带着绵绵情谊奔往普洱市。我上网查了查，普洱的前身是思茅地区，2007 年更名普洱市。普洱离西双版纳仅有一百多公里，但因为海拔高，城区海拔一千四百米左右，所以它没有西双版纳的燠热，感觉无比的清爽和清凉。我们沿着普洱城外的茶马古道行走，感受着过往的历史烟云，我深深地感到，中华民族之所以延续了五千年的文明，与各民族之间的深度融合大有关系，文化的传承与创新，就是在融合中推动的。在这个过程中，茶马古道把中国大西南与大西北联结在一起，打通了民间国际贸易通道，是中国西南民族经济文化交流的走廊，它兴于唐宋，盛于明清，二战时期最为兴盛，为战胜日本法西斯，我国西南地区的人民做出了独特的牺牲奉献。

普洱的茶马古道令人怀思古之幽情，普洱的天空亦令人垂涎——那种像大海一样的湛蓝的天空，是我见过的最美丽的天空，一点儿都不比西藏的天空逊色，它那么纯净，那么辽阔，那么静谧，那么深邃，简直就像童话中一样。这样的天空，唤起我童年的梦想，我仿佛闻到了天堂的气味，像醇酒一样香甜，像普洱茶一样甘醇。

普洱的景色美，普洱的文学创作也颇有生机，仅我所接触的普洱本地作家诗人中，有两个人给我印象深刻，一个是写小说的李梦薇，一个是写诗的王玫，她们都是热爱生活的少数民族作家，她们的笔下流淌出的，都是美好的诗文。我愿意关注她们的创作，期待她们写出更加沉甸甸的作品。

这一次的云南之行是快乐的，是有收获的，是能够留在记忆中的。当然此行没少喝茶，主要是普洱茶。茶是纽带，茶是桥梁，茶是精神，茶是友谊，茶是境界。以前因为潘灵爱上了普洱，现在因为普洱结识了新朋友。以茶会友，跟以文会友、以武会友，没什么两样吧。

回北京后，一天闲来无事，翻看阮殿蓉女士的微信朋友圈，看到她有这样一段话："我一直认为，茶是中国的国饮，围棋堪称是中国的国棋，品茗与对弈，历来就是中国传统文化大家庭中的一对孪生兄弟。"我不会下围棋，只会喝茶，愿与最好的朋友，结成孪生兄弟，一路同喜同悲，走过一生。

（2017 年）

在黄海最深处

我们乘登陆艇从大连出发，经过七个小时的漫长行程，终于到达了这座名叫海洋岛的岛屿。它身处黄海前沿，以它为界，再往前行十二海里，就是公海。

海洋岛面积不到二十平方公里，如果它不是孤悬于波涛汹涌的大海上，那么它就是一座不折不扣的险峻的山峰，就像我们平常所见的大山那样，山上植物茂盛，林木苍郁，大风吹过，发出和大海一样的涛声。山立在海里，就成了岛，就成了海的一部分。海洋岛上平地很少，只在面向大陆的山脚下，有人工填起来的一片像样的平地，而在朝向公海的一方，全是悬崖峭壁。

据说唐朝时岛上就有了人迹，现在这里是一个行政乡，有居民五六千人，基本全是渔民。据说一千年来，岛上只有民没有兵，三十年代初东北沦陷后，来了三个鬼子兵，他们统治海洋岛一直到抗战结束。由于它是进出大连湾的门户，是海上的边防哨卡，战略地位重要，中华人民共和国成立后，辽宁省军区的一个边防团长期驻扎于此。我们上海洋岛，不是因为这里有神奇的自然风光，而是专门冲着边防团来的。在岛上的三天时间里，我们跑遍了该团的所有连队，认真体会了一番海岛戍边军人的酸甜苦辣，听到了许多感人至深的故事。

说真的，海洋岛的自然景观无疑是极其美丽的，它属于那种原始的美，宁静脱俗，与世隔绝，显得神秘莫测，宛若不真实的梦境。正因为如此，它太孤独，仿佛被世界遗忘——当你在这里待上一会儿之后，面对无比辽阔的海域，你的第一个感觉恐怕就是茫然无助。而当你了解到这里驻守着一支千把号人的团队时，你马上就会感到踏实了许多。海防团的官兵就像这座永远不沉的岛屿那样，牢牢把守着这片最东面的国土。官兵们来自全国各地，几乎每个省份都有，团里的领导都是名副其实的"老海岛"，他们在这里服役的时间都在十五年以上，因此他们的性格都像大海一样豪迈，像高山一样坚韧，在他们眼里，没有克服不了的困难。

炮兵二连驻扎在最高的一座山头上，山坡上有一群羊吸引了我们的目光。后来了解到，四年前，该连战士王强的母亲陆希云来连队看望儿子时，得知官兵们所吃的蛋禽肉类都要从大陆上运来，生活十分艰苦，她看到连队周围的山坡上野草茂盛，很适合养羊，决定从家乡买几只羊，作为送给连队的礼物。两个月后，她一个人护送六只适合高山地区养殖的优良山羊，背着羊们途中所需的青草，从吉林集安老家出发了，一路上赶汽车、坐火车、乘轮船，途中辛苦难以想象，好在当人们知道事情真相后，纷纷伸手帮助她。终于，她和羊漂洋过海登上了海洋岛。如今，原来的六只羊已发展到拥有三十八只羊的羊群队伍，这还不算逢年过节被宰杀掉的。就在王强复员两年后的今年春节期间，她又寄来了饲养羊的资料。听完这个故事，我们感到心里热乎乎的。类似这样的事情是守岛官兵强大的精神动力，他们会铭记一辈子。

在黄海最深处，有一座名叫海洋岛的前沿岛屿，岛上有一群祖国忠诚的儿子——让我们在心里装着他们吧，像那位名叫陆希云的母亲那样。

（1999 年）

武训的身影

最早知道武训这个名字，是由于赵丹主演的那部曾受到严厉批判的电影《武训传》。但我一直无缘欣赏这部著名的影片（很多年轻人都没有这个福分），因此，对于武训，我除了知道他义务办学、热心于教育事业外，其他的就所知甚少了。许多年来，在我心目中，武训是罩着一层朦胧而虚幻的面纱的。

不久前的一个阳光明媚的日子，我终于有了一个近距离端详武训的机会。那天午后，我随朋友乘车从鲁西北的冠县县城出发，直奔七十里外的柳林镇。武训一百六十多年前就出生在柳林镇西面约五里远的武庄村，他一生共办过三所义塾，其中两所在冠县，一所在临清，如今的柳林镇武训小学便是武训当年所办的第一所义塾的旧址。按照他的遗愿，在他去世后，后人把他埋葬在第一所义塾内。

武训出生在一个贫穷之家，排行老七，武训这个名字据说是他"成名"之后，乡绅向上级反映他的"事迹"时临时给取的，在此之前，人们一直叫他武七。武七热心于义务办学的初衷，有人认为是他见穷人没有文化就受地主老财的欺负，因此萌发了办学的想法。这样的理解也许偏狭了点儿，事情本身可能更复杂一些。不管怎么说，反正武七有了办学的打算，而且这个打算是那样的决绝。于是，在他十九岁那年的某一天，他背起行囊，拎上一根打狗棍出门了，他要去四乡八村行乞，他要靠积攒讨来的钱粮建一所义塾，让周围村庄的孩子们免费来上学。就这样，春去秋来，草枯草荣，季节不停地更替；他栉风沐雨，终日在鲁西北广袤的原野上行走，到别人或高大或低矮的门楼前垂首站立，哪怕讨得一个铜板、一块干粮也是好的，即便什么也没讨到，反而挨了一顿训斥，或是让谁家的恶狗咬了一口，他甚至连眉头都不皱一下，因为那个善良的信念在顽强地支撑着他。似乎在不知不觉间，三十年过去了，他由一个单薄的少年变成了壮实的青年，再由青年步入中年，直到迈进老年的门槛。他的腰弯了，腿脚也不大灵便了，与他同龄的伙伴们早已子孙绕膝，而他为了省钱办学，居然连媳妇都没讨一房。这期间肯定有很多人把他当成了疯子——想想他确乎与疯子并无二致——然而，这时候的他毕竟攒够了建一所学堂的钱财！在他眼里，因了这事，其他的都可以忽略不计了。

武七五十岁那年，他出资兴建的第一所学堂竣工，并开始高薪聘请塾师，免费招收学生。他还购置了学堂周围的数十亩土地，用来"以田养文"。谛听着娃娃们朗朗的读书声，望着他们童蒙初开的脸庞，大字不识一个的小老头儿武七一定露出了自豪而酣畅的笑容（他至死都不识字，大概算是世上独一无二的文盲教育家吧）。颇有眼光的当地乡绅觉得武七是一个难得的"典型"，很快把他的"事迹"搜集上报，武七跟着变成了武训。好像没过多久，已然认识到教育立国之道的大清皇帝阅览了那份似乎不大起眼儿的奏折，眼睛一亮，马上传令"嘉奖"武训。武训从此出了名。

声名鹊起的武训并没有就此止步，在上上下下连成一片的赞誉声中，他又背起行囊拎上打狗棍出了门，他不满足于平生只建一所学堂。当然，出名之后的武训此番行乞顺当多了，仅用了几年时间，他又建起

236

了两所义塾。而名播四方腰包渐鼓的他仍不思婚娶，盖因为他把全部精力都用在了办学上。

1896年，武训资助的娃娃们尚未成器时，他即告别了人世，时年五十八岁。

在柳林镇武训小学主干道的两旁，树立着几十面石碑，那是一个世纪以来中国各党各派的政治和文化巨人献给武训的铭辞，它们在一个世纪的风风雨雨中检阅着武训，也检阅着走近它们的每一个人，试图激起一点儿历史的回声。而我的目光却更多地落在了武训并不高大的半身塑像上，石头做的武训头戴瓜皮小帽，面容清瘦，留着几缕稀稀拉拉的胡须，眼角细密的皱纹放射出善良的光芒——一副典型的鲁西北老式乡民的模样。在我眼里，他是个超凡脱俗的千古奇人，更是一位慈祥的老人。

离塑像不远处，一座比雨伞大不了多少的馒头状的水泥坟丘下面，就埋葬着武训的遗骨。据说这墓是原国民党山东省主席韩复榘给建的，又据说韩复榘原打算按照孔子的规格，大兴土木，兴修"武庙、武府、武林"，因抗战爆发未及实现。当然，韩复榘没实现这个想法不见得是坏事，因为武训肯定不赞成这样做，你浪费这么多钱真不如用来建几所学校。话又说回来，斗大的字识不了一口袋的韩复榘却热衷于为武训做这些既不能帮他升官又不能帮他占地盘的事情，也算个不大不小的谜。

在如血的夕阳中，我对着武训墓深深地鞠了一躬。

走马观花似的瞻仰只能让我稍稍触及一下武训精神的皮毛。尽管如此，我仍然感慨良深。现代化的汽车轮子很快将我带进了城市的高楼大厦之间，而我的脑海里却不断浮现出武训踉跄奔走于鲁西北坦荡平原上的身影。长眠于地下的武训老人当初也许不会想到，在他谢世百年之后，在他的家乡乃至更远一些的地方，依然有很多儿童因家境贫寒失去了受教育的机会，依然有很多校舍破烂不堪，几近倒塌；他更不会想到，还有"拖欠教师工资"这样一个说法……

武训的一度"走红"自然与他巧应了当时"教育立国"的形势有关。如今，有些人虽不大关心这类话题了，但这类话题却不应消失。

（1998 年）

杨家埠杂感

在开往北京的火车上，一位自称是大学教授的老年人与我邻座，当他得知我是山东人时，就问我知不知道潍县有个杨家埠。其时车窗外的麦田里，正有几个孩子在放风筝。我说知道，杨家埠和天津的杨柳青以及苏州附近的一个什么地方是中国三大风筝基地，而且杨家埠最为有名。他笑了，说他老家在太行山区，父亲是个走南闯北的小生意人，他八九岁时，父亲从杨家埠给他带回一只风筝，他学会了放风筝，也悟到了飞翔的含义，结果少小离家，在京城一待就是五十多年。

这已是几年前的事了。当时我想告诉老教授，我对杨家埠熟之又熟，因为我岳父母就住在杨家埠，我妻子就在那儿长大。但我终于没说出口，因为我突然感到了一丝惭愧。自从1986年与妻子相识后，我每年至少去一次杨家埠，并在那儿小住一段时日，可我居然没认真注意过它。对于一个搞创作的人来说，真是不能原谅。

从那以后，我开始断断续续观察杨家埠。从外表上看，它和北方一些稍微富裕地方的村镇没有什么不同，一律的红砖瓦房，还算整齐的街巷，除了过年过节，平时出奇地宁静。它被人广为传诵完全是因为它有两件法宝：风筝和年画。我考证了一下，杨家埠木版套色年画大约起源于清朝初年，到咸丰年间迎来了最兴盛的时期，这时它有一百多家画

239

店，入冬以后，"常有五百人从事年画生产"；深秋之后，更是商贩云集；进了腊月，村里一条主要街道就成了五彩缤纷的画市，一冬往来小贩常常"多达五千之众"。其作品主要有各类门神和财神像。因为它带有一点儿封建色彩，与现代生活有点儿背离，而且制作方式几乎没什么创新，所以近年它开始衰落了。而风筝则不同。这种纸糊的小玩意儿虽然工艺并不复杂，却因为它具有诗意的美，含有强烈的象征意蕴和想象空间，所以，从明代起就名扬四方的杨家埠风筝至今仍长盛不衰，当地政府以它做机缘创办了一年一度的"潍坊国际风筝会"，这一举措成了"文化搭台，经济唱戏"的典型事例。

风筝和年画属于民间智慧，是中国传统民俗的组成部分，我们喜欢把这类东西称作"文化"。杨家埠村中心有一座年代久远的巨大庭院，现在成了风筝博物馆和风筝生产基地，每年都能吸引不少人来此参观，据说游客中以海外人士居多。外国人最感兴趣的是中国传统的东西，我们最感兴趣的是外国人现代的东西，这也算作互补吧。

我十数次来杨家埠逗留，感受最深的是它超凡脱俗的宁静，它与喧嚣的尘世仿佛是两个世界，能够使人的心灵得到片刻的抚慰。这里的一切看上去都很普通，但却是一个丰富的民间艺术宝藏。至今仍有不少家庭在年节或闲暇制作年画和风筝，不是为了赚钱，而是为了自家和亲朋好友娱用。胡同里踽踽走过的老人眼神纯净，表情恬淡，看上去少有烦恼，这正是被名利和风花雪月所困的我们所缺乏的。

我岳父母的房子已经很老旧了，子女们集资在城里给他们买了一套三居室，过些日子搬家，往后，我来杨家埠的机会就少了，不由生出一丝留恋之情。五一放假期间，我走进杨家埠风筝博物馆，看到阔大的庭院里有几个女孩子在放风筝，她们健康的脸蛋在艳阳照耀之下显得格外红润，也许不用多久，她们就像天上的风筝那样飞向远方。这时又开进来一辆旅游车，从车上走出一群华侨模样的游客，他们浏览一番之后，纷纷到商品部购买风筝。这些海外的游子对风筝的感受或许远胜于我。我想，我们每个人都是一只风筝，我们都希望自己越飞越高而又不至于断线。

（2000 年）

我看到了二十四道拐

我们三十多位"走基层，转作风，改文风"的作家采访团走贵州，观看集雄奇险秀为一体的马岭河峡谷。我们在这条山涧当中大断裂的水地缝里，看见了谷内群瀑飞流四溅，翠竹百花倒挂，溶洞口口相连，也听到了两岸古树名木被细雨飞淋水声回响点缀其间，令人惊叹其奇形万状，千姿百态。

贞丰县的双乳峰真是喀斯特自然造化的峰林绝品，当地布依族人更是将它当作"大地母亲"和"生命之源"来崇拜。那远看像青春少女的双乳，中距看如少妇成熟的双乳，近看如老妇沧桑的双乳，更是奇特奇妙。据说，此景其他国家没有，在中国也是绝品。

乘电瓶观光车俯视千万奇峰组成的万峰林，海拔两千多米，连绵逶迤，真好像是一群英雄好汉的天然化石矗立于兴义市东南地带，坚守护卫着这座黔西南州府所在地的小城。

但是印象最深的、更不可思议的还是在去兴义途中登上的一座高坡，让我亲眼看见了纪念抗日战争历史弯道印迹的二十四道拐。用了十年才找到这幅历史景观的老人戈叔亚曾说，那里曾经有一张本属于贵州闻名于全世界的照片，但是贵州人民全然没有察觉到，竟然就让他们的邻居云南人自豪了半个多世纪。

二十四道拐始建于 1935 年，二战时期，晴隆是中国西南抗战运输史上一个重要的节点，晴隆的美国陆军车站是美国援华盟军在县一级设立的规模最大的车站。战争年代这里所有的物资、人员运送，要依靠美军大卡车装载，就必须经过黔滇国道公路，也必然从晴隆二十四道拐上爬下行。当时二十四道拐是多么珍贵的运输通途。

晴隆二十四道拐位于贵州省晴隆县县城附近、昆明至贵阳的公路上。这段路在该县莲城镇五一村，距县城约一公里，土地名称"半官坡"。因为公路从山顶到山脚约四公里的崎岖路段仅几十米长就有二十四个弯道密集地拐来拐去，而被当地人约定俗成称为——二十四道拐。

在1941年前晴隆县名为安南县，因为与当时法国的殖民地安南（越南）同名易混淆，故以晴隆山之名作为县名。晴隆是无电缺水仅九百余户的山城小镇，它特殊的地理位置和太平洋战争爆发使其成为抗战后方滇黔通道重镇。在西南有险峻的盘山公路二十四拐截喉，东面有"滇黔锁钥"天险盘江大桥索道，自古以来就是兵家必争之地。古安南县城边黔西险隘——鸦关山道，海拔一千七百九十九米，是贵阳西黔滇公路最为险要的咽喉孔道。当年安南县境内的江上桥、盘山路，就像两把铁钳控制了整个黔滇公路的开合锁闭。抗战时期，所有从粤、桂、川、湘等地，只要不坐飞机而去昆明的人，都必须经过晴隆县的盘江铁桥和鸦关山道。

1941年12月8日，太平洋战争爆发。日军随后攻占缅甸，截断了国际通道滇缅公路，并沿路占据了缅北滇西，威胁中国抗战大后方。中美英苏等结成联合盟邦，共同反击德意日法西斯。美国陆军中将约瑟夫·沃伦·史迪威将军，身兼驻华美国军事代表、驻华美国三军统帅、美国援华物资监管人等六大要职，于1942年3月奉命来到中国直接参与指挥盟军援华对日作战。当年的美国援华物资，大部分用以供给抗战陪都重庆的中央政府运作，同时，还要向保卫陪都重庆的川、鄂、湘、桂战区输送军需。

据说当地人常在春天，全家人爬上晴隆山瞻仰这气魄雄浑的弯道。看晴隆山旁弯道与周围景色的美丽协调融合，看路上依然时常有轻重量车缓慢驾驶，叫人类对风景和历史充满如此自然和谐的无限缅怀与敬仰。

盘江铁索桥，位于县城东二十五公里的北盘江河谷。桥畔东西两岸悬岩峭耸，气势险雄。两架桥梁如飞虹卧龙横卧江面，紧缠岩石峭壁，世称"滇黔锁钥"。古人曾题"峻岭不飞天外雁，惊涛常起地中雷"之联。明代旅游家徐霞客曾经到此桥，写有数句赞美之词留在他的游记里。到了盛夏，它便掩映在苍绿中，侧边的水沟沿山体下流至山脚，形成壮观的银河瀑布飞流而下。到了冬季，它便银装素裹，在朦胧雾色中柔媚至极，岩冰柱滴。

晴隆的县城莲城则因处于九山八凹之间，地形如一朵盛开的莲花，使城中心有池塘如莲花而获名——莲城。城中的飞凤山上有着明代万历年中武进士、福建晋江人、总兵邓子龙手书的"欲飞"石刻，笔法雄健，气势磅礴。

1943年秋，援华美军司令部为了适应每月运输一万五千吨战争物资的需要，要求国民政府改善沾益—都匀路线，其中以二十四拐工程最大，路线上下盘旋，密集于一个斜坡上。特派援华美军1880工兵营工程技术部队驻晴隆沙子岭维修。二十四拐由于路基窄、坡度大、弯道急，不适应于抗战运输之需要，对其公路段进行了较大的维修及扩修，并使用碎石、压路机、汽车和水泥维修该公路，并将弯道急陡的二十一、二十二两拐取消，以此提高了公路的质量和运输能力，给予了前线抗战和后方经济建设的大力支持。抗战时期，这条路日日夜夜担负着援华物资运送的重任。而此前为了修筑这条路，也有无数灵魂埋葬在五面石下。这是血泪凝结的路，是灵魂的英勇之路。

许多专家认为当年造成历史或者媒体的谬误可能是当年蒋介石为了

表彰史迪威的功劳，而宣布将中印公路改名为史迪威公路，却未对此路的起止点明确指明。也有专家认为当年的美军记者觉得二十四拐的形象能更好地宣传具有重大功劳的滇缅公路，因此采用此图。如今的二战学界对这条路的所属问题有所争议，但是在大部分美国人眼里，中印公路就是从印度雷多到中国的重庆的运送物资的公路，而自然二十四拐就是他们认为的史迪威公路的一段。国际上都把二十四拐称为二十一拐。

二十四拐的"发现"在海内外引起了轰动。戈叔亚把新老照片通过电子邮件发给几个战后出生的外国学者，他们对在贵州找到这个路段均感到不可思议。罗伯特·安德森先生说，他看见过这张照片"一百万次"了，而且他曾经在云南怒江附近寻找过它。大家都一直认为它应该在滇缅公路上。

而云南人的情感更为复杂。戈叔亚说，云南省交通厅的同志仍不相信这个地方在贵州。省外事办的同志也在电话里惊叫起来，连说不信，因为该办接待过的日本老兵都认为二十四拐是在云南。一位老记者甚至对戈叔亚说，不要发表二十四拐的照片了，这幅照片和云南人血肉般地联系在一起已半个多世纪了。如果忽然告诉云南人，您的这个"孩子"是别人的，这对他们是一个多么沉重的打击。

戈叔亚认为，发生错误的原因是当年蒋介石宣布把中印公路改名为"史迪威公路"，使美国人认定从印度雷多到中国重庆的所有公路都是史迪威公路，所以，二十四拐在史迪威公路或滇缅公路上，也便顺理成章了。但是，戈叔亚仍然指出，战后中国学者和媒体不做简单的调查研究，说明我们对于像抗日战争这样的重大历史问题的研究还有很大的漏洞。

对于人均 GDP 排列全国末位的事实，贵州人解释说，除了地理闭塞外，主要是观念保守的问题。"很久以来，夜郎之国的子民从不知道认识自己和宣传自己。举个例子，当邻居云南把少数民族风俗当作吸引游客的黄金招牌时，我们竟认为这些都是落后的东西而加以排斥。"遵义市西部大开发办公室主任黄康成说。二十四拐在市场经济时代的被"发现"，对于大梦初醒的黔人来讲，大概有了别样的意义。一位女记者半开玩笑说："也许不久二十四拐就会被圈起来卖门票吧。"

但世界大概并不会对中国时下炽烈的地域名分与利益之争产生兴趣，而只会去记住另一些更加刻骨铭心的事情。也许有一天，不同国籍的人们重访二十四拐和史迪威公路，也会像 2002 年 5 月中美老兵相聚北京回忆"驼峰航线"的苦难与荣耀之情形。在三年多的时间里，通过"驼峰航线"，共有七十三万六千三百七十四吨物资运进了中国。但同时也损失了四百六十八架运输机，有一千五百七十九名美国飞行员捐躯。

当年为美国 1880 工兵营 B 连做翻译的林孔勋老人说，1986 年，他应邀到美国和 1880 工兵营第二连的战友们聚会，那时麦顿连长已经去世了。大家回忆起当年修路时的情形，都心有余悸地说："好在没有翻到那山沟里。"那以后，林老常常收到美国朋友们寄来的纪念册和国外有关 Burma Road 的各种报道。

与许多人文景观不同，二十四拐并非纯粹的风景和风俗，它是具有国际抗战历史意义的景致。它带给人们更多的是历史追溯和缅怀。在参与这里建设壮举的人中有黑眼睛黑头发的，也有蓝眼睛黄头发的，他们在那峥嵘岁月中唱吟的是国际主题的前进之歌。当年为美国 1880 工兵营 B 连做翻译的林孔勋老教授说，这奇特的短弯道的二十四拐应该进入世界之最。是啊，这历史的弯道是独一无二的，自然是世界之最，在爱好和平的人的心中，它更是精神之最。

所以，二十四拐真是与无数逝去与将逝的生命以及感情中最微妙的单元联系在一起的。或许，这正构成了被梦想深缠的戈叔亚寻找它的巨大动力，也正是此行在来贵阳的飞机上，当邻座的同伴首次向我提起这条路段时，让我这个至今仍穿军装的人心灵所感受到的深刻悸动。这也是欧阳黔森同学和柳建伟同学一定要强强联手做出电视剧《二十四道拐》的真实原因吧。

一睹二十四道拐的真容，了却了一个念想——许多年前，我就曾想来这里看看。

(2012 年)

从江之行

我与贵州有不解之缘，1999 年第一次去贵州参加全军长篇小说创作研讨会，在贵阳和遵义各住了几晚，参观了遵义会议旧址、娄山关、息烽集中营等革命历史遗迹，回来后创作了一批革命历史题材的中短篇小说，过了几年，还在贵州人民出版社出版了长篇小说《芳香弥漫》。对于我来说，贵州是个加油站，是个能够让我接地气的好地方。

从 2004 年开始，我与鲁院同学欧阳黔森合作编剧电视剧《雄关漫道》，主要写贺龙、任弼时率领红二、六军团，长征途中转战湘、黔、川、甘等省区，最后三大主力会师陕北的故事。红二、六军团在黔东地区和毕节地区的作战与行军是重头戏，采访期间，欧阳带着我，几乎走遍了黔东和毕节所有的区县，记得两年时间内，我六七次来黔，对贵州的山水陶醉，对贵州各民族地区的文化亦深深陶醉。自此，与贵州有了割不断的因缘。

上一次去贵州，是 2012 年参加省作协组织的笔会，到黔西南的兴义一带。时间过得好快，一晃五年过去。这次接到通知，是到黔东南采风。我去过贵州很多地方，似乎唯独没到过黔东南。电话里，我问欧阳具体去什么地方，是到凯里吗？他说不是，去从江。我对从江这个名字感到很陌生，以前未有任何印象。其实这也正常，中国大约有三千多个县，一般人真正到过、听说过的县治是有限度的。放下电话，我赶紧打开百度查了查，得知从江隶属黔东南苗族侗族自治州，位于贵州省东南部，与广西接壤，面积不小，有三千二百多平方公里，人口并不多，仅有三十多万人，著名的景点有岜沙苗寨、加榜梯田等，算是补了补课吧。久居大都市，见惯了如潮的人流，那些人口稀少的少数民族地区对我有一种莫名的吸引力。就此对从江有了一种期待。

如期到达贵阳，当晚见到不少老朋友老同学，相见甚欢。次日乘大客车奔赴从江，一路感觉到贵州的交通条件确实改善了很多，与以前来黔所见不可同日而语，而又不免担心大搞现代化建设给偏僻的少数民族地区带来现代气息的同时，是否削弱了其更加珍贵的原始文化韵味？

还好，来到从江的当天下午，徜徉于原始风貌的岜沙苗寨，见识了最后一个枪手部落，枪手们的表演，给人以神奇神秘的感受。随后又到占里、小黄侗寨和加榜梯田参观，尤其是有幸观摩第七届黔东南州旅游发展大会暨从江县第十四届侗族大歌节，号称万人大表演的恢宏阵势给人的震撼，给人带来的视觉冲击，是令我难以忘怀的。在从江停留虽然只有短短的三天，仅仅走马观花看了几个当作旅游点的苗侗古寨，并未来得及深入到普通的各族群众之中，算是个不大不小的遗憾，除此之外，却也给我留下了几点深刻的印象，并能引发我的思考。

首先给我印象最深的，是从江的原始风味。改革开放之后，尤其是进入新世纪，我国的经济发展一日千里，给人民群众带来实惠的同时，很多地方的传统文化——古老建筑、历史遗迹、风俗礼仪、歌谣俚语等，随着大规模的开发建设和人员流动等原因，都已灰飞烟灭，不知其踪，后来一些地方为了拉动旅游，重新恢复仿造古城、古镇、古村落，房子是建起来了，味道却不是从前。在从江不是这样，从江政府和人民没有赶潮流，而是敬畏自然，敬畏文化，敬畏传统，大力保护之，从而给世界留下了一个原汁原味的从江！

在今天看来，这是何等的珍贵！

当古老的事物焕发新的生命，我们才感知它久远的魅力。尤其难能可贵的是，从江的景点不像我在云南、湘西等地的旅游景点见到的那样，充满太多的商业味道，小商小贩追着游客兜售劣质货物，甚至敲诈客人，令人反感。从江没有这样的情况，至少我没遇到，没见到，没听到。在一些景点，也有一些货摊，卖主只是静静望着面前，并不向客人兜售。这让我反而相信小摊上的商品都是货真价实的。

　　还有一个印象也令我难忘，那就是从江人的精神面貌。侗族也好，苗族也好，人们的歌声犹如天籁之音，人们的笑容发自心底，人们的眼神格外明亮，人们的行为特别温良，这都是我们这些大都市人所严重缺乏的。说真心话，和他们相比，也许我们有地位，有身份，钱比他们多，学历比他们高，但是我总觉得城里有许多人并不快乐。我们活得太累了，整天追着金钱跑，追着职务跑，追着房子车子跑，累得屁滚尿流，唉声叹气，怨天尤人，情绪烦躁，自以为是，跟半个神经病差不多，怪这个怪那个就是不怪自己。而从江的少数民族兄弟姐妹，你看他们生活得多自在！他们自娱自乐，自得自满，不怨天不怪地，每天都精神饱满地生活，和大自然融为一体。从他们身上，我看到了我们的差距——精神的差距，心态的差距；他们对大自然的热爱，对传统文化的依恋，对精神生活的向往，对物质生活的淡然，都值得我们好好学习。我真希望他们的日子越过越好，每家都住上好房子，孩子们都能学到更多的文化，但又保留住他们纯朴天然的本色。

　　从江之行，除了给我以感悟，还有一件事情值得一说。到达贵阳的那天晚上，晚餐时我与从江县委书记张广渊同志相邻而坐，餐叙之间，我问张书记是哪儿人，他说是山东省，我又问山东什么地方，他说是东阿县，我再问东阿县什么地方，他说是姜楼镇。我简直不敢相信，世上竟然有这么巧的事，因为我老家也是姜楼镇的！说到最后，我家离他家只有两公里远。他父亲1949年随解放大军南下解放贵州，就留在了当地，他是在贵州长大的。我对军史小有研究，知道 1949 年底有不少山东人随杨勇将军的第五兵团进军贵州，在贵州经常可以遇到南下的山东人后代。与张书记偶然相遇相识，也算是我与从江的一个缘分吧。

从江是神秘的，从江是美丽的。从江的美，从江的奇，就在于天下有一个原汁原味的从江。

（2017 年）

珍宝岛纪行

对于很多中国人来说，珍宝岛这个地名当不会陌生。它差一点儿成为一场大战的导火索——1969 年 3 月，苏联边防当局曾两次出动大批武装军人，入侵我国黑龙江省乌苏里江上的珍宝岛，遭到我边防部队的有力还击。原本默默无闻的珍宝岛一下子成了举世瞩目的焦点，从而深深地留在了人们的记忆中。

前些日子，我随部队作家代表团到东北边防采风，有幸登上了这块神奇的土地。越野车在原始森林间的沙土路上穿行，走着走着，眼前豁然开朗，先是看到了一条宽阔雄浑的河流，这便是著名的乌苏里江了；接着，又看到了江中凸起的一片不起眼儿的沙洲，它就是珍宝岛。

珍宝岛在乌苏里江主航道中心线中国一侧，面积仅 0.44 平方公里，它的北端原本与大陆相连，由于江水的冲刷，本世纪初才形成小岛，因它两头尖中间宽，形似古代的元宝，故得名珍宝岛。我们在江边乘上汽艇，眨眼的工夫就靠近了小岛。双脚踏上珍宝岛的一瞬间，我有一种极为神圣和庄严的感觉，真切地感到自己走进了历史和战争之中。站在岛子的制高点上，目光越过一百多米宽的河道，能清楚地看到俄罗斯大地，对岸的山脉、土地和植物和我们这边没什么不同，唯有俄军哨所上的旗帜提醒人们，它属于另一个国度。随行的边防某团领导告诉我们，每到冬季，江面的冰冻层达两米以上，汽车、坦克均可放心通行，当年苏军就是从冰上过来的。

　　岛上荆棘丛生，低矮的灌木和杂草遍地都是。那场战争虽然已远离我们近三十年了，但战争的痕迹仍随处可见，半人多深的战壕、建筑物上密密麻麻的弹洞、钢筋水泥砌成的碉堡暗堡、草丛中生了锈的弹壳，以及靠近俄方一线灌木林中仍未排除的大量地雷，都在告诉人们，流血的历史仿佛就在昨天。岛子中央有一棵枝繁叶茂的榆树，上面挂着一个木牌和两节坦克履带，木牌上写着"英雄树"三个红字，那两节履带是从被击毁的苏军坦克上取下来的，此举意在纪念在那场战争中牺牲的烈士们。改革开放后，珍宝岛每年都要接待上万名游客，其中有不少是金发碧眼的外国游人。大凡上岛的人，都要在"英雄树"下留个影，因此，这棵"英雄树"已经走进了数十万人的生活画面中。

　　据说当年中苏两军在珍宝岛交战时，毛泽东主席曾对周恩来总理说：珍宝岛这个名字不错，我看珍宝不一定有多少价值，真正有价值的是我们战士的牺牲精神，人不讲精神不行，这个精神是无价之宝，是最根本的。如今，黑龙江省军区边防某团二连的一个排驻守在珍宝岛上，这里生活条件极差，蔬菜和淡水需要从陆上运；冬季最低气温可达近零下四十摄氏度，战士们站在哨位上，其艰苦程度可想而知；夏季蚊虫横行，身上常常被叮咬得没一处好地方。我们上岛时，气温已经很低了，但巨大的蚊子仍一片片地往我们身上落，赶都赶不走，不一会儿工夫，我们裸露的皮肤就被它们攻击得不像样子了。

　　乘船离开珍宝岛时，我的耳边不由回荡起了那首著名的《乌苏里船歌》。两岸都是和平的景象，风光如画，宁静安详，但我想，越是和平的年代，人们越应该牢记那些为酿造和平的美酒而献身的英雄。

（1997 年）

253

大连之美

　　这几年，大连的名气大得吓人。这名气主要来自它的美丽，有人把它看成中国城市的样板，说它代表了现代都市的发展方向。

　　盛夏7月，我去大连小住，在感受了一番大连的市容市貌风土人情之后，打心眼儿里承认，以往人们对它的赞誉并不过分，它的确是中国最美丽的城市。

　　蓝天、绿地、鲜花、繁密的树木、洁净平整的路面、富有特色的建筑物、人们鲜亮的衣着打扮，等等，目光所及，无不展示着这个城市独特的魅力。数十公里长的滨海路两旁风景如画，可以说是路有多长，绿化带就有多长。到处可以见到身穿蓝色工作装的园艺工人在侍弄花草。不消说主要的道路，就连一些偏僻的街道上，只要有空地，就植有草坪，一点儿都不含糊。就连建筑工地的隔离板上，也别出心裁地描绘着蓝天白云、草木花卉或憨态可掬的小动物——仅凭这一点，就会让你发出赞叹。对于它的硬件建设，你真的无可挑剔。

　　大连人爱护环境的意识也绝对是一流的，走在街上，能够明显地感觉到。半个月的时间里，我没有见到一个人往草坪上乱踩。路上几乎见不到垃圾，也很少见拖着大扫帚扫地的环卫工人——没人乱扔东西，自然也就用不着打扫。某天下午，我和朋友在一起散步，看到一个三四岁的小男孩儿在吃完香蕉后，蹒跚着跑出几十米，把香蕉皮丢进垃圾筒

254

里，而他漂亮的妈妈则微笑着远远地望着他……这一幕真让我过目不忘，也让我感到惭愧——刚到的那天，我曾经往地上丢了一个烟头。这时，我特别想就近寻找个别人扔的烟头来弥补一下。

不由想起我所居住的那座大院，这两年也种植了不少草坪，但经常有人残忍地破坏它。一天傍晚，我亲眼见到一位少妇带着她的儿子进到草坪里踩来踩去，而这位少妇原本留给我的印象不错，自从这一幕发生后，我对她的印象一落千丈。我的女儿和她的儿子同岁，值得我自豪的是，我女儿从来没有踩一脚草坪。建设一样东西是很难的，但要破坏它却容易得多，任何事情都是这样。

如今，我们正在享受工业文明带来的实惠，伴随工业文明而来的环境问题最让人头疼。许多人提出要"回归自然"，可我们不可能都住到森林、山洞里去，唯一的办法就是少排点儿废气，多种点儿花草树木，让马路变得洁净一点儿，让天空变得蓝一点儿，让空气变得清新一点儿，让眼里多点儿绿色。缺少这些东西，哪怕你高楼盖得再多，马路修得再宽，也算不上真正的现代文明。

现在，大连人做到了这一点。大连城市美，大连的人也美。这种美不仅是外表的，而且是内在的。它有一种气韵，感觉就像雨过天晴之后站在田野里，身心能够得到滋润。

（1999 年）

山上的风景

　　在我眼里，所有的山川都是神圣的，都是永远不能也不敢亵渎的，因为它们是大地上最壮观的景色之一，它们随时随地能够给予我大彻大悟般的感受。我一概把它们视为神祇的创造，长久地供奉在心头。

　　高山使人仰止，登高可以望远，站在峰峦之上，很容易勃发万丈豪情；江河令人伤悲，空叹岁月流逝，人生不过是短短一瞬。我总觉得这两种景观代表了事物的两极：一个阳刚，一个阴柔；一个岿然不动，默默面对清风明月；一个匆匆奔流，涛声依旧黄鹤已去。可是，岁月走到现在，我们却惊奇地发现，许多河流干涸了，或者变成了臭水沟。每每面对龟裂的河床，或者面对滚滚黑水，我就感到自己旧有的感慨都变了味。好在大山还在，石头还硬，山上的树木还算茂密，山上的人文景观还在传递着历史的脚步声……

　　千佛山就是这样一座山——它不但积淀了丰富的齐鲁文化，在历史的长河中一直闪烁着神奇的灵光，同时又具有大自然浑然天成的隽永和典雅之美。和那些虽鬼斧神工但又不易到达的山脉相比，千佛山就矗立在济南市区的南面，对于济南人来说，它便占有了"地利"，借用《老残游记》里的话说，"仿佛宋人赵千里的一幅大画，做了一架数十里长的屏风"。因此，它给一代代泉城人提供的享受和自豪是其他山所无法比拟的。

如果换一个角度讲，不妨认为济南是千佛山看着长大的。早在多少多少万年前，山就搁在那儿了，它用亘古不变的姿势，检阅着周围的一切。起初可能连个人都见不到，它等啊，等啊，终于等到个别人出现了。它继续耐心地等，眼见着人多了起来，并且有衣服穿，有房子住了。后来房子连成了片，有人就给这片房子起了个名字叫济南。从这以后，日子好像越过越快，再也慢不下来了，山下的城市逐渐繁华，有些人开始到山上来游历，另有些人到上面改造它、打扮它，并且通过它寄托理想与渴望。于是就有了舜祠、齐烟九点、兴国禅寺、唐槐亭、鲁班祠等文化遗迹，后来又有了万佛洞、客运索道、瀛芳园、历山飞瀑等现代产物。文人墨客只要登上它，忍不住就要发点儿感慨，有一年，经常被后人戏说的风流皇帝乾隆居然也登临了，还作了诗。这期间，它睡了几觉，每次醒来都感到山下的城市虽有所变化，但还不是太明显，直到二十世纪末的一天，它突然发现，济南变成大都市了，高楼大厦和山上的树木一样密集，大小汽车满街跑，红男绿女到处窜，人们的日子越过越红火了，它真的非常高兴。当然，高兴之余，它也有点儿遗憾，那就是有些人还不太懂事，时常在山上搞点儿小破坏，比如毁坏草木、乱丢垃圾等，居然还有人想在它脚底下挖山毁林，造别墅，建洋房，妄图独占风水。这种事几千来年它见得多了，觉得没啥大不了的，它宽宏大量，不想计较，顶多只是叹口气。再过一万年，它还是它，可人呢？早就不知几度夕阳红了。人们哪，既然生命短暂，还是好自为之吧。

千佛山沉默着，不说话。我替它说几句，不知能否说到它老人家的心坎上。

(1999 年)

257

草堂里的光焰

　　去了一趟成都，没游都江堰，也没进九寨沟，而是固执地拜谒了一下杜甫草堂和武侯祠。在我看来，武侯祠是复制的历史，杜甫草堂是不灭的艺术；武侯祠稍显通俗，杜甫草堂更为淡雅。两相比较，我更喜欢杜甫草堂。

　　粗通文墨的中国人大概没几个不知道杜甫的，他和他那些不朽的诗篇早已多多少少融进了我们的血脉中，成了我们身体的一部分，滋养着我们的性情和精神。唐宋以来，在一代又一代读书人的眼里，杜甫是中国历史上集大成的"诗圣"，他和比他大十一岁的李白并称为永照诗坛的"双子星座"，另一位著名诗人元稹干脆评价说："诗人以来，未有如子美（子美系杜甫字）者！"据说当代学术界经过深入研究，认为中唐以来，中国历史上的著名诗人，几乎没有不受杜甫影响的。事实上这两位伟大的诗人由于生活道路和社会境遇的不同，笔下的内容也各呈华彩，如果非要做一个通俗的比较，那就是：李白的生活轨迹比较顺畅，享了不少福，他的作品华丽狂放，形而上的东西多，属浪漫主义；杜甫一生坎坷不平，时运不济，吃了不少苦，他的作品凝重深沉，形而下的东西多，属现实主义。还有一点区别——李白和杜甫一生中都游历了不少地方，但李白多以旅游者的自觉心态出发，而杜甫却多以流浪者的身份（尤其是晚年）被迫迁徙。

　　就这样，公元759年的晚冬时节，为逃避安史之乱，四十八岁的杜

258

甫携家带口从甘肃一路辗转来到成都，靠亲友资助，于次年春在成都西郊的浣花溪畔营建了一座茅屋，暂时安顿下来。他先后在这里生活了三年零九个月的时间，写下了包括《茅屋为秋风所破歌》《蜀相》《春夜喜雨》等名篇佳构在内的二百四十多首诗。三年零九个月相对于他五十八岁的人生不算长，但他在这里创作的二百四十多首诗却占了他全部诗作的近四分之一。其间他曾一度担任过工部员外郎的挂名差使，借此又为后世留下了一个"杜工部"的名号。仿佛有一种冥冥中的召唤，在经历了大半生的颠沛流离之后，他终于找到了一个较为理想的寄居地。这里地处幽僻，风光明丽，四周的阡陌农田、林竹花草和鱼虫鸟禽都令他喜爱不已，于是，他过人的才华在寂静安然的氛围中得到了最后的喷涌，以至于若干年后，他的草堂故居被人们视为中国文学史上的一块圣地，"人们提到杜甫时，尽可以忽略了杜甫的生地和死地，却总也忘不了成都的草堂"（冯至先生语）。

　　我去草堂拜谒时，里面游客不多，天空一直下着淅淅沥沥的小雨，沁人心脾的氤氲之意使人迷醉。想当年，杜甫因成都动荡被迫离开时，一定是极其恋恋不舍的。值得庆幸的是，在他死于湘江的行舟中约一百年之后，唐末大诗人韦庄寻得"柱砥犹存"的草堂遗址，出于对杜甫强烈的敬仰之情，个人出资重结茅屋。从那以后，经过历代十多次整修，其间也曾数度遭劫乃至被毁，终究迎来了如今已有近百间多样性建筑群体的纪念性祠宇，也使它积聚了丰富的文化内蕴，成为中国文化史上的一座来之不易的神圣殿堂。我在如梦如幻的浣花溪边驻足，耳畔不觉传来韩愈的诗句："李杜文章在，光焰万丈长。"杜甫用他的创造与激情、爱与恨描绘了一个时代，他圣洁的精神并未因时光流逝而苍白，而在未来不可知的漫漫岁月中，他的诗文和人格力量仍将会一如既往地照耀我们的心灵。

（1998 年）

感受香港

我从来没有去过香港，估计以后也鲜有机会去那儿。但在很久以前，我就知道香港是个很美丽的地方，在一些人的眼里，它似乎是一个天堂。

二十多年前，我在鲁西北乡下的一座庙宇改建的破旧学堂里读书时，地理老师用教鞭指着一张发黄的地图说，这是香港，这是澳门，这些地方原本是咱中国的，但被外国人占去了，已占去好多年了。而历史老师则告诉我们，在旧社会，外国列强曾迫使清政府签订了许多不平等条约，割去了大片中国领土，香港只是其中之一。历史老师还说，英国对香港的"租期"再过二十多年就到期了，不知到时候能不能归还……

香港也好，澳门也好，毕竟离我们这些食不果腹的农家孩子太遥远。我们最关心的是每天能填饱肚子，用菜团、地瓜干、玉米面等粗糙的食物填饱肚子，盼望过年过节时能吃上几顿细粮和几片肥肉。然后呢？然后是发愤学习，快快成长，为自己寻求一条生活的出路，过上那种"白面馒头，顿顿有肉"的日子。再然后呢，就是"解放全人类"。

对于二十世纪的中国人来说，解放全人类仅仅是一个虚拟的幻想，解放那些被列强割去的中国领土也许才是最切合实际的使命。随着年龄的增长，我们都如愿以偿，真的过上了"白面馒头，顿顿有肉"的日子，成了有知识的"体面"的人。这时候，我们的目光变得越来越远大了，我们开始思考一些重大的问题。

香港比任何时期都更加引起我们的关注。

香港位于广东省珠江口东侧，原属新安县（今深圳市），包括香港岛、九龙和新界三个部分，面积一千多平方公里，人口五百多万，华人占98%以上。早在二百多年前，地球另一端的强大的英帝国就将侵略目光投向了逐渐衰败的中国，大量向中国输入鸦片，毒化那些蒙昧的中国人，致使中国白银外流，银价飞涨，财政困难。1838年，道光皇帝派林则徐到广州禁烟，中国人稍稍扬眉吐气了一下。但不久，第一次鸦片战争便爆发了……

1841年1月26日早晨，一支装备奇异的英国多桅帆船队缓缓驶抵香港岛附近的海面，身着奇装异服的英军官兵在对岸的香炉峰山下怪石嶙峋的海角上登陆，接着枪炮齐鸣，硝烟弥漫，打破了四野的沉寂。几个小时后，英国远东舰队司令伯麦在香港岛西北部一个高约六十米的海角上岸，举行隆重的升旗仪式，正式宣布占领香港岛。一年多之后，在英军兵临南京城的情况下，清政府被迫与英国签订《南京条约》，同意割去香港岛。十八年之后，在第二次鸦片战争的硝烟中，又产生了丧权辱国的《北京条约》，九龙遂成为英国人的囊中之物。又过了三十八年，臭名昭著的慈禧太后在中日甲午战争失败后，允许趁火打劫的英国人租借深圳河以南、九龙半岛界限街以北及附近岛屿的中国领土，即一般所谓"新界"，租期九十九年，1997年6月30日到期。至此，大清帝国的黄龙旗从这片美丽的土地上全部消失了，而大英帝国的米字旗则高高飘扬在香港街头，它像一把狞厉的钢刀，血淋淋地插在南中国海岸的版图上，打破了自十三世纪末欧洲出版第一本关于神秘中国的《马可·波罗游记》所带来的东方神话，震撼了中国昏昏欲睡的封建王朝，摧毁了有着五千年悠久文明的东方古国的领土完整与尊严，从此惨痛地揭开了中华民族史上最耻辱、最腐败、最昏庸的一页——中国近代史。

毫无疑问，香港的丧失是外国列强插在中国庞大躯体上的第一把钢刀，英国人给我们留下了巨大的伤疤，这个伤疤让那些有良知的中国人疼痛了一个半世纪。固然，香港发展很快，香港人很有钱，香港人早在我们伸长脖子吞咽地瓜干时就过上了"白面馒头，顿顿有肉"的日子，香港对那些渴望发财的人来说具有很大的吸引力。但是，香港毕竟游离了中国的版图，像一个离开父母外出流浪的游子那样，已经走了太长的时间，尽管他在外面衣食无忧，日子比"老家"的人过得还滋润，然而，他能不想家吗？"老家"里的人也一直惦念着他呀……况且，他是被殖民者，他在异族的统治下生活，他要时常看别人的脸色行事，他内心的屈辱感压抑感肯定很强烈很强烈。你说是吗？……

于是，正值盛年、已经变得强大的人民共和国开始抚慰自己身上的伤疤，她首先将渴望的目光望向那颗璀璨的东方明珠。于是，在邓小平老人的精心策划下，从1982年秋天起，中英双方开始就香港前途问题进行接触。1984年12月19日，中英两国政府关于香港问题的联合声明在北京签字。中华人民共和国政府庄严声明，决定于1997年7月1日对香港恢复行使主权。这是一个令全体中国人刻骨铭心的时刻！它表明，香港处于外国统治下的不幸历史即将结束，中国人民遭受的历史耻辱将得以雪洗！

当然，这不仅仅是个开始。接着世人看到，澳门问题也顺利解决了。还有台湾，香港问题的解决也为解决台湾问题提供了一个范本，"一个国家，两种制度"的构想是非常切合实际的。因此我们可以自豪地说，香港回归祖国是建立在中国人心头的一座伟大的里程碑，它带给我们的思索将延续到下一个世纪。也许正像有识之士断言的那样：二十一世纪将是中国人的世纪！

也许你注意到了，当历史老人叩响世纪末的大门时，在中国的领土和领海中，香港、台湾、南沙群岛、西藏、澳门等地方成了国际社会关注的焦点。关于南沙和西藏，纯粹是外国人别有用心；关于台湾，历史将证明，"台独"分子的表演不过是过眼烟云；而香港和澳门，则已经欣喜地踏上了"回家"的路。现在，离香港回归祖国还有三百多天的时间，我们清晰地听到了它越来越近越来越响亮的脚步声。1997年7月1日，是全体中国人的一个极为盛大的节日，这个节日的焰火、笑脸和鲜花，将会化为中国人出征二十一世纪的号角……

我从来没有去过香港，估计以后也鲜有机会去那儿。但在很久以前，我就知道香港是个很美丽的地方。我相信很久以后，香港仍然是个很美丽的地方。站在晴空下，站在清风中，向那个方向遥望一下，心里便有一种滚烫的感觉。默默地说一句：香港，你好。

（1997年）

泉思泉涌

——趵突泉走笔

对于济南来说，家家泉水、户户垂杨的日子早已成为历史的陈迹，泉城这个称谓好像越来越名不符实了。尽管时下名不符实的东西有很多，但泉城的名不符实无疑是泉城人最大的无奈和悲哀。

好在我们还有趵突泉，好在趵突泉水还在喷涌。在繁华的市区中心，小小的趵突泉公园宛若一颗明珠，照亮了现代气息越来越浓郁的古城济南。趵突泉也许是济南最优美的、最有特色的去处，这个人世间十分难得、十分珍贵的自然景观在同现代都市文明的撞击中，愈发显示出其独特的魅力。

一个地方有一个地方的特色，泉城济南的特色当然是泉水。趵突泉作为七十二泉之首，周围泉池众多，形成了趵突泉群。其中较著名的有金线泉、漱玉泉、马跑泉、卧牛泉、洗钵泉、尚志泉、白云泉、望水泉、东高泉、登州泉、混沙泉、龙池泉等，而且有十五处名泉位于趵突泉公园内，众泉之冠的趵突泉便成了泉城的独特象征。

我久居济南，每日或止步在高楼大厦下，或穿行于车流人流间，喧哗与躁动早已充斥了我的灵魂，原本脆弱的神经被磨砺得犹如粗细不一的灰色麻线，却很少有机会和雅兴到几处著名的园林里小憩片刻。记得曾三次到过趵突泉，但都是陪朋友去，例行公事一般，浮光掠影走马观花而已。陪人游玩的滋味如同伴郎参加婚礼，新娘虽然漂亮，但不属于自己。还记得有一次陪人走进趵突泉后，见泉水停喷，泉池干涸，里面尽是些花花绿绿的垃圾，那种滋味更让你倍觉尴尬。

那年北方大旱，泉城人的吃水都成了问题，趵突泉停喷属意料中事。这些年来此事屡屡上演，早已不足为怪了。

又一个秋天来到了。秋天的一个阳光灿烂的日子，我在两个朋友的陪同下（不知她们是否有伴娘或伴郎的感受，如果有，我愿向她们表示歉意），再一次走进久违了的趵突泉公园。因为有一个好心情，所以我可以任思绪飞扬一下了。

置身在这座精致典雅的园林之中，我感觉仿佛来到了南方的山水间。说实在的，在粗犷豪壮的北方，你很难见到面前这一类的景物：小而嶙峋的山石、潺潺的流水、袅袅的垂柳……它与人们想象中的北方园林有很大的不同。这也许是趵突泉公园在总体上给人的惊讶之处。

位于公园正门不远处的漱玉泉首先让人感受到泉水的神奇和灵光。清澈的泉水从石壁上平展溢出，状若水晶帘幕，经过一片云集的乱石斜溅，活泼而欢快地泻入一个方圆二十余米的池塘之内，其声琅琅，响若漱玉。漱玉泉的魅力当然不止于此——相传宋代女词人李清照在附近居住时，经常在泉边梳妆打扮，这个传说使漱玉泉陡添了一股隐约的凄婉怜美之情。

鉴于这个传说，三十年前修建的李清照纪念堂成了趵突泉公园的一处胜景。"大明湖畔趵突泉边故居在垂杨深处，漱玉集中金石录里文采有后主遗风"——这是郭沫若先生书写的正厅楹联。纪念堂内的正厅溪亭、叠翠轩、回廊、奇峰和松竹，令人怀想起李清照的身世和她所代表的那个时代。这位出生于离此五十公里远的章丘县的女词人，以颠沛流离和愁苦不幸做代价，给后人留下了挥之不去的千古绝唱。"多少事，欲说还休""莫道不销魂，帘卷西风，人比黄花瘦""寻寻觅觅，冷冷清清，凄凄惨惨戚戚"……她所描绘的这种感时伤怀的情景是雨，是风，是流星，是枯萎的黄花，是冷清的月光，是忧伤的小夜曲，是最完美的悲剧，是短暂欢乐之后的永无止境的凄绝。什么样的人生才能避免？真正清醒地认识到一切幸福都彻底破灭之后，一般有两种态度：一是把过去的幸福，哪怕是一点点碎片也要捡起，细细咀嚼，在回忆中过生活，李煜也许是最好的例子；一是把人生看成一场大梦，在万事皆空（其实是自我安慰）中度日，苏东坡就有这种味道。李清照大概算是介于两者之间：既不一味地回忆，也不违心地放达。在经历了国破家亡、理想毁灭、爱情丧失、青春消逝之后，她没有勇气正视现实，但还要顽强表现自己对所有不幸的感受，对于这样的不幸者，人们的态度也许更为复杂……

当然，我没有任何资格与大名鼎鼎的李清照对话。面对眼前的景物，倾听着漱玉泉隐约的响动，我只是感到，把对于李清照的纪念，放在泉边来进行，也许是最理想的方式和地点。千百年来汩汩流淌的清泉代表了时间，而时间永不停歇，过去的一切遂成往事，往事不堪回首，这就是人生。站在这里闭上眼睛，也许你能看到年轻时候的李清照推开饰有雕花图案的柴门，从铺满落叶的小院里走出来，迈着无声的碎步，款款向亮丽的漱玉泉走去。她绾着发髻，身穿紫罗裙，脸上挂着初醒时的慵倦表情。在泉边，她立住，然后蹲下来，面容就映在了眼底。稍一迟疑，她把纤纤素手伸入泉水，撩起散乱的水珠涂在脸上，于是泉水中的她变得模糊不清。片刻过后，泉水平静下来，她的面容复又映在水面上，并凝固成一个永远的情景……

你往漱玉泉里仔细望一眼吧，兴许能看到少女李清照天资聪慧的模样。

愣怔之际，一股沁人灵魂的异香扑面而来，朋友惊呼：桂花！是桂花香！

人说八月桂花香，眼下正是农历八月，不远处的桂花散发出浓烈的气息。我宁愿认为，这是从李清照的诗文里飘出的香味，它穿越了近千年的时空，再一次来到了我们面前……

阳光均匀地洒过来，满眼都是可人的光辉。我们移步前行。堪称济南第一名石、又被人称为镇城之石、传说中元代散曲家张养浩收藏的重达八吨的龟石，从我们眼底掠过。古朴典雅的娥英祠进入了我们的视野。该祠为纪念大舜的两个妃子娥皇和女英而建。据《水经注》载：泺水俗称之娥姜水，以泉源的娥英祠故也。它足以证明在一千五百多年前就建有此祠，现在的祠是明代所建。身处这些景物之中，我不由想起一位云南朋友对我讲过的话：在齐鲁之邦，似乎处处都是历史，而在云南大地，则到处是传说。

传说往往是美丽的，富有诗意，能够激发人的想象力；历史却常常让人感到沉重，引发大江东去般的感慨。

园中几乎所有的历史或现实景物——从我们面前掠过。最后，我们站在了被乾隆皇帝封为天下第一泉的喷突腾涌的趵突泉前。

什么时候有了趵突泉？据《春秋》记载：公元前695年，齐国和鲁国因边界争执发生战争，次年春，鲁桓公到齐国谈判边界问题，与齐襄公会见于泺。泺，即是泺水的源头——趵突泉。由此可见，趵突泉为人所知已有两千五百年的历史。当然，那时它的名字并不叫趵突泉，是唐宋八大家之一的北宋文学家曾巩最先这样称谓，并流传至今。趵突泉大概可算作济南文化史的重要篇章，历代文学家、哲学家、诗人多有赞美之词，如曾巩、苏东坡、元好问、张养浩、王士禛、蒲松龄、何绍基等中国第一流的文人墨客都有吟泉佳作，康熙和乾隆两位皇帝也不甘示弱，他们都曾在泉边写诗刻石。

趵突泉三窟并发，声若隐雷，"泉源上奋""水涌若轮""趵突腾空""云雾润蒸"，一边是泉池幽深，波光粼粼，一边是楼阁彩绘，雕梁画栋，它们连同淡淡的薄雾，构成一幅奇妙的人间仙境。

据测算，三个泉眼盛时的涌水量可达每秒1.6立方米。按这个数字估算，趵突泉一个昼夜的涌水量高达十三万多吨！也就是说，拥有一百多万人口的济南市每人每天大约可分得一百公斤泉水！

这简直是个天文数字。除了趵突泉，我不敢想象天底下还会有这样的泉。它已经不像泉了，分明是一条源头地狱之中的河流。它又让我想起正在爆发的火山，其势汹涌，宛若神力，不可阻挡。它还让我想起高挂云间的瀑布，势若千钧，飞流直下，倾泻万状……

趵突泉，实实在在是一条倒挂的巨大瀑布。它的源头在肉眼看不见的地下，它飞流的过程肉眼看不见，永远看不见，你所见到的，只是一个结局。

水往低处流是最最自然的现象，泉往高处涌是泉的本色。看趵突泉，首先感到的可能是神奇，既而感到的便是深藏于平面之下的巨大力量。

腾涌了千万斯年的趵突泉其实是济南的一条不可缺的血脉，它对古城的庇荫和滋润，我们已难以用语言来形容。

公园的工作人员告诉我们，地下水位26.82米是趵突泉喷涌的临界点，低于这个数字，趵突泉会停喷。一旦停喷，三处碗口粗的泉眼就会变成三个深不见底的枯洞，宛若大地的眼睛，怒视苍天而又无可奈何。如果真的面对大地痛苦无奈的眼睛，我们理应感到深深的惭愧……

走出趵突泉公园已经许多天了，我的耳边仍回荡着泉水隐雷般的涌突之声。我想，我们需要阳光和清风，我们当然也需要清澈的泉水，就像我们需要灵魂和思想一样。趵突趵突，请不要背弃我们而去，不要，真的不要。

（1995 年）

西藏走笔

走近西藏

许久以来，号称"世界屋脊"的青藏高原一直是我们这个星球上倍受瞩目的地方之一，抛开其他因素不谈，单单因为它的神秘、神奇和神圣，西藏格外受到世人关注和神往也是自然而然的。正是由于地理上的原因，它显得高深莫测，奥秘无穷，使人难以到达。对于那些喜爱走南闯北的人来说，不免就染上一种"西藏情结"。

1998 年盛夏时节，我突然迎来了一次走西藏的机会。初听到这个消息时，我先是感到有点儿吃惊，继而有些犹豫，总觉得西藏不是我所能到达的地方，因为它太遥远了，简直遥不可及。再则就感到了强烈的冲动——西藏的诱惑和魅力终究是难以拒绝的。我甚至意识到，这可能是我一生中唯一的一次机会，所以，决定前往时，我的心情和以往任何一次外出都大不相同。所做的准备工作也十分烦琐，仅御寒用的衣物就装了满满一箱子，在炎炎夏日，翻箱倒柜搜寻过冬用的衣服，给我的感觉仿佛寒冷的日子已经提前来临，有一种时光流逝得过于迅疾的感受，显得很不真实。

我们先在成都集结。到了成都，朋友们见面后，话题总是无法绕开

269

此行的目的地，大家的兴奋劲儿比出国都有过之而无不及，仿佛是到另一个不可知的星球上去。谈论最多的，便是西藏缺氧的问题。高原缺氧早已是人所共知的事情，但在未亲身尝试过缺氧的滋味之前，你只能靠想象来丰富自己的体验。几乎所有的与会者都在人前表示自己没问题，其实，几乎所有人的心里都不踏实。一些亲历者的现身说法和书本上的知识告诉我们，严重缺氧症会导致难以预料的后果。由于渲染、铺垫得有点儿过头，更使人们不时感到悚然和惶惑。主办单位为了保证作家们的安全，做了大量细致的准备工作，我们接受了诸如心脏、血压之类的检测，检测结果都比较正常，大家才算舒了一口气。但在登上前往拉萨的飞机时，我们的心弦和神经不免又紧紧绷了起来。

在我往昔的想象中，一提起西藏，便常常把它与冰天雪地、荒漠纵横、荒草萋萋、高寒缺氧、长冬无夏、凄凉可怖等字眼联系起来。其实西藏高原极其丰富多彩、色彩斑斓的地质地貌更有一种天堂般的美妙，当然只有在投身于它的怀抱之后才能更深切地体会到。走进西藏，可以获得许多新奇感受，而在进入之前，只要一靠近它，那种复杂的感觉就已经滚滚而来。因此在我眼里，走近和进入同样重要。飞机飞行一个半小时后，我侧脸往舷窗外一望，突然就看到了翼下大片百合花色的雪山峰顶，心头不由一阵颤动。

拉萨到了。

圣地的诱惑

游历西藏，感受最深的就是佛教的影响无孔不入。西藏最豪华、最高大、最富丽堂皇、最震撼人心的建筑便是寺庙。西藏自古被人称之为"小西天"，这是相对于印度的"西天"而言。"西天"在我国神话小说中，指的是佛、菩萨生活的地方。印度佛教在公元六世纪传入雪域高原后，就成了藏传佛教。从此以后，西藏的佛教与西藏的文化便成了一对孪生兄弟，佛教的发展，使西藏的建筑、雕刻、绘画、文字、翻译等，随之有了长足发展。

而拉萨，堪称佛教的"圣地""神佛之地"。

若想对拉萨的历史寻根问底，就离不开雄伟的大昭寺。公元633年，松赞干布统治下的吐蕃王朝已经是中国西部的一个统一而强大的王朝，他决定迁都拉萨。此时中国中心部分的汉族王朝是强盛的唐朝。为了和威震四海的唐朝通好结谊，松赞干布数次向唐室求婚，愿意加强汉藏关系的唐太宗李世民决定以文成公主许嫁。经过两年多的长途跋涉，文成公主于公元643年抵达仍是一片荒凉之地的拉萨。这件事情后来被誉为汉藏关系史上的里程碑。文成公主笃信佛教，进藏时还带去一尊释迦牟尼塑像。在公主的提议下，松赞干布决意为释迦牟尼佛建寺。五年后，大昭寺矗立在了拉萨中心，文成公主与松赞干布还亲自于庙门外栽插柳树，这便是著名的"唐柳"。从此，各地善男信女纷纷跋山涉水赶来朝拜。八百多年后，格鲁教派始祖宗喀巴从青海来到西藏，和他的弟子先后又建造了甘丹、哲蚌和色拉三大寺。接着，五世达赖修复布达拉宫，七世达赖开辟罗布林卡，把西藏的佛教事业推向了又一个高峰。不久，随着政教合一制度的建立和发展，拉萨终成为西藏的政治、经济、文化、宗教中心。

时至今日，这几大寺庙内外磕长头的虔诚信徒仍是日夜不断，布达拉宫内香客云集，不少是从千里之外赶来的。信徒们不顾一路上饥寒交迫，接踵而来，为的是在佛前添油进香，寻找一张通往"极乐世界"的"通行证"，祈祷来世幸福安康。先前我在影视片上看信徒们磕长头，总感到难以理解，身临其境之后，才渐渐被信徒们带进了佛的境界，通身具有了一点参禅的灵性。仔细想想，这并不奇怪，因为对于人类来说，再也没有什么比信仰更可贵的东西了。在香烟缭绕的大昭寺内，我挨个抚摸了一遍连成一串数不胜数金光闪烁的巨大传经筒，竟有了飘飘欲仙之感……

圣地拉萨的魅力是无法抗拒的，因为它本身就具有一种超凡脱俗的境界。

仰望布达拉

我站在拉萨市中心的广场上，抬起头来，久久仰望着和大昭寺的金顶交相辉映的布达拉宫。它依山而建，气势雄伟，巍峨壮观，高耸入云。我相信任何走近它的人，都会为它的雄伟气魄所折服。

一千三百年前，布达拉背依的红山仅仅是一座荒凉而寂寞的山峰而已。松赞干布进入拉萨后，在山腰上凿了一间修身养性用的洞室，这便是布达拉宫最早的建筑。后来这个洞室成为佛门弟子修行的珍贵场所。今天，洞内还妥善保存着松赞干布、文成公主等人的塑像。在幽暗的灯光下，塑像栩栩如生，很容易把人带入一千三百多年前的情景中去。

经过扩建和重修，布达拉宫当之无愧地成为拉萨乃至整个西藏最重要的标志。这座有十三层楼、高一百一十多米的宫殿早已闻名于世，它本身的建筑，以及宫内的壁画、灵塔、雕刻、塑像等，使它成为一座稀世罕见的艺术宝库，宫内珍藏的文物、珠宝，每一件都是无价之宝。对于它的价值，可以说怎么估算都不过分。

布达拉宫由白宫和红宫两个部分组成，白宫的主体建筑是历世达赖举行坐床、亲政大典等重大政治和宗教活动的地方，红宫的主体建筑是达赖的灵塔殿和各类佛堂。参观时最使我感到震撼的便是宫内八位过世达赖的八座金灵塔。在西藏极少见到陵墓，因为藏族人民信仰佛教，死后最好把尸体一点儿不剩地处理掉，以便灵魂顺利地"升天"。普通百姓最常见的丧葬方式是天葬，达官贵人死后一般都进行火葬，焚尸后把骨灰播撒掉。唯有达赖、班禅及少数大活佛例外，尸体要长期保存，用盐涂抹其尸，使之脱水，然后再涂上名贵香料，干枯以后盛殓入塔，这就叫塔葬。此种葬法其他人是绝不允许的。宫内五世达赖的灵塔最为豪华庞大，塔身全部用黄金包裹，上面镶有无数的珠玉玛瑙。

参观过之后再次回到平地上仰望布达拉宫，你会更深切地感受到，它的吸引力是超越民族和时空的，所以你将永难遗忘。

在 路 上

西藏的路，可以说是中国大地上最原始的路。无论青藏线，还是川藏线，最难行的路段都在西藏境内，更不用说从拉萨通往西藏各地的道路了。

除了藏北草原和砾石滩上的道路还算平坦以外，西藏大部分的道路都在峡谷间盘旋，或是穿行在宽谷盆地之间，路途险恶，路况极差。没在这种路上走过的人，很难想象世界上还有这样的路。

西藏的面积占中国国土的八分之一，有八个山东省那么大，人口却只有两百万左右，地之广，人之稀，可以想象。车行一日，见不到几个村落；见到村落，首先映入眼帘的，便是屋顶上迎风招展的经幡（又叫风马旗），就会把你的思绪拉入藏民族的文化氛围中。偶尔在路边与脸颊黑红的藏民相遇，他们的背影在我眼里都孤独得如一块石头。见了车辆，手持佛珠的藏民一般都驻足好奇地观望，同时热情地挥手致意。我禁不住想，这个千篇一律的举动是否说明了他们对外部世界的憧憬和向往？或许是由于这里大自然的力量太强大了，人类之间更容易亲近？

当你在西藏的道路上行走一段时间之后，你就会发现，这里的路是天路，是一直通往天尽头的路，是真正可以领略到天似穹庐，宇宙无限，人渺小得连一粒沙子都不如。一条褐色的在高原强烈的阳光照射下闪闪发光的路，一条前面和后面都没有尽头的路，极容易让人产生茫然无助的混沌感觉。在你的视野里，除了这路，便是亿万年来几乎没有任何变化的茫茫荒原，此时，你会有一种巨大的孤独感乃至绝望感，随即脑子就变得一片空白，仿佛什么都不重要了。

在西藏的路上行走，一天里可以经历四个季节。早晨，你刚刚在一片水洼边见到春天才开放的几朵细小的野花；中午却要遭受烈日的炙烤，或是突然遇到夏季的急雨冰雹；日落之后，呼啸而至的凉风会搅起满天的黄沙，令你晕头转向；到了晚上，在某个海拔五千米以上的出口，不知不觉间，雪花阴沉沉地飘下来了，你会冻得瑟瑟发抖。在这样的地方穿行，你需要忍耐，需要坚强，需要抛弃平日里满脑子的杂念，只想活着就行。活着，到一个目的地，就是一切！

什么叫漫长？什么叫遥远？西藏的路就叫漫长，就叫遥远。当你在西藏的路上跋涉过一回之后，你一定会强烈地感到，你以前所走过的路都太短太短，根本算不了什么。你还会感到，虽然我们每个人都是天地间匆匆的过客，只有不断体验人生高峰的人，才是有价值的人生。

日喀则览胜

从拉萨出发，溯雅鲁藏布江而上，来到雅江与年楚河的交汇处，会看到一片宽阔的河谷地带，日喀则就在前面。

日喀则所统辖的广大地区幅员辽阔，山川壮美，被称为地球"第三极"的珠穆朗玛峰就在它与尼泊尔交界处，世界上海拔最高的河流雅鲁藏布江也发源于此。因它地处雅江上游，历史上又有"后藏"之说。日喀则是西藏第二大城市，也是后藏的中心。传说公元八世纪时，佛教高僧莲花生从印度进入西藏传教时路经这里，曾在此修行讲经，并预言雪域的中心将在拉萨，其次在日喀则。他说，日喀则城西的尼玛山有雄狮猛扑天穹之势，若在此营建宫室传法，对雪域众生将有莫大好处。日喀则后来发展成为后藏的首府，除了其地理位置和政治、经济上的原因外，莲花生大师的预言可能也是一个重要因素。

公元十五世纪中叶，藏传佛教格鲁派始祖宗喀巴的大弟子根敦珠巴来到日喀则，在尼玛山东尾创建了后来堪与布达拉宫相媲美的扎什伦布寺，该寺藏语意为"吉祥须弥"。达赖和班禅都是宗喀巴的弟子，当初创建扎什伦布寺的根敦珠巴被后人追认为一世达赖，后来，这里成了历代班禅的驻锡地。

扎什伦布寺是日喀则最雄奇的景观。它沿尼玛山的山势迤逦蜿蜒，远远望去，殿堂叠耸，毗连错落，十分恢宏壮观。近看香炉紫烟升腾，贡台灯火闪耀，众佛容颜形态逼真，僧侣在超然诵经，顶礼膜拜的信徒摩肩接踵。寺内的强巴佛像特别引人注目，这尊铜佛高二十六米，造型生动，工艺精湛，属巨型雕塑珍品。据说它是世界上最大的强巴佛铜像，充分体现了藏族人民惊人的创造才能。

和布达拉宫一样，扎什伦布寺内也设有数座灵塔，其中前几年圆寂的十世班禅灵塔规模最为宏大豪华，塔身闪烁的金光和难以计数的珠宝令人炫目，望一眼就让你无法忘记。古往今来，扎什伦布寺留下了许多神奇的传说和悠久的历史故事，它还为维护国家的统一和西藏的长治久安做出了特殊贡献。如今，寺内香火依旧，而日喀则城区却出现了许多现代特色的新建筑，它们与古老的寺庙及四周银色的群峰一起，构成了由历史、现实与大自然和谐统一的恢宏画面，使这片神奇的土地更加迷人。

天 与 山

天空和土地、阳光一样，在我们的日常生活中，几乎已经视若无睹了。我们很少关心它们，我们顶多关心一下大气污染，偶尔发几句不疼不痒的抱怨。但是在西藏，当你刚一踏上那里的土地，你就会不由自主地抬起头来，向着天空张望，仿佛有什么在召唤似的，令你不能不长久地、一次次地打量它。

今天，平均海拔超过四千米的西藏高原尚不存在空气污染问题，甚至可以说，西藏的天空是世界上最美丽的天空，在我们这个愈加拥挤嘈杂的地球上，再也找不出比西藏更纯净的天空了！它湛蓝得不可思议，明净高远，犹如幻境。那些以天空做背景缓缓游移的雪白的云彩，白得耀眼，白得炫目，白得令人心疼，生怕它会被弄脏变色——其实这种担心完全是多余的，即使天将下雨，阴云四合，那阴云竟也是惨白亮丽，甚至比阳光下的云朵还要炫目。望着这样的天空，你会觉得蓝天是一面巨大的镜子，而云朵则是无比新鲜柔软的优质棉花，一只无形的手擎着棉花在镜子上擦呀擦呀，越擦镜子越亮，棉花却丝毫没有变脏。在蓝天和白云的邀请之下，到达地面上的阳光无疑是最纯粹的阳光！

当你尽情地遥望过蓝天和白云后，你的目光肯定会落在连绵起伏无穷无尽的山峦之上。闻名寰宇的喜马拉雅山脉，全长两千四百多公里，是世界上海拔最高的山脉，著名的珠穆朗玛峰就是这条山系的高峰；平均海拔六千米的冈底斯山脉，和喜马拉雅山携手前进，横贯着西藏的西南部；在藏北，连接青海的唐古拉山脉，平均海拔高度虽不足五千米，但它地处北方，长冬无夏，严寒酷冷，因此它拥有许多壮丽雄奇的冰川冰峰，宛若玉龙般在天际尽头腾空飞舞，气势磅礴，直冲霄汉，又似琼楼玉宇，仙山幻景，世所罕见。唐古拉还是黄河和长江的源头，这两条母亲河从这里出发，哺育了下游广大的土地和民众，所以，它称得上是中华大地上最自豪的山峰！

在西藏奔走，你会发现自己时时处在大山的怀抱里，怎么也走不出山的包围圈，即便你在广袤的藏北草原上驰骋，那遥远的天际间，仍然有起伏不定的山峦隐隐约约向你招手。其实你脚下的每一寸土地也都是山的组成部分，因为它就是高原。同行的湖北作家刘醒龙说，西藏是用胸脯行走的高原。这是一句富有诗意的概括。天与山，这两个我们平素习以为常的物体，放在这里，却都是崭新的，就好比我们从来都没见识过它们一样。

海　拔

海拔是什么？海拔是指远离海平面的高度。这个常识人人都懂，生活在内地的人们，尤其是平原地带的人，却很少提及这个词汇。但是在高原上，这个词汇的使用率也许是最高的，因为它直接关系到人的生存，因为它能使你意识到，你或许站在了死亡的边缘，再往上爬那么一小段，这个世界将不再属于你。

事情就是这样，高原离太阳近了，也离死亡近了！

拉萨海拔三千六百五十米，日喀则海拔三千八百五十米，江孜海拔四千米，岗巴海拔四千四百米，西藏军区某独立营二连驻守的塔克逊主峰海拔四千七百米，该营在查果拉的哨卡海拔五千三百八十米……每到一个地方，我们第一句话差不多都是问人家这里海拔多少。

西藏高原是世界上氧气含量最稀薄的地方，高山反应足以让那些心脏脆弱的人丧命。夏天还好一些，雨水和植被能补充一部分氧气，到了冬天，大雪封山，遍地荒凉，酷冷异常，海拔四千五百米以上的地方氧气含量据说只有内地的一半，外地人到了那儿，能顺顺当当活着就不错了，更不要说做任何事情了。所以冬季进藏的人很少，顶多也只能到拉萨、日喀则这类大城市走动一下。

缺氧的滋味实在不好受，双脚踏上西藏的土地两个小时后，就能明显地感觉出来。它使人呼吸急促，嘴唇青紫，脸色蜡黄，心跳加剧，头疼欲裂，行走困难，严重的会造成剧烈呕吐乃至休克。恐惧感会一直伴随着那些初来乍到者。我们到达拉萨的当天下午，就有两位女作家挂上了吊瓶，其状惨然。在西藏的日子里，负责接待我们的西藏军区的同志，对我们说得最多的一句话是：吸氧吗？就好比内地人常常挂在嘴边的那句"你好"。高原对人类威胁最大的就数缺氧了，不仅对人类，连植物都因为缺氧而半死不活。我注意到，但凡海拔超过四千五百米以上的地方，几乎寸草不生，更不要说见到一棵树了。后来我们攀登海拔超过五千米的哨卡时，不少人怀里都抱着一个枕头大小的氧气袋，边走边吸，那样子活像抱着个炸药包去炸碉堡，至今想来仍感悲壮。

在这样的地方长久地生存，藏民族抵御大自然的能力无疑是世界一流的，令你不能不由衷地感慨。那些长期在西藏工作的内地人，比如边防军人、援藏干部，在我看来，他们都是英雄，他们更值得我们敬佩！

海拔，是一个很普通的词汇，但是在高原，你会强烈地感受到这个词汇是十分独特的，它凝重、深沉、崇高、非凡。它会告诉你：回去以后，一定要好好活着！

江孜一日

江孜在西藏的县一级城镇中，名气似乎是最大的。人们之所以知道它，主要是由于二十世纪初，这里曾发生过西藏军民抗击入侵英军的悲壮一幕，从而载入了史册。电影《红河谷》的后半部分就是据此拍摄的。

穿过浪卡子起伏不平的山地，便进入了富饶宽阔的江孜平原。在西藏各地旅游，难得见到庄稼，一旦进入了江孜平原，情形就不一样了。年楚河在小城西面缓缓流过，周围大片大片的青稞地，一眼望不到边，仿佛来到了中国北方的原野。江孜一带是后藏地区乃至全藏最大的粮仓，土地肥沃，气候相对适宜，每年收获季节，金色的大地上麦浪滚滚，其景象与西藏其他地方差异颇大。极目处，群山环绕，从高处俯瞰，河谷平原宛若一具长方形的金盆，被认为是后藏的福地、风水宝地。

江孜建城比日喀则还早，据说已有六七百年的历史。江孜还是从藏南通往拉萨的必经之地，佛教徒和商贾游人多会聚于此，所以很早以前，江孜就是西藏有名的城镇。人们知道江孜，缘于它是个"英雄城"，其实，江孜的名胜古迹也是一流的。城内的白居塔，高九层，共有一百零八个门，七十七间佛殿、神龛和经堂，殿堂之内藏有大量佛像，据说多达十万，故白居塔又称"十万佛塔"，是江孜的主要标志。这座佛塔堪称是世界级的佛像博物馆，造型极其精美，栩栩如生，令人叹为观止。可惜它地处偏僻，看到它的人太少太少。我匆匆浏览着这些艺术杰作，仿佛置身神话世界，不知不觉竟有了"山中方一日，世上已千年"的感念。

离白居塔不远处，屹立着一座古城堡，这便是江孜军民当年抗英的战斗遗址。二十世纪初，英军从印度侵入西藏，向北突进至江孜地界，妄图直逼拉萨。正是在这里，江孜军民拿起低劣的武器，坚守在古城堡上，几个月不曾动摇，使敌人寸步难行。后来，英军援兵赶到，团团围住城堡，守军弹尽粮绝，饮水也被切断，就是在这种情况下，他们硬是用石块打退了敌人数次进攻，最后，宁死不屈的藏族勇士们全部跳崖殉国。这是藏族人民在反抗外国侵略、维护祖国领土完整的壮举中最值得纪念的一笔，也给美丽的江孜古城平添了浓墨重彩。那天，我们顶着强烈的日光，气喘吁吁爬上山顶，看到昔日的房舍已倒塌，但炮台仍依稀可见，炮位旁边，褐红色的岩石巍然屹立，令人肃然起敬。

那天晚上，我们就住在江孜。夜里，下起了小雨，外面寂静得仿佛整个世界都隐去了。如此静谧的夜晚，我今生好像不曾经历过，所以我格外珍惜这份宁静。

岗巴的故事

岗巴，藏语意为"雪山脚下的村庄"。如今它早已不是一般的村庄，而是边境上的一个小县城。这里没什么名胜，除了大自然，还是大自然，荒僻寂寥，砾石累累，黄沙遍地，甚至见不到一丛绿色。远古时代大约就是这个样子吧。

我们翻山越岭来到这里是冲着边防部队来的，西藏军区某独立营的营部就驻扎在岗巴。这可能是西部边防线上生存条件最艰苦的一支部队。

没到过此地的人很难想象，那个灰蒙蒙的面积如几个足球场大小的地方就是县城所在地。它的规模连内地的一般村庄都比不上，走遍县城居然见不到一条柏油马路，县委、县政府的门口也是坑洼不平的沙石路。一打听，县城仅有六百多人口，全县也不过八千多人口，大多是牧民，一家一个帐篷，牛羊点点，到处游走，地域辽阔，四野无声。来此地走一走，可以从另一个侧面了解西藏，也不失为一次有意义的行动。

营里的领导介绍说，岗巴没有夏天，全年平均气温一至三度，冰冻季节十个月以上，全县平均海拔四千四百米，高寒缺氧，庄稼无法生长。该营 1958 年进驻后，在这艰苦的环境里一住就是四十年，除了担负正常的守备巡逻任务，几乎每年都要数次进行抗雪救灾，留下了许多感天动地的故事。他们用事实告诉人们，边防军人才真正是雪域高原的守护者。

部队长期驻守在艰苦卓绝的岗巴，一茬又一茬的官兵把一生中最美好的岁月奉献给了这片祖国最西南端的边陲。有位辽宁籍的军官在岗巴服役近二十年，没让妻儿来过一次队。他说，路途太遥远，来一次路上至少折腾半个月，他实在不忍心让母子二人遭这份罪，再说，如果他们来了，看到这里的情况，心里也不好受，我还真怕他们拖我的后腿呢！有位湖南籍的士兵探亲归来，乘车到达离岗巴几十公里处突遇暴风雪，道路中断，车子开到一个小村落躲避，他为了按时归队，徒步冒着满天的大雪往营区赶，不幸迷了路，冻饿而死，战友们找到他时，他成了一座冰雕，临死之前他居然没舍得吃一口从家乡捎给弟兄们的土特产……岗巴的故事就是这样。官兵们淡淡地对我们说，边防军人，没有吃不了的苦。

在西藏进出几座兵营之后，我深深感到，自从红旗插上雪域高原，许多年来，生活在这片独特土地上的人群里，最值得讴歌的便是那些年轻的士兵，他们每个人都是一座纪念碑！

我们的下一个目标是查果拉哨卡，那里的条件更为艰险困苦。

查果拉之旅

我们进藏之初，就听说查果拉哨卡在驻藏的部队中很出名，1990年，时任中共中央总书记的江泽民同志为哨卡题词："高原红旗，永放光彩。"

查果拉就在喜马拉雅山的余脉上，海拔五千三百八十米，上面驻扎着西藏军区某独立营的一个分队，对面是印军的防地。"拉"，藏语意为"山口"，在西藏，带"拉"字的地名很多，想必是西藏山多，山口自然也多。

据说，它是世界上海拔最高的驻军哨卡之一，五千三百八十米的高度绝对是一道独特而又瑰丽的生命风景线，它伸进了宇宙的深处。这是一个常人难以到达的高度，甚至是一个难以想象的高度，或许也是一个生命极限的高度。那天上午，决定上山之前，我曾犹豫了一下，担心自

281

己的身体抵御不了上面严重缺氧的威胁，但我随即打消了这个怯懦的念头。我清楚，这可能是我今生今世唯一一次到达这个高度的机会，所以无论如何也不能放弃。

作为军人，我长期生活在军营中，各式各样的军人都曾见识过，一般的人与事很难打动我。但是，查果拉的士兵却使我热泪盈眶，难以自禁。这里生活条件极其艰苦，大雪封山之后，每年有大半年的时间和外界隔绝，今年的家信要到明年才能看到，吃不上蔬菜和水果，主要靠罐头维持最基本的生存。一位士兵对我说，他这辈子最惧怕的就是吃那些罐头。严重的缺氧使人神经受损，强烈的紫外线照射使皮肤都脱了形。在这里待久了，头发脱落得厉害，眼珠子外凸，指甲发黑，即便将来回到内地，高原给他们造成的身心创伤也需要很多年才能愈合，有的终生都无法消弭。但是，查果拉的士兵个个铁骨铮铮，没有一个人为之恐惧。当他们在极端恶劣的环境下，把对物质生活的需求压缩到最低限度之后，精神的作用便显得空前重要。或者退一步讲，这里是体验生命的可贵、爱情的价值、友谊的真诚、灵魂的崇高的人生舞台，在这个常人难以亮相的舞台上，他们用悲壮、苍凉的心绪细细品味着国家、民族和个人的命运交响曲，使所有的一切都变得高贵和神圣起来！

令人欣慰的是，我们的到来使士兵们非常高兴。几位女作家吸一阵氧气后，每人唱了一首歌，年轻的士兵们露出了单纯而舒展的笑容。说实话，她们的歌喉要在平时真不敢恭维，可这时连我都觉得，她们的声音动听极了。最后，我们挺立在主峰上，每个人都恭恭敬敬地照了一张相。感谢查果拉，这个高度将令我终生难忘！

历　险

曾经听一些到过西藏的人讲他们在那儿冒险的经历。当时听过就忘了，因为那类事情毕竟远离自己，再说我有点儿怀疑他们的讲述，总觉得有夸大之嫌。

亲身走进西藏，去各地游走，才发现在那儿历险，的确是家常便饭。且不说时时伴随着你、不断给你带来恐惧感的高原反应，单是在路上遇到的险情就接二连三。高原的地质地貌决定了道路的坎坷曲折，车辆在途中抛锚司空见惯，修不好只有耐心等别的车经过，请人家帮忙，好在常跑高原的司机都很热情助人。我们就遇到好几次类似的情况，弄得没脾气。

如果在峡谷中穿行，还得时刻提防从山上突然滚下来的石块。内地的盛夏季节，正是西藏的雨季，每天都要下几场急雨，年深日久风化严重的山体在雨水的浸泡和山洪的冲击下，极易形成泥石流和塌方，这种情况下，那些傍山修建的简易公路随时都有遭受强力冲击的可能性，如果赶上了，道路中断，不知道什么时候修好，你就耐着性子等吧；如果车子不幸被大面积的泥石流或塌方击中，那可就惨了。

那天下午，我们从日喀则返回拉萨，途中好不容易遇到一个黑乎乎的小餐馆，每人吃了一碗快餐面，结账时耽误了几分钟。这时，降了一阵急雨，大家开始担心起来。往前走了一段，突然发现前方道路上冒出一个小山包。据当时离现场不远的一位藏族养路工介绍说，几分钟前这里发生了山体滑坡，覆盖了约一百米的路段。大家面面相觑，不知所措。前后不过是几分钟的时间，如果刚才结账时不耽误那几分钟，很有可能正好赶到出事地点，如果真的赶上了，泥石流巨大的冲击力会轻而易举地把我们乘坐的车子推下数十丈深的悬崖，而悬崖下面就是咆哮奔腾深不可测的雅鲁藏布江，基本没有生还的可能。大家深感庆幸。过后，西藏军区的同志仍然心有余悸地说，老天还算有眼，如果这一车子的作家出了事，全国都会知道的，麻烦就大了！那天晚些时候，我们只好退回离此不太远的尼木兵站"避难"。夜里，女同志睡上下床，男同志睡大通铺，不期真正体验了一下士兵的生活，算是个额外收获吧。一天一夜之后，道路才勉强疏通。我们在西藏的行程也被迫延误了一天。

其实在西藏旅行，历险就是旅行生活的一个部分。当你走出险境之后，经历的那个过程或许会为你提供更多可资玩味和回忆的内容。

"天湖"之光

沿青藏线往北，行至藏北草原的南端当雄，然后一头扎进唐古拉山脉的群峰之中，在极其简易、陡峭险峻的盘山路上约莫行进两个多小时，就离纳木错湖不远了。

西藏高原上的湖泊，据说有一千五百多个，数量之多，在全国首屈一指，绝大多数分布在藏北草原上。水从雪山来，流进草原中，在低处积蓄，就成了湖泊。纳木错是藏北草原上面积最大的湖泊，也是全藏最大的湖泊之一，面积一千多平方公里，另有一个名字：腾格里海。它好像还是世界上海拔最高的湖泊，素有"天湖"之称。它更是朝拜者眼中的"圣湖"，佛教徒们认为它是佛祖赐给人类的甘露，每年夏秋季节，都有许多虔诚的信徒，扶老携幼，翻山越岭，来这里品尝"圣水"和沐浴。——"圣水"能洗掉心灵上的"五毒"（贪、嗔、痴、怠、嫉），沐浴净身可使灵魂得到洗礼。离开时再用羊皮口袋盛水带回家，作为馈赠亲友的最好礼物。浓重的宗教氛围，更给纳木错湖平添了神秘色彩。

越野车艰难地爬上一道附近最高的山梁，远远地，我们就望见了群山怀抱里的一大片湛蓝的湖水，它像一面巨大的镜子，映照着同样湛蓝如洗的天空；又仿佛是一片天空被抖落下来，平整、熨帖地铺在了草原上，美丽得简直令人目瞪口呆。大家因道路险而悬了一路的心顿时放了下来，赞叹声不绝于耳，车内的气氛轻松了许多。但奇怪的是，又走了好一阵，就是无法接近它，它一会儿离我们很近，仿佛伸手可及，一会儿又变得离我们很远，仿佛远在天边，难以到达，甚至使你疑心这儿压根儿就没有什么湖，刚才不过是幻觉。陪同我们的西藏军区创作室主任许明扬介绍说，到湖边的路只有一条，其他地方的岸边全是沼泽，车辆无法靠近。要命的是，草原上没有路，一些凌乱的车辙印无章无序，使你搞不清哪条是正道，所以常常有人在湖边迷路，转悠半天就是到不了湖边，见天色已晚，只得扫兴而归。许明扬说过这话后，我们的车子又在草原上奔驰了半个多小时，仍是接近不了湖边，这里简直像个迷宫，连来过好几次的许明扬都蒙了。后来回忆我们寻觅目的的过程时，我不由想到，这其实和追寻理想是一个道理啊。

所幸，辗转半天后，我们终于到达了湖边。一到那儿，我们马上就把刚才艰苦的寻找过程抛在了脑后。呈现在我们面前的，是连天的碧波，是如梦似幻的景色，远处苍茫的雪山峰顶，近处怪异的山岩，和碧透清澈的湖水与同样碧透的蓝天一起，构成了一幅人间罕见的神奇景象。它使我感到，这里的大自然是无与伦比的。

最后，我们所有的人都趴在湖边，模仿朝圣者的姿态，喝了一大口"圣水"。

西藏并不遥远

在西藏奔走，总是行色匆匆。

雪域高原广袤无垠，让走进它的人难辨东西南北，更难走遍它，有很多地方真的是难以到达。在拉萨，我遇到人民日报社驻西藏记者站的一位朋友，他刚从阿里采访回来。他说他在西藏待了十四年，这次是第一次去阿里。我问他此行感受如何，他说一言难尽，那里的风土人情、自然景观让人惊愕不已，绝对是世界一流的，但一路上的千辛万苦也真够人受的，弄不好就埋葬在那里了。我又问，还想再去吗？他说，至少五年之内不想，以后也许会的。

来去匆匆，使我感到遗憾多多。这次，我们仅是力所能及地到了一些有代表性的地方，号称"世界屋脊的屋脊"的阿里没有去，终年积雪的唐古拉山脉腹地没有去，有"西藏江南"之称的藏东南没有去……我不知道以后还有没有机会重新再来，所以这种遗憾将伴我很长时间。

然而，西藏神秘的面纱毕竟揭开了一角，这片美丽、坚韧、神奇的祖国领土在我的双脚踏上它的那一瞬间，就长久地植入了我的记忆，今生今世再也不会感到陌生。那里，大自然鬼斧神工式的创造令我陶醉，藏族人民悠久而灿烂的历史和文化令我惊叹，古往今来人们强大不息的精神力量令我感动，边防军人坚韧不拔的英雄气度令我钦佩……它们会化成缕缕情愫，始终缠绕着我，使我变得充实和真诚；它们当成为我精神家园中的一道独特而瑰丽的风景，把我的灵魂照亮……

再见，西藏！

我们回到成都后，北京女作家徐坤说，离开西藏越久，可能越会想念它，这大概是西藏独有的魅力吧。无独有偶，回到济南没几天，我就收到湖北作家刘醒龙的一封信，信上说，他准备再去西藏，九月份儿子开学后就去。信上还说，他非常怀念那里的真纯与崇高。我觉得我与刘醒龙的想法完全相通。

几天前的一个傍晚，我在街上散步，突然听到临街的一家店铺里飘出一曲熟悉的旋律，是著名歌手李娜演唱的《青藏高原》。

是谁带来远古的呼唤，

是谁留下千年的祈盼，

难道说还有无言的歌，

还是那久久不能忘怀的眷恋……

在《青藏高原》深沉而激越的旋律中，我恍惚觉得，高原上的一切历历在目。

（1998 年）

五龙潭杂记

　　客居济南十载，早把泉城当作了故乡，周围的名胜之地，该去的都去了，该玩的都玩了，独独忽略了一个五龙潭。

　　并非不知道有这么一个去处，多少次，就从它身边经过，看到了门口的"五龙潭公园"五个笔力遒劲的大字，隐约听到了里面淙淙的流水声，恍惚闻到了来自它的淡淡花香，却一直没有进去观赏一番。说起原因，也许是它南面的趵突泉和北面的大明湖遮盖了它，这两处胜景名气太大、太招摇，渐渐使它失去了分量。它就像夹在两个美妇人中间的一个小丫鬟，有谁会把目光在它身上久留呢？

　　后来我终于找机会走进五龙潭，从容掀开它头上的盖巾，近距离地品味它。这个不显山不露水的"小丫鬟"自有它独到的魅力，它虽然没有美妇人那样的倾国倾城之貌，却有着不铺张、不矫情、不炫耀、不忸怩、不媚俗的自然情调，犹若一个淡于张扬、不让姿色的小家碧玉。在袒胸露臂的时代，这里的景色却蒙上了一层带点儿神秘的、朦胧不定的面纱，也许它更能触动我这样的深怀古典情绪的当代人。

　　隋朝时这儿是大明湖的一角，它北面浩渺的大明湖水和南面奔突有声的趵突泉，无形中抬高了这块方寸之地的身价，于是，一些有钱人或者有眼光的人迁来这里居住，他们同祖居此地的人融融相处，这一带渐

288

趋繁华。在这些居民当中，有个叫秦琼的，后来成了唐朝的开国元勋，被后人誉为山东好汉。我无法考证秦好汉在此居住时都干了些什么，反正自从他出道之后，秦琼故居便成了此地一处著名的风景。在那些尚武的遥远年代里，缘于秦琼，这个地方一度被一代代的人传诵着。元代散曲大家张养浩曾有一篇专写他的文章，可惜当代人难以读到了。这块风水宝地吸引了越来越多的"名人"来此居住或游历，及至清朝，它便成了不折不扣的名人荟萃之地。再往下说，中国共产党的一大代表王尽美、邓恩铭曾于 1925 年至 1927 年大革命风起云涌的年代，在此地办过公。据说任弼时、邓中夏也来过这儿。江浙才子徐志摩还在潭内的江家池子吃过大明湖里的糖醋鲤鱼，有他的文章为证。这片地方的人文景观我说的够多了。

说到底，济南赖以骄傲的还是它的泉水，要不为什么叫泉城呢？五龙潭赖以立身的，也是泉水。这块面积仅为 5.6 公顷的地段上，泉池就达二十七处之多，泉城七十二泉中，这里有四处。我一直认为，我们脚下的地球对济南是很厚爱的，泉水是一种有灵性的物质，是地神供奉给上苍的甘霖，是幽冥展示给天空的彩练，是地狱呈现给阳光的花朵，是大地奉献给人间的血脉。当别处的地下水静止不动的时候，在济南，它们却毫不吝惜地以昂扬的生命姿态，以集束联翩的形式，穿越厚达数丈的坚硬地壳，顽强地来到人间，滋润着这里的土地，抚慰着这里的子民，而且千百年来矢志不渝，壮心不已，这是何等的诗意和激情啊！

在五龙潭内，一束一束的泉水不仅富有诗意和激情，而且还具有玲珑剔透的秀美模样。你看，有的泉池泉水喷涌时宛若粒粒缓缓飞扬的珍珠，使你不由感到它的下面是一个巨大的珍珠矿藏，仿佛取之不尽用之不竭；有的泉池泉水喷涌时犹如片片徐徐上升的银钱，使你恍惚认为它的下面是一个制造钱币的作坊，器械在叮当作响，银粉在尽情飞舞，自然也是造之不辍，淘之不枯。

欣赏过几处泉池之后，我领悟到这里的泉水和趵突泉的区别就在于，趵突泉是以豪放的、奔突的姿态面对人间，而五龙潭则以柔情的、细腻的、徘徊婉转的面孔昭示游人。毫无疑问趵突泉是龙头，是众泉的领袖，五龙潭是趵突泉的补充和陪衬，但五龙潭亦有它独特的审美价值和地位。它和趵突泉的关系使我想起泰戈尔的著名诗句："果实的事业是尊贵的／花的事业是甜美的／但是让我做叶的事业吧／叶总是谦逊地专心地垂着绿荫的。"五龙潭就具有泰戈尔笔下的叶的情怀。

五龙潭是五龙潭泉群的首领，因此经过五龙潭时，我特意多停留了一会儿。传说它的下面是个老龙湾，老龙湾通往大海，五龙潭是一只海眼，据传千百年来它从未干涸过，它永不枯竭地流，不知疲倦地涌，不论天气多么干旱，无论地下水位多么低，五龙潭水就是不停顿地唱着千年不变的歌，欢快地来到人间。这是多么奇妙的意境，这是多么富有诗意的传说。然而，传说毕竟是传说，传说往往是主观的，承载着过于浪漫的想象和情感寄托。现在，当我被这个传说感动过一回之后，我却不愿陷进这个美丽的传说中，因为我的目光与它周围的高大建筑物相撞了。五龙潭水真的不会枯竭吗？无须别人回答，我在心里已经把它否定了。

在过去与未来之间，当代人的哀痛举目皆是。置身于这个商潮汹涌的掘金时代，人们当然需要钢筋水泥，当然需要高楼大厦，田园牧歌式的吟诵已成为一道虚缈的布景。但是，当我们的物质生活充塞到一定程度时，当我们的精神家园过于荒芜时，祖宗留下的这些古老财富便成了后人不可或缺的心灵栖息之地。它们不会背弃我们，可面对它们，我们又该如何？

趵突泉也好，五龙潭也好，它们都是济南的"城宝"。五龙潭的那一束精灵般的泉水，会使我感动好久。我很难忘记它们，就像我一直铭记爱情和友谊那样。

最后，借用别人一首小诗来阐释我对泉水的感受："总是这样地喷/总是这样地流/喷的是晶莹的渴望/流的是不息的追求/虽然一出山/便被污染得不成样子/但总是这样地喷/总是这样地流。"

（1995 年）

清流之河

　　这一条名为小清河的河道据说是宋朝人开掘的，如此说来，它已流淌了差不多一千年的时光。"子在川上曰：逝者如斯夫。"时光最易催人老，落花流水春去也。默默流淌了十个世纪的小清河绝不是一条平庸的河流，它像一个老人或智者，它目睹了数不清的人世沧桑和岁月转换，它仍然一如既往注视着我们，并且一直到永远——尽管看上去它那么不起眼，远远无法同那些名闻遐迩的大江大河相比。

　　我早就知道在山东的土地上有这样一条河，但我并不清楚它居然有二百多公里长，原先我以为它不过是一条在济南附近注入黄河的、沟渠般的小河流，最近才明白它是流往大海的。这个发现让我吃了一惊，我开始注目于它了。

　　我向来认为，山与河是大地上最壮观的景色，没有山没有河的土地是缺乏魅力与灵感的土地，有了山有了河的土地才算得上真正的土地。山与河（或河与山、江与山）两个字连起来使用，这个词顿生华彩。山河不能包容土地，但能概括土地，比如岳飞说的"还我河山"自然是指还我国土；又比如毛泽东说"江山如此多娇"，意思便是这个国家多么美丽啊。山是凝固的，而河是跃动的；山是不能建造的，而河却可以人工开掘，譬如这条小清河，不就是齐鲁祖先们胼手胝足生生挖出来的吗？

在山东这片肥沃的土地上，伫立着五岳独尊的泰山，我们为它自豪。还有黄河、大运河从我们身边流过，我们也感到自豪。但是，黄河和大运河只是流经山东境内，它们不能算作山东的河流。除了它们，山东较有名气的河流好像还有沂河、泗河之类，小清河也算一条。

古人造河，用途无非三个：灌溉土地，排洪泄涝，交通运输。进入现代社会以后，除了这三个用途之外，又增加了旅游观赏价值。但是，工业文明所带来的最大危害便是环境污染。这是古人想象不到的。于是，我们看到空气变灰了，水流变黑了，自由飞翔的鸟儿不见踪影了，自在遨游的鱼儿给毒死了。劫难最深的是河流，因为土地虽无边，河道却有数，就这么几条河，源源不断的工业废水不费什么劲就足以致它的命。

小清河也不例外。它原本是清凌凌波光潋艳的，然而，不舍昼夜流淌了千年之久的小清河流到我们这个年月，陡然变了模样。它青光逝去，黑光刺目；爽气消失，浊气逼人，我们已不能从它身上映照出自己的容颜。我们到底长得什么模样呢？小清河无法告诉我们了。小清河咕嘟咕嘟冒着气泡，好像在说：你们呀，估计长得都很英俊漂亮，但我看不到了，多遗憾呀……

好就好在小清河还算幸运，因为治理它的工程已经上马了，而且不是一般的治理，是让它脱胎换骨，更深刻更宏伟，当然也更迷人。

1996年12月5日这一天，我站在工地上，仿佛听到了小清河水撒着欢儿流向远方的声音，它映着蓝天，傍着大地，怀抱鱼虾，载着游人，干干净净地奔向大海，它将使我们以后的岁月变得纯净而透明。在刺骨的寒风中，我还看到了民工们艰辛劳作的身影，他们不由令我想起一千年前祖先们挖河筑坝时的情景。历史是一条绳子，那头连着过去，这头连着现在，过去的已成为历史，现在的还将无限延续，岁月一如流水，美好与果实便留给了未来。毛泽东说"数风流人物，还看今朝"。

293

也许这些民工们算不得今朝的风流人物，他们的身影很快就会变得模糊，但我又想，河与水会记住他们的，当小清河第一排清澈的浪头打过来时，他们结实的身影将最先映给蓝天、清风与白云。

其实，我们每个人都是一颗水珠。我们需要清清的河流，就像我们疲惫的心灵需要得到慰藉一样。

（1998 年）

青岛印象

　　去年在青岛的海边，我与几个上海人相遇了。他们手中的导游图上有这样一句话：青岛——中国最美丽的城市。我忍不住问他们，这话确切吗？我以为素来高傲的上海人会撇撇嘴说：阿拉上海才是最美丽的。谁知他们点了点头，说这个地方确实很美丽，阿拉玩得很开心。

　　那是我第三次到这个地方来，虽然每次逗留的时间很短，但作为一个在内陆的黄土地上生长、生活了三十年，对蔚蓝色的海天和湿润的风情有独钟的人，我对此地的感受是新奇而独特的。栈桥、崂山等旅游点都去过了，在海边流连忘返的次数更多，我越来越觉得，青岛是一个极具都市意味的城市。

　　它的外表当然很华丽：中国的土地上很少见到的欧式建筑群、一望无际的树木花草、洁净的街道、清爽的风、相对温柔平静的海、新鲜可口的海货、装束艳丽的女孩子……它是一枚当之无愧的东方海岸线上的明珠。我很容易地想起了老诗人孔孚写给青岛的著名诗句——雪杉拍击着绿浪/泅泳着的楼群/没有一条平直的路/到处是海的声音……

　　漫步在夜晚的青岛街头，我突然觉得它多么像一个风韵逼人的少妇，她少了少女时代的羞涩，多了成为人妇后的庄重、典雅。她微微地招摇、铺张，但绝不媚俗。她摆脱了稚嫩，变得成熟，更富韵致。她把自己定型在小妇人的坐标上，仿佛永远不会苍老，永处生命的巅峰。她衣饰华贵，但又不乏内涵，而内涵恰恰是最有价值的东西。现在我感到，青岛对于我的吸引已经不是它的外表了，我更看重它的内在之美，就像面对一个人那样，他外在的东西很容易成为过眼烟云，其血脉中的高贵气质、附着于身体之上的玲珑气韵才更富美感，更能令你动情。

今年初夏时节，我又一次来到青岛。这次哪儿也没去，就在火车站附近的几条街道上徜徉了几个来回。利用这片难得的时光，倾诉一下心中的郁闷之气，憧憬一下未来的岁月，就觉得生命中又留下了一道可以长久回味的痕迹。因了朋友的存在，因了朋友赋予的友谊，更让我感到青岛的迷人，它完全可以成为一个外乡人的驿站，它所带给你的美好印象会伴你很久很久，伴你踏上未来枯燥的旅程……

（1996 年）

图书在版编目(CIP)数据

何处是归宿 / 陶纯著. — 北京：中国文史出版社，
2019.1

(中国专业作家散文典藏文库·陶纯卷)

ISBN 978 - 7 - 5205 - 0522 - 2

Ⅰ. ①何… Ⅱ. ①陶… Ⅲ. ①散文集 - 中国 - 当代
Ⅳ. ①I267

中国版本图书馆 CIP 数据核字 (2018) 第 205335 号

责任编辑：牟国煜　薛未未

出版发行：**中国文史出版社**

社　　址：北京市海淀区西八里庄 69 号院　　邮编：100142

电　　话：010 - 81136606　81136602　81136603 (发行部)

传　　真：010 - 81136655

印　　装：廊坊市海涛印刷有限公司

经　　销：全国新华书店

开　　本：720 × 1020　1/16

印　　张：19.5　　字数：261 千字

版　　次：2019 年 1 月第 1 版

印　　次：2019 年 1 月第 1 次印刷

定　　价：66.00 元